Die Insel der Druiden
I

Aus der Reihe SoS
Svenney O Shea's
Wahre Abenteuer Band 4

von
Sven Bork Erzähler
Vipy Bork Zeichnungen

Die Insel der Druiden I

Der erste Teil der Druideninsel
Der vierte Band aus der Svenney O Shea
Reihe.

To be continious, geht es in der Erzählung des Helden Svenney O´Shea, der 10 Schlüssel suchen muss und die passenden Schlösser, die ihn immer entlang führen zu einem Schatz. Was sonst, so weit so langweilig. Wäre da nicht dieses Multiversum, indem eine fremde Macht versucht, die 10 Träger des universellen Rades der Welten zu zerstören.

Doch diese zerstörerische Macht hat nicht mit dem Lektor gerechnet, in dessen Händen die komplexe Macht liegt und der im Hintergrund alle Fäden im Multiversum zieht. Die 10 Schlüssel sind in Wahrheit, Codesticks mit deren Hilfe der Held Svenney, die Bender, die Biegeeinheiten an den Trägern, runterfahren kann. Zuvor wurden diese wichtigen Maschinen von dieser Macht gehackt und umprogrammiert, das Rad nicht zu schützen, sondern zu zerstören.

Nach
 Band I Der Lektor und
Band II Die Festung der Huren und
Band III auf biegen und brechen, kommt:

Band IV und V die Insel der Druiden, gleich zwei Teile.

Ich bin nur der Erzähler, die Geschichte der Insel der Druiden, wurde zu umfangreich für nur ein Buch.

Was genau ist die Insel der Druiden?

Es ist kompliziert, zum einen ist es die Insel Anglesey westlich vor der Küste Irlands vorgelagert und ist die wahre Insel keltischer Druiden. Durch Magie und anderen Gründen, die ihr im Anschluss erfahrt, hat Anglesey aber die gleichen Koordinaten wie Korsika, die Insel im Mittelmeer. Quasi ist Anglesey auf Korsika drauf gestülpt, somit der magische Teil.

Auf der Insel befinden sich die nächsten beiden Schlüssel.

Aber dort auftauchen und die Aufgaben lösen und die Schlüssel zu nehmen, so einfach ist es nicht.

Die Elfen der Ailill befinden sich in einem Krieg mit den Druiden, den Hexen und Zauberern.

Gemeinsam wollen alle magischen Gilden, dieser vermeintlichen Bedrohung durch eine kollektive Beschwörung entgegenwirken.

Nur dazu werden irische Kräuter und Runensteine benötigt, welche Svenney O Shea im Tausch für die beiden „Schlüssel" anbietet. Diese Heilpflanzen aber haben es in sich. Doch bevor diese Beschwörungszeremonie zum Höhepunkt kommt, indem alle high sind und was auch immer nur schief geht, muss erst das Buch der Ukapoden beschworen, Hexenbesen abgeschleppt, Fressorgien abgehalten und Missverständnisse geklärt werden.

Parallel zur mittelalterlichen Erde passiert im Multiversum Unglaubliches, auf GlauKom I dem Planeten, auf den die Elfen der Ailill verbannt wurden. Der Lektor läuft zu seiner Bestform auf.

Impressum

E-Mails für Feedback, über die meine Frau und ich mich freuen.

Erzähler: svenneyoshea@gmail.com
              Svenneyoshea@aol.com
Grafiken: vipybork@aol.com
              Querart@aol.com

Facebook SvenneyOShea

Bibliografische Information der Deutschen Nationalbibliothek:
Die Deutsche Nationalbibliothek verzeichnet diese Publikation in der Deutschen Nationalbibliografie; detaillierte bibliografische Daten sind im Internet über http://dnb.dnb.de abrufbar.

TWENTYSIX – Der Self-Publishing-Verlag.
Eine Kooperation zwischen der Verlagsgruppe Random House und BoD – Books on Demand

© 2022 Sven M. Bork
          Querart geschützte Wortmarke
          Vipy Bork   Tong Cartoons

Herstellung und Verlag:
BoD – Books on Demand, Nord

ISBN: 9783740787837

Illustration: Vipy Bork
          Zeichnungen von Vipy

Die Zeichnerin

Die Zeichnerin Vipy Bork ist mit dem Erzähler seit 2007 verheiratet, davor war Sie Art Direktorin in einem großen indischen Konzern und zeichnete in der Hauptsache Cartoons.

Davor musste Sie in Bangkok Kunst und Design studieren, was für Sie nicht weiter schlimm war. In Asien sind ihre Zeichnungen und Illustrationen, aber vor allem Ihre Cartoons bekannt, was zu der Liaison mit dem Erzähler führte. Der fand den Stil der Künstlerin so knuffig und so speziell, dass er ihr ein Exklusivangebot machte, das Sie nicht ablehnen wollte.

Der Import dieses Talents geschah im gleichen Jahr und jetzt erfreut Vipy in Deutschland mit ihren Zeichnungen, die Menschen und meine Leser. Nichts zu danken!

Der Erzähler

→

Der Erzähler Sven Bork ist ebenfalls mit der Zeichnerin verheiratet, was keinen ersichtlichen Nachteil ergeben hat.

Autor: Der Erzähler, wie er sich in seinen Büchern selbst nennt, wurde 1967 in Landau Pfalz geboren und schreibt seit seiner Jugend, zum Ärger seiner Deutschlehrer, Aufsätze in Überlänge. Mit 16, verkauft er Artikel über Radrennen und Sport, mit viel Satire und wird zum freiberuflichen Fotografen und später Kameramann, für diverse Medien.

So steht es über den Erzähler geschrieben. Bücher wollte ich nie schreiben, „liest ja keiner." Aber immer öfters nötigten Freunde und Bekannte mich dazu, holten sich Hilfe aus dem Internet, teilten meine Beiträge und Kommentare und der Druck wuchs.
 2020 habe ich mich gebeugt. Ich musste in eine berufsfördernde Maßnahme, was zehnmal schlimmer ist, als es sich anhört. Dort sollte ich zu einem Buchprojekt 20 Seiten beitragen, es ging um einen Helden der zehn Schlüssel, in Schlösser stecken sollte, um am Ende einen Schatz zu finden.
Absoluter Blödsinn, völlig daneben und dann spielte die Geschichte auch noch in Irland und vor allem im 17

Jahrhundert. Was weiß ich denn vom 17 Säkulum?
Aber die waren dort streng, in der Maßnahme. Ich musste mich beugen und meinen Kopf anstrengen, die kannten kein Mitleid.

Dort lernte ich den Kerl kennen, der mich zu der Figur des LEKTORS inspiriert hat. Die Zeichnerin hat ihn so gut getroffen, dass aus der Nebenrolle die nur Band I, etwas beleben sollte, der eigentliche Star der Serie Svenney O´Shea wurde.

Der Lektor war mein Lektor und zwang mich eine Hausaufgabe, diese 20 Seiten zu schreiben.

Ein einziges Kapitel, so wie jeder Delinquent in dieser Gruppe.

Es wurden dann innerhalb kürzester Zeit ein paar Seiten mehr. So knapp 900, weil ich dem Mumpitz eine parallele Geschichte aufgedingst habe.

Multi statt Universum und da geht es drunter und drüber, lauter skurrile Typen und im Grunde glaube ich, habe ich mein eigenes Leben in der Chronik verwurstelt.

Zwei mal die Woche musste ich dort antreten.

Aber nicht nur meine Gruppe wurde gezwungen sich 2 Stunden lang, meine Geschichten vorlesen zu lassen, auch alle anderen Gruppen.

So wurde mir das geklagt, ich traute mich kaum noch dort hin.

Das Feedback war Lachen, lachen teilweise irres Lachen aber auch sonst jede Sorte.

Aber nicht über mich, wie ich es annahm, sondern über meine Texte.

Douglas Adams wurde mir gesagt, es fehlt nur ein depressiver Roboter. Ja den Adams habe ich in der Jugendzeit gelesen, scheint mich fasziniert zu haben.

Dann sagte man mir, Terry Pratchett. Das musste ich googeln und habe mir dabei ein E-Book von ihm geladen.

Ja stimmt, er hätte mal in meine Fußstapfen treten können, nur leider ist er 2015 viel zu früh verstorben.
Ich habe aber erst 2020 angefangen, zu schreiben, na er wurde ganz alleine der beste von allen Fantasy Autoren.
Ich selbst hasse Fantasy, schaue mir lieber schöne Bilder an, von nackten Frauen z.B.
Bei so viel Feedback habe ich dann innerhalb kurzer Zeit die ersten drei Bände von Svenney O Shea fertig gestellt.
Aber das schwierigste daran war, für diesen Kurs oder die Maßnahme, was dem Ganzen näher kommt, war mein Kapitel das zweite oder vierte und ich schrieb die knapp 900 Seiten doch recht schnell. Innerhalb der 6 Monate, denn länger dauerte dieser Zeitdiebstahl nicht.
Als ich soweit war, fehlte natürlich der Anfang. Ich hatte 3 Bände fertig aber keinen Anfang.
Das war für wie ein Omen, der Schöpfer will mich warnen, mir Recht geben, denn mein Leben lang verweigerte ich Bücher zu schreiben.
Leider bin ich aber Atheist, mit Glauben, das ist nicht so meins. Ich will Wissen, es heißt ja Wissenschaft und nicht Glaubenschaft.
Trotzdem danke ich dem Schöpfer und habe deswegen ein ganz anderes Buch geschrieben, für ihn.
Die Bibel auf dem Giebel, ist ein Buch über Vögel. Zumindest kommen zwei Schräge drin vor. Hugin und Munin die Raben von Odin. Die finden bei einem Sturm Seiten aus der Bibel, lesen sich die vor und lachen sich schlapp über diese Märchen. Ja das geht das halbe Buch so, Paste and Copy Bibeltext und dann die Kommentare von Hugin und Munin.
Bis es dem Schöpfer zu bunt wurde und er die beiden Stinker auf das Konstrukt geholt hat. Ja da hat er den beiden mal gezeigt, wie die Schöpfung wirklich stattgefunden hat.

Das hat mich selbst beeindruckt.
Die Bibel auf dem Giebel war mein allererstes Buch, ich hatte für die anderen drei ja keinen Anfang.
Aber jetzt schon, denn der Lektor und die Festung der Huren, auf Biegen und Brechen und dann die Insel der Druiden Teil eins und zwei, fertig.

Ansonsten alles gut, wie es in Mecklenburg Vorpommern nähe der mecklenburgischen Schweiz und Seenplatte für einen EX Wessi, der Honeckers Traum, die Flucht des Westlers vor dem Kapitalismus in den Osten, wahrgemacht hat, nur gehen kann.

Ach ja, die letzten 13 Jahre war ich Segellehrer und Yachtausbilder und habe in der Charter, an der Ostsee in Warnemünde angeschafft. Da liegt auch schon ein Buch dazu auf meiner Festplatte und dürfte 2021 den Lockdown verzuckern. Ach zur Zeit ist ja gelockert.

Ja, ich stelle bei Durchsicht, meiner Druiden Dateien zur druckreife fest, das Buch Yachtikon ist schon im Juli 2021 erschienen und natürlich kann ich es nur empfehlen.

Jeder der einen Segler in der Familie hat. Ihm eine Freude bereiten möchte oder einfach nur Argumente braucht, warum man selbst nie und nimmer Segeln möchte.
Schon gar nicht auf eine Charter mitgenommen werden will, für den ist dieses Buch gedacht.

Yachtikon Lola

Euer Sven Bork

Inhaltsverzeichnis

1.	Der erste Schlüssel	S. 19
2.	Derweil in der Festung der Huren	S. 24
3.	Das Koordinatensystem oder lange Erde	S. 29
4.	Anglesey die Druideninsel	S. 47
5.	Anglesey die Insel der Druiden	S. 78
6.	Gildehaus der Zauberer	S. 99
7.	Derweil der Held	S. 150
8.	Das Oktav	S. 157
9.	Der Duud und die Mama San	S. 177
10.	O Shea und der nächste Schritt	S. 195
11.	Die Hexenzunft	S. 195
12.	Magische Television	S. 202
13.	Elf Elfen helfen	S. 213
14.	Begegnung Lola´s Pinte	S. 228
14-2	Begegnungen im Hexenhaus	S. 237
15	ENDE Teil 1	S. 254

Vorstellung anderer Bände

Alle Rechte und Unrechte, absolut vorbehalten. Kein Teil dieses Buches darf in irgendeiner Form (Druck, Fotokopie sonst einem anderen Verfahren) ohne schriftliche Genehmigung, der QUERART (patentiertes Markenzeichen), beziehungsweise des Autors Sven M. Bork reproduziert oder unter Verwendung elektronischer Systeme verarbeitet, vervielfältigt und verbreitet werden.

Copyright Februar 20.02.2022
Sven M. Bork/Querart

Der folgende Text existiert gar nicht, außer in meinem Kopf und ist geistiges Eigentum. Auf welchem Weg, diese Erzählung in einen Verlag gelangte, wird vom Autor mit Nichtwissen bestritten.

Jede Druckform, darf weder verbrannt, bespuckt oder beschimpft werden, es ist verboten mit dem Gesamtwerk beziehungsweise Auszügen daraus, Hunde, Katzentoiletten auszulegen, Möbel auszurichten und in Waage zu setzen.

Erlaubt sind Denkanstöße, auch beidhändig mit 2 Exemplaren ausgeführt und der gebrauch dieses Machwerks, als Notabwehr oder zum Verstecken eines Flachmanns,
 andernfalls einer Pistole, nicht aber für Drogen.

Vorwort

Wenn du lachst, läuft der gesamte Organismus auf Hochtouren - und zwar im positiven Sinn. Lachen kommt einer Medizin gleich. Es wirkt heilend auf Stress, auf Schmerzen und viele weitere Beschwerden.
Konkret geschieht in deinem Körper Folgendes, wenn du lachst:
Die Zahl der Blutkörperchen steigt und die Produktion körpereigener Antikrebsstoffe wird beschleunigt.
Dein Körper produziert Immunzellen und Immunbotenstoffe zur Bekämpfung von Krankheitserregern.
Die Produktion des (unter Stress zu hohen) Immunblockers Cortisol wird reduziert.
Der Antikörper-Pegel in Speichel und Blut steigt an.
Körpereigene Opiate und die Stoffe Adrenalin und Noradrenalin werden ausgeschüttet, die stimulierend und schmerzstillend wirken.
Dein Herz schlägt schneller, und das Gehirn wird besser mit Sauerstoff versorgt.
Der Organismus signalisiert deinem Verstand den Zustand „Entspannung".
* Text von Dr. Wolf-Michael Farr

Dieses Buch ist ein Medikament, zu Risiken und Nebenwirkungen, fragen Sie den Autor oder tragen ihn zu einem Verleger.

Lesen Sie dieses Buch niemals zusammen mit anderen Schriften, informieren Sie sich über die Wechselwirkungen.

Was bisher geschah.

Svenney O Shea, trifft im Wirtshaus zu Antrim, den Barden der ein großes Geheimnis hütet, das um einen sagenhaften Schatz gewoben ward.
An 10 Orten, die geheim waren, ihrem Schutz zugesprochen, gab es Schlösser die man mit Schlüsseln, welche aber zuvor gefunden werden mussten, aufsperren konnte. Hinter den Türchen befand sich jeweils der nächste Hinweis.
In den ersten beiden Bänden Svenney O `Shea´s wahre Abenteuer, gelang es dem Helden, leider nicht einmal einen der Schlüssel zu erlangen. Obwohl er vom Barden genau beschrieben bekommen hat, wo dieser zu finden ist.
Bei der Mama San, der Oberhure im Hurenhaus von Dun Bleisce Doon, der Festung der Huren (Band 2). Einer Siamesin, die 2 Siamesischen entspricht und ein Zwilling ist.
Zumindest der Anzahl der Köpfe nach, zu beurteilen. Den dort hat der Barde einen offenen Deckel, er konnte die Zeche nicht bezahlen und gab den Schlüssel als Pfand.
 Im Sterben liegend verriet er dem O´Shea dieses Geheimnis.
 Svenneys Geliebte Bernadette, die mit Geld gesegnet war, also reich und aus gutem Hause. Versprach das Abenteuer Schatzsuche zu finanzieren und das Wagnis nahm von da an seinen Lauf.

Der unheimliche Lektor, eine Art Magier nur unglaublich mächtiger, hat sein eigenes Interesse an dieser Schatzsuche.
Und das Svenney O´Shea alle 10 Schlüssel findet und die Siegel bricht, nur welches das erfährt der geneigte Leser in Band 3,

Auf Biegen und Brechen.

In den ersten beiden Bänden gelang es, dem tollpatschigen Helden immer zu überleben.
Auch wenn er nicht vorwärtskam, so kam er doch weiter.
 Und immer näher an die Festung der Huren, die er dann endlich erreicht hat, mit all seinen Darstellern und Figuren. Der Baader mit seiner Opium SPA, die verschiedenen Dirnen mit Ihren Spezialitäten, Intrigen und Geschichten. Svenney bekam sogar den ersten Schlüssel, ein Beweis das die Legende des Baaders stimmte und das, was er vom Lektor erfahren hat.

Aber wäre es anders, würde ich diese Geschichte gar nicht erst erzählen.

Das erstaunlichste, in Band 3 konnten wir alle lesen, haben somit erfahren, der Schatz den Svenney sucht, den gibt es zwar, aber der ist gar nicht der wahre Grund für dieses Abenteuer.

Der Lektor hat ein anderes Anliegen.
Ein wesentlich höheres, es geht um die Rettung der Welt, und zwar unserer und dem ganzen Universum, zumindest dieses kosmischen Raumes.
Die Erde ist der Mittelpunkt, eines Zeitrades deren Achse durch den Greenwich-Meridian genau auf diesem Planeten verläuft.

Von dort aus verlaufen die Tragbalken bis zum Rand des Universums, um das Rad zu tragen, welches das Weltall stabilisiert.

An dieser Einfassung befinden sich unzählige Amüsierbetriebe, Bordelle das ganze Black Jack und Nutten Gedöns.
Und dort findet der Handel und alles Sonstige, mit den anderen inklusive parallel Universen statt.
Um diese endlos scheinenden Trägerarme zu fundieren, wurden riesige Maschinen konstruiert.

Die Bender die gigantischen Biegeeinheiten.

Sie dienen dazu, die Träger zu stabilisieren. Durch Urknalls, durch Ionen oder Sonnenstürme, wirken unvorstellbare Kräfte auf das Trägergerüst.
Wäre es starr, würde das Rad bald zerbrechen. Und das ins Wanken Gekommene, unser Universum, wie wir es kennen, würde untergehen, sich selbst auslöschen.
Die „Bieger" sind dazu da, entgegen zu wirken, indem sie die Trägerarme justieren, durch beugen und dagegenhalten.
Eine fremde Macht indes, möchte dieses Universum, ins Chaos stürzen.
Indem es die Träger verschiebt und damit die Zeitachsen, was plötzlich in der „Ist" Erde also um 2020, Dinosaurier auftauchen lassen würde.
Und in der Vergangenheit US Invasionstruppen auf dem Weg nach Hanoi und andere schräge, dafür unerfreuliche Dinge.
Diese fremde Macht beginnt „die Biegeeinheiten" anzugreifen und zu manipulieren.

Die Bender lassen sich nur einzeln indoktrinieren und das nur in festgesetzten Reihenfolgen.

Die fremde Macht, der Saboteur wer immer, kann
nicht jeden der Träger oder Balken gleichzeitig beherrschen.
 Schutzmechanismen, die der Lektor installiert hat,
erlauben immer nur einen Bender nach dem anderen
zu Manipulieren. Und nur in einer festgesetzten
Reihenfolge.
Der erste Bender ist die Nummer 4. Zuerst, wenn
dieser entweder komplett abgeschaltet ist oder seine
Software ausgetauscht wurde, was ein langes Backup
voraussetzt, können die nächsten Biegeeinheiten übernommen werden.
Der erste Bender in der Reihe ist die Nummer 4.
Und genau dort sind die Saboteure gelandet und haben
das Manipulieren begonnen.
ERGO: DIE SABOTEURE kennen sich aus.
Frage wer ist der Saboteur?

Dieser Bender 4 liegt ganz und genau um den Nullmeridian der Erde. Dem Greenwich-Meridian. Was der
Grund ist, das der Lektor exakt in diesen Breiten und
Längen um Irland, und dem Königreich die Rettung
rekrutiert hat, eben unseren Helden Svenney.

Der Lektor hat sämtliche Bender programmiert und die
Sicherheitsschaltkreise entwickelt.
Für den absoluten Notfall Virensoftware, zu jeder
einzelnen Biege Einheit auf einen Schlüsselförmigen
USB Stick gespeichert und diese versteckt. Und
anschließend sein Gedächtnis gelöscht. Damit auch
unter Folter oder neuronal Scans seines Gehirns, dieses
Geheimnis gewahrt bleibt.
 Aber an jedem Ort, an dem ein Schlüssel passt und
den nächsten Hinweis auf den „Schatz" wie Svenney
annimmt, enthält, befindet sich das passende Schalt-

modul für die Biegeeinheit die, als baldigstes deaktiviert werden muss.
Der erste Schlüssel ist endlich im Besitz des Recken und ich kann fortfahren.

1. Der erste Schlüssel

Irgendwo, ganz woanders.

Etwas weiter Weg. Aber dennoch nicht endlos weit, eher am Beteigeuze 5 vorbei, bis zur Inter-Shell. Dann rechts ab, Richtung Zarkulon Sektor.
 Genau genommen Mondbasis Zaark 9. Da lief ein gewisser GrrOoo Krrg aufgeregt auf und ab. Er schien sich mit sich allein zu amüsieren, zu mindestens aber zu sich selbst zu sprechen, denn außer ihm war niemand anderes im Areal.

GrrOoo Krrg der als Spezialist für Raum und Zeitachsen gilt. Sowie deren Krümmung, die maßgeblich an der Konstruktion dieses einen Universums im Multiversum beteiligt war. Indem das Gefüge von Zeit und Raum, durch die Manipulationen der Trägerarme, Gefahr lief auseinanderzubrechen.

 Was er GrrOoo als Erster entdeckte, er spürte einen Ruck, ein ziehen ... irgendetwas und er merkte, dass es etwas Gutes zu sein schien. Sofort setzte er sich an eine der Konsolen, welche sich über seine neuronalen Knoten, mit dem Ultra-Net verbinden.
Zuerst rief er die ganzen Parameter der Zeit und Raum Dissonanzen auf. Deren Werte in den letzten Tagen besorgniserregend waren, auf. Und lud dann sämtliche

Updates und Datenströme in sein selbst geschriebenes Vergleichsprogramm.
Hoch konzentriert analysierte er Zeile für Zeile und nahm plötzlich das Gespräch mit sich allein wieder auf.
„Träger 4, es ist der 4te .... alle Werte auf null bis zu den Mindestparametern. Was ist da los? Ich muss sofort Zugang zur Biegeeinheit 4...., da ist sie ja, OFFLINE .... wie kann denn eine ganze Einheit, so groß wie ein Mittelklasseplanet ...?
Ohoh, ich glaube, sie ist deaktiviert, das bedeutet: HEUREKA (Freudenruf der Griechen) es funktioniert!!?"

„Der Viruscode vom Lektor wirkt, er hat die komplette 4te Trägereinheit Offline geschaltet, wenn uns das mit allen anderen 9 Trägern ebenfalls gelingt, dann ist der Angriff abgewehrt.

 Von wem immer er kommen mag, den Hypothetischen oder den Zy-tronen oder wer zum Henker ein Interesse haben könnte, ausgerechnet dieses Universum zu zerstören."

GrrOoo Krrg griff zum schwärzesten Gerät auf seiner Konsole, einem Trans-V-mittler.
 Mit deren Hilfe er einen Kanal zum Lektor öffnete, der nicht mal den hundertsten Bruchteil einer Sekunde benötigte, um mit kältester und klirrender Stimme mitzuteilen, dass er den Anruf erwartet hätte.

„GrrOoo mein lieber Professor, haben Sie die Daten von eben schon kanalisiert und ausgewertet"?
„Es ist unglaublich, Träger 4 stabilisiert sich er bewegt sich in seine Ausgangslage zurück."

„Heute Morgen, zeigten die Daten, dass Träger 4 nicht mehr viel Spiel hat, dass sein Endpunkt sich aus dem

Rad löst und der Anfangspunkt bald aus der Nabe springt. Im Augenblick fügt sich alles wieder, ..."

Der Lektor unterbrach GrrOoo barsch.
„Aber die anderen 9 Biegeeinheiten, werden nach und nach deren Trägerarme, die Speichen des Rad´s aus den Verbindungen lösen, denn der Code, muss an jedem Bender einzeln aktiviert werden."
„Und zwar genau an der geheimen, dennoch zentralen Konsole, wenn ich darüber nachdenke wie lange, es gedauert hat, bis dieser irische Trottel...."

„Er ist ein Held".
Verteidigte GrrOoo unseren Svenney.

„Ein Held in Seidenstrümpfen und schwer von Begriff, was durchaus gewollt ist, denn er soll gar nicht begreifen, was er wirklich tut, er soll nur seinen Schatz suchen, aber die Zeit ...."

„Ja, es muss doch einen Weg geben, dass Ganze zu beschleunigen".
So der Einwand von GrrOoo

„Die Konsolen liegen alle auf der Zeitachse des 17 Jahrhunderts. Da gab es nicht mal Fahrzeuge mit Verbrennungsmotor, keine Flugscheiben oder irgendetwas das schneller als ein Pferd ist. Und selbst ein Gaul, muss rasten. Die Terminals sind aber überall auf der Zeitachse 17 und das bedeutet auf der ganzen Erde verteilt. Außer für den zehnten Balken, da sind Schlüssel und Konsole in Bääh Lin, auf Tetra EDER."

„Wir könnten die Erde doch einfach zerstören. Sie wurde von Ihren Besitzern ohnehin nicht vollständig bezahlt. Die Konsolen wären dann auf einen Schlag unbrauchbar".

So der GrrOoo, der Lektor nahm das Wort wieder auf.

„Das ändert gar nichts. Die Bender würden zwar einem Reset unterworfen. Aber die Angreifer würden sofort wieder beginnen, ihre Routinen auf die Hauptsteuerplatine zu spielen und dann?"

„Dann haben wir überhaupt keinen offenen Port mehr für den Virus, verstehe. Ich habe bis eben die anderen 9 Träger gecheckt. Drei von Ihnen sind in einem äußerst kritischen Zustand, die müssen wir zuerst stabilisieren ...."

„Blödsinn"
Blaffte der Lektor.

„Die Reihenfolge muss genau beachtet werden, zuerst war es Träger 4, dann kommt 6, 8 und 10. Danach 3,5,7 und 9. Zum Schluss 2 und Träger 1.
Jeder Bender hat seine persönliche Software."
 „Seine eigenen Biegekurven, Parameter und sein spezielles Sicherheitssystem."
„Wir können nicht außerhalb der Reihenfolge agieren, alleine deswegen nicht, weil jedes Schloss für das der Irre, Ire sie hält, den Fingerzeig auf das nächste Schloss, samt dem Schlüssel oder einen Hinweis auf ihn enthält."

„Das ganze Sicherheitssystem ist so geheim, dass selbst ich es nicht mal kenne. Ich habe es erschaffen. Habe den Teil des Hirnsektors gelöscht, in dem diese Erinnerung gespeichert war.
Zum Glück aber hatte ich vor dem Löschen ein Backup sämtlicher Frontlappendaten gemacht. Diese Sicherungskopie, mit den Alarmgebern der Biegeeinheiten gekoppelt.

Sodass die Daten beim Auslösen des Alarms, automatisch in meinem Gedächtnis rekonfiguriert wurden."

„Nichtsdestotrotz wurde es Zeit, dass Träger 4 wieder stabil ist, wenn noch nicht ausbalanciert."
 „Weil ja der Bender IV außer Betrieb ist und erst wieder neu gestartet werden muss.
Aber erst nachdem sämtliche Ports geschlossen wurden. Über die der Angriff ausgeführt wurde. Träger 4 hat den ersten Druck auf die 3 am stärksten veränderten Träger etwas abgefangen, dennoch müssen diese schnellstens stabilisiert werden."
So der GrrOoo

„Ich weiss" antwortete der Lektor knapp.
„Ich kümmere mich darum" dann unterbrach er die Verbindung.

2. Derweil in der Festung der Huren

Svenney stand mit großen Augen vor dem Display und verstand, was er immer begriff. Das Verstand einen Durchblick braucht, den er aber nicht hatte. So erschloss sich ihm nicht, was soeben vor sich gegangen war.
Schlüssel ins Schloss und jetzt?
Er hatte erwartet, dass sich irgendetwas öffnete. Etwas freigab oder dass ein Pergament gerollt für ihn bereitlag, irgendwas Greifbares.

Er war enttäuscht, der ganze weite Weg nach Dun Bleisce Don, seine Geliebte Bernadette die er verlassen musste und die er bis eben zu diesem Moment wieder vergessen hatte.
 All die Abenteuer, er dachte an den Barden, der dieses Geheimnis an ihn weiter gegeben hatte, bevor er starb, an die Mama San die ihm diesen Schlüssel gab, mit dem er was eigentlich bewirkt hatte?
Ein grausames Pfeifen, Krächzen, schmirgeln, ein entsetzlicher Misston riss ihn aus seiner kommenden Depression. Und fesselte seinen Blick wieder an den Monitor.
 Der zuerst so schwarz wurde, dass er alles an Licht und Reflexionen in seiner Umgebung an sich zog und dann mit einem Laut das wie Fuuuuup klang, eher komprimierte Luft, als ein Geräusch war. Schien sich das Display zu vergrößern, was es aber nicht tat.
 Vielmehr veränderte er seine Form, der Lektor füllte plötzlich den Zwischenraum, der Svenney von der Konsole trennte.

„Gratuliere, die erste Aufgabe hast Du gelöst, das primäre Schloss ist offen und das Debüt- Siegel ist gebrochen".

Die Stimme schien von überall her zu kommen, dass Metal, der Kunststoff ein Material das Svenney gar nicht kannte, die Luft und auch der Raum an sich, modulierte die Worte.
Ja selbst seine Eingeweide, sein Hirn und das Skelett, schien diese Sprache zu bilden.

„Es sind 9 weitere Türen zu öffnen, wirst Du das schaffen?"
Die Frage stellte der Lektor.

„Am Anfang meines Weges hatte ich so gar keine Lust, was auf dem Weg nicht besser wurde. Bis ich gestern völlig das Interesse verloren habe, das heute Morgen dann komplett weg war.
Jetzt da ich hier stehe, nachdem ich tat, was getan wurde, mag ich gar nicht mehr".

„Ich fühle mich so erschöpft, dass ich, wenn ich mich dann gleich ablege, wieder aufstehen werde. Nur um mich erneut hinlegen zu können, so müde bin ich."

„Der Schatz, denk an den Reichtum, was Du Dir alles leisten kannst, Bernadette steht auf starke erfolgreiche Männer, sei froh dass sie dich so nicht sieht, wie du hier vor mir stehst, Du Träne."

„Reiß Dich zusammen. Es geht ja nicht alleine um Dich, hätte der Barde gewusst, was Du für ein Schleimbeutel bist, hätte er sich nie an Dich gewendet, mit seinem Geheimnis".

„Nun"

Entgegnete der O Shea.

„Er hatte nicht die Wahl, wählerisch zu sein. denn als er mich ins Vertrauen zog, lag er in den allerletzten Zügen, dass meiste habe ich gar nicht verstanden, von dem Zeug das er gebrabbelt hat."

„Aber Bernadette und für die bist Du doch losgezogen. Diesen enormen Schatz zu finden. Hat Sie Dich nicht unterstützt und finanziert?"

„Man könnte es so sehen".

„Könnte man, gewiss".
„Nun Ja".
Lenkte Svenney ein.
„Ich denke, ein Schatz ist ein großes Ziel, eine Aufgabe quasi.
Etwas, das nicht jeder hat".

„So ist es".
Ermunterte der Lektor.

„...und jetzt verliere keine Zeit, sieh dort nach, wo den Schlüssel eben ins Schloss gesteckt hast, dort müsste ein Hinweis auf den folgenden Schlüssel sein".

Svenney schaute zu der Stelle. Aber da war nichts mehr. Die komplette Konsole hat sich in die Metallwand zurückgezogen.
Eben noch sirrte eine Metallplatte über die Aussparung, da tauchte ein Arm aus Metall auf, aus dessen „Zeigefinger" ein Lichtstrahl auf, dass Metal schien.
Das zu schmelzen begann, es funkte Stank verbrannt.
Als der Arm sich zurückzog, war vor Svenney nur eine glatte Oberseite, kein Hinweis dazu, was bis eben dort gewesen war.

Dann glitt diese ganze Wand aus Stahl, der poliert sein musste, so wie er an der Oberfläche glänzte, zurück.
Langsam hatten sich Sveeneys Augen an die Lichtverhältnisse gewöhnt und er nahm jetzt Details wahr, nach unten in den Untergrund.

Nachdem das geschehen war, glitt der Boden zurück und verschwand in ... ja wohin denn, es war nichts mehr da.
 Die Decke begann sich zu falten.
Die Wände um Svenney herum, zogen sich ebenfalls zurück. In was auch immer, denn es war nichts mehr da, wohin die Bauelemente sich zurückziehen könnten.

 Überall wo ein Bauteil oder der Boden und die Decke über ihm, in irgendwas hineinglitten, dass da sein musste, es aber nicht zu sehen war, wurde die Fläche blau.

 Nicht wie der Himmel. Sondern ein künstlich, fahles Blau wäre der Bezeichnung gerecht.
Nachdem alle 6 Seiten um ihn herum dieses Blau angenommen hatten, wurde ein Gitter auf den Flächen sichtbar, unter über ihm und drumherum.
Auf der „Wand" der blauen Platte ihm gegenüber, begann es zu flimmern.

 Eine 3 leuchtete auf, darum ein Kreis, der sich öffnete.
Dann eine 2 und wieder ein Ring, der sich auftat und eine 1 erschien und jeder Ziffernwechsel wurde durch ein Piiiep begleitet.

„Vielen Dank, dass Sie die Zaarkon Vision- Sens Kabine benutzt haben. Wir schalten die Übertragung nun ab und hoffen Sie schon bald wieder, als Kunden mit technischen Finessen erfreuen zu können.

Im Anschluss sehen Sie unser Programm und eine kleine Auswahl weiterer Dienstleistungen.
Wie z.B die tragbare Selbstmordzelle Ex-O-dus II oder den Vision-Sens Großformat C, mit den gleichen Funktionen, wie die eben von Ihnen genutzten kleine Einheit, nur für wesentlich größere Anlässe.
Im Anhang befindet sich eine Nachricht, eine persönlich an Svenney O Shea´s gerichtete, mit einem Anhang. Der Download wird automatisch gestartet in 3-2-1."

Vor Svenney materialisierte sich ein Ding, Dings, kein Bums eher eine Schachtel, nein eine Art, ja was? Baumstück, nicht kein Ast, doch es war ein Stück Baum, ob Ast, oder Stamm … es war 30 cm im Durchmesser und innen hohl, vor allem war es da.
Direkt vor ihm und er nahm es auf und in die Hand. Da schmeichelte das Holz seine Handfläche und Svenney erkannte, dass dieses Stück Stamm oder Ast, unterbrochen war, und zwar an seinem oberen Ende.
Ja, hätt man es umgedreht, wäre es unten gewesen, aber es war unterbrochen und da setze Svenney an.
Fupp …. der astmäßige Stamm war gelöst, offensichtlich innen hohl.
In dem Hohlraum war ein Pergament, eher ein Papyrus, es wirkte grob und auf dem Schriftträger stand:

43° 01′ und 41° 22′ nördlicher Breite und 9° 34′ und 8° 33′ östlicher Länge.

3. Das Koordinatensystem oder die Lange Erde.

1634 wurde auf El Hierro als der westlichsten Kanarischen Inseln ein Nullmeridian durch den Faro de Orchilla fixiert.
Erst seitdem 1884 setzte sich der seit 1738 in England gebräuchliche Meridian, von Greenwich gegen andere nationale Nullmeridiane durch.
Koordinaten bezeichnen Schnittpunkte, eines Gittersystems, das über die ERDE gezogen wurde. Was als man diese Erde als Scheibe sah, allerdings nicht zu einer Navigation ausreichte.
Die Seefahrt profitiert ebenso wie die Fliegerei von diesen Koordinaten. Ermöglichen Sie doch eine exakte Definition und das Erreichen eines solchen Punktes.
Luftfahrt gab es zu Svenneys Zeit nicht ... aber es gab das Gradnetz.
Das Gradnetz ist ein gedachtes Koordinatensystem auf der Erdoberfläche.
 Mit sich auf rechtwinklig schneidenden Längen und Breitengraden.
Somit wird die geographische Ortsbestimmung ermöglicht, genauer des Standortes.
Die Breitenkreise werden dabei vom Äquator aus gezählt.
Die Pole liegen bei 90° Nord und Süd, außer bei Scheibenwelten. Denn da weißt die Kompassnadel auch immer zum Mittelpunkt. Aber die Erde Svenneys ist halt mal Geoid oder eine Kugel.
Die Längengrade werden von einem willkürlich festgelegten Ort dem NULLMERIDIAN aus gezählt. Der gar nicht so zufällig ist, wenn man davon ausgeht, dass er durch Greenwich England verläuft. Und das irische Königreich des Svenney tangiert. Dabei genau den

Träger 4, dass die Speiche des universellen Rades bildet.

Wichtig ist, dass genau dieser Träger 4 die Uniteted Time Correctet bildet. Was der geneigte Leser als UTC Zeit kennen sollte.

Germanien hat UTC plus 1 Stunde, was auch die MEZ die Mittel europäische Zeit darstellt im Sommer UTC plus 2 also die MESZ die mitteleuropäische Sommerzeit.
Siam hat UTC plus 6, heute als Thailand bekannt.
Eine Koordinate ist eine von mehreren Zahlen, mit denen man die Lage eines Punktes in einer Ebene oder in einem Raum angibt.
Jede der zur Beschreibung erforderlichen Dimensionen wird durch eine Koordinate ausgedrückt. Wird ein Ort durch zwei Zahlen beschrieben, beispielsweise auf der Landkarte, spricht man von einem „Koordinatenpaar".

Bei symmetrischen Systemen, bei denen eine Dimension überall gleich ist, kann man durch Darstellung in einem geeigneten Koordinatensystem erreichen, dass einzelne Koordinaten konstant bleiben.

Zum Beispiel genügt zur Festlegung einer Position auf der Erdoberfläche die Angabe von lediglich zwei Koordinaten Längengrad und Breitengrad denn die dritte Koordinate ist durch den Erdradius festgelegt. Wenn hingegen zusätzlich die Höhe eines Punktes beschrieben werden soll, muss diese als dritte Koordinate zusätzlich erfasst werden.
Man sollte aber beachten, dass die Erde keine Kugel ist. Sondern Geoid oder Ellipsoid das bewirkt eine Verschiebung.

Koordinaten haben daher immer ein Bezugsystem.
Heute das WDS World Geodetic System 1984 (WGS 84)
Das aber gibt es in der Welt des Lektors, unserer eigenen und der Umgebung der Biegereinheiten. Nicht aber im 17 Jahrhundert des Svenney.

Der uns umgebende Raum wird in der Mathematik, in der Physik als 3 Dimensionaler Raum oder euklidischer Raum dargestellt.
Euklid aber lebte ca 300 v Chr. und begründete Geometrie Arithmetik und die Lehre von den Größenverhältnissen.
Ja in Griechenland waren die Proportionen wichtig, weshalb ich mich frage warum an meist so mächtigen Büsten und Statuen, so gering ausgebildete Schnippel, aber wenn juckt das.
Zum Glück waren die Titten, der Göttinnen und ihrer Aushilfsgöttinnen, nicht nur in 3D, sondern extra üppig.

3 Dimensional oder euklidischer Raum ... es geht um Navigation.
Koordinaten, schon lange vor dem GPS verwendete man diese.
Eine Koordinate ist eine von mehreren Zahlen, mit denen man die Lage eines Punktes in einer Ebene oder in einem Raum angibt.
Jede der zur Beschreibung erforderlichen Dimensionen wird durch eine Koordinate ausgedrückt. Wird ein Ort durch zwei Zahlen beschrieben, ach so das hatte ich bereits weiter oben erwähnt.
Auf einem Schachbrett zum Beispiel wähnt man den Läufer weiß auf D 6, jeder kennt Schach oder ein Schachbrett.

Es ist 2 Farbig, schwarz und weiß und besteht aus quadratischen Feldern, deren Farben sich in waagerechter sowie senkrechter Richtung abwechseln.
Es entsteht ein geometrisches Muster hier das Schachbrettmuster.
Es besteht aus 64 Feldern acht waagerechten und 8 Senkrechten Feldern.
1-8 oder A - H
Ein einfaches Koordinaten System, das Schachspielfeld.
Aber die Erde ist ebenso eines.
Schach spielen darin war unser Svenney unschlagbar, er wusste nicht, mal wie man die Figuren aufstellt, geschweige denn wie man sie über das Brett führte.
Aber nun verlangte es nach mehr, als die Koordinaten auf einem Schachbrett zu treffen und eine Figur dort ab zustellen.
Obwohl, um die nächste Aufgabe zu erfüllen, sollte unser Svenney seine eigene Figur, genau zu dieser Koordinate bringen.

43° 01′ und 41° 22′ nördlicher Breite und 9° 34′ und 8° 33′ östlicher Länge

Was bedeutet das.
Der geneigte Leser und euer Erzähler der Segellehrer wissen, aus dem Sportboot See Kurs oder aus allgemeinem Interesse, was diese Zahlen und Zeichen bedeuten.
Es ist ja so, dass wir geografische Breiten (Phi) und die geografischen Längen haben (Lambda).

Die Geografische Breite 00° ist der Äquator, von dem aus 90 Nördliche Breiten (Breitenkreise) zum Nordpol und 90 südliche bis zum Südpol gezählt werden.
Aber damit haben wir noch keine Schnittpunkte, die erhalten wir, wenn unsereins der Weltkugel, die Längengrade überstülpen.

Diese Längengrade werden die Meridiane bezeichnet.
Die gegenüber der Breitengrade alle gleich lang sind, es sind Halbkreise die von Pol zu Pol verlaufen.
Für uns ist der Nullmeridian wichtig. Der verläuft wie schon erwähnt durch Greenwich. In dieser Erzählung entlang des 4 Trägers oder man kann auch Balken sagen, vom Rad des Universums.
Ausgehend vom Nullmeridian werden genau 180 Längen nach Osten und 180 Längen nach Westen, gezählt.
Trickreich wie die Seefahrt nun einmal ist, sind Seekarten genauso eingeteilt.
An den seitlichen Kartenrändern finden sich die Breiten und oben und unten an den Kartenrändern die Längen.

43° (Grad) und 01`(Minute) und
41° Grad und 22`Minuten nördlicher Breite bedeutet schon einmal, dass sich das Ziel auf der nördlichen Halbkugel befindet, oberhalb des Äquators zum Nordpol hin, und zwar so ziemlich in die Hälfte zwischen Nordpol und dem Äquator.

9° und 34 `also 9 Grad und 34 Minuten sowie
8° 33` also 8 Grad und 33 Minuten, befinden sich vom Nullmeridian aus gesehen östlich davon und zwar eben 8° oder 9°.
Und da wir 2 Koordinatenpaare haben, kann man davon ausgehen, das Ziel befindet sich dazwischen.
Oder es ist etwas größer, somit keine gute und genaue Angabe.

Das nächste Problem, beziehen sich diese Koordinaten auf unsere und somit Svenneys Welt. Oder eine parallele Erde, z.B denn es gibt ZIG mal unsere Erde, in

Parallelwelten Erden oder man nennt es auch die lange Erde.

Die Theorie dahinter ist diese und welche, die aussagt, das die lange Erde eine potenziell unendliche Abfolge von Parallelwelten ist. Die Mittlere dieser Welten wird die Datumserde genannt.
Die Parallelwelten gehen in Ost und in westliche Richtung. So hat jede parallel Erde ihre Bezeichnung Ost 1,2,3,4,5,6 .... Millionen oder eben West 1,2,3,4,...Millionen.
In diesen Parallelwelten ist absolut alles wie auf der Datumserde.
Gut, nicht alles, sondern nur die Kontinente und Flussverläufe. Die Meere, Seen in etwa, weil es auf keiner dieser Erden weitreichende Evolutionen gab.
Der Forscher Terry Pratchett hat in unzähligen Erzählungen und Büchern, diese Lange Erde ausführlich beschrieben. Und von daher möchte ich hier nicht weiter abgehandelt beschreiben, worum es sich bei der langen Erde handelt.
Es gibt andere Denkmodelle und Parallelwelten.
Die auf der Annahme beruhen, dass diese unsere Erde gar nicht hohl ist innen. Sondern die gleiche Welt immer und immer wieder nach innen bis zum Erdkern dupliziert ist. Natürlich werden diese Parallelwelten kleiner, was aber niemanden auffällt, da alles im Bezug zur Größe sich mit verändert.
Der Lektor und GrrOoo Krrk, wissen über die tatsächliche Anzahl der Universen ebenso bescheid, wie die der Welten. Die Erde ist tatsächlich der am meisten vorkommende Planet überhaupt. Einfach weil er ein Erfolgsmodell ist, die Zusammenhänge über Schöpfung, Schöpfer und dergleichen, kann man in „die Bibel auf dem Giebel" nachlesen, im gleichen Verlag erschienen, wie diese bescheidene Erzählung, vom selben Erzähler, mir.

Aber natürlich gibt es die absoluten Beweise, dass die Erden Scheiben sind. Nicht rund wie wir irrtümlich dachten, die katholische Kirche hat den Galileo Galilei nicht ohne Grund Exkommunist, nein eher exkommuniziert .

Schauen wir uns mal folgende Fakten an.
Währe die Erde ein Ball, müsste es ja Tag und Nachtseiten geben.
Nehmen wir eine Kugel und eine Taschenlampe.
Beleuchten wir diese, ist eine Seite hell, die andere dunkel, dreht sich der Ball, tauchen Erdteile die im Schatten liegen, irgendwann ins Licht ein. Und dann z.B nach 12 Stunden wieder in den Dunkelpunkt, was man Nacht nennt,....
Tatsächlich aber ist es überall, sobald die Sonne über den Rand klettert, gleich hell, von Peking bis Amsterdam. Nein, natürlich Unfug.

In Wahrheit und das wissen wir ja, ist es wirklich in Amerika hell und bei uns dunkel.
 Und zu verschiedenen Zeiten.
Das ist simpel zu erklären, die Sonne ist in Wahrheit, winziger als wir denken.
Wesentlich kleiner als der Mond.
Diese bescheidene Sonne taucht über der Erdscheibe auf, sagen wir so um die USA herum, da wird es dann hell.
Die Ostküste, die Westküste ist dunkel. Sodann kommt die Sonne oder das Sönnchen langsam zur Küste und Voila ist es hell. Später über den Atlantik, Bamm wird es irgendwann in England beleuchtet, dann Russland und so weiter.
Der geneigte Leser kann einen Versuch selbst bei sich starten, indem er eine Taschenlampe nimmt und eine Papierkarte oder einen Atlas.

Tadaaaaaa und schon haben wir den nächsten Beweis.
Warum gibt es so wenige GLOBEN. Aus welchem
Grund benutzt jeder Karten, Seekarten sind FLACH
richtig?
Eben weil es so ist, auf hoher See würden diese Globen
ja durch das Auf und Ab des Wellenganges, ständig
vom Kartentisch knallen. Außerdem ist die Kugelform
ohnehin Schwachsinn.

Wir nehmen die Papierkarte oder gerne eine Kunsthof-
folie mit Weltkartenaufdruck im WGS 84 Format.
Schalten unseren Handscheinwerfer ein und sehen,
genau ein Teil dieser Weltkarte ist von Licht erfüllt.
Nehmen wir die Taschenlampe etwas zurück, wird ein
größerer Teil der Erde lichterfüllt.
Es ward Tag. Bewegen wir die Lampe näher zur Karte,
wird der beleuchtete Ausschnitt (Tag) kleiner aber
auch heller.
Das betrifft vor allem Afrika und die anderen heißen
Länder.
 Denn wenn das Licht intensiver wird, dann steigen die
Temperaturen. Während in kühleren Staaten und
Kontinenten, die Sonne etwas höher über den Erdteil
hinwegfliegt. So erklärt sich mit bloßer Logik und
durch einfaches Nachdenken alles.

Für die Leser unter euch, die gerne Fakten und echte
Zahlen benötigen.
Die Sonne ist nur 51 KM im Durchmesser und Gerade
mal 4900 KM von der Erde entfernt und sie bewegt
sich nachdem sie aufgegangen ist kreisrund über den
Globus, so erklären sich die Tag und Nachtphasen.

Der Himmel an sich ist eine Kuppel. Gott selbst hat die
Wölbung über das Firmament gespannt. Sterne und
Mond und dass sich der ganze Kram auch bewegt,

darauf ist man früher reingefallen. Seit man weiß, dass
es Hologramme gibt, Sonne und Mond befinden sich
selbstredend innerhalb dieser Kuppel.
Die Frage ist nur, welcher Gott???
Die Erde, diese eine über die wir hier lesen und ich
erzähle, kurz UNSERE, hat ja einiges an Besitzer oder
Göttern.
Das liegt in etwa daran, dass die Gottheiten die unsere
Welt beim Schöpfer bestellt haben oder bei der Firma
für die dieser Erbarmer arbeitet, doch recht pleite sind.

Normalerweise kann sich ein Gott nicht nur einen
lausigen Planeten leisten. Nein vielen gehört eine
ganze Galaxie ein Universum oder sogar mehrere.

Nur auf der Erde, Datumserde unseren Planeten, auf
der ihr das lest, was ich vorher erfahren habe, und
dann weitererzähle, indem ich die Schriftform gebrauche. Teilen sich zig Götter einen lausigen Wandelstern.

Nicht dass die ERDE übel wäre, sie ist das Erfolgsmodell schlechthin.
Tausendfach kopiert und immer und wieder dupliziert.
Weil Blau Weiss kommt einfach an. Was man in einem
kleinen Land das später mal Deutschland heißen wird,
ebenfalls bemerken wird.
Politisch bewegt Blau und Weiß, Farben die in den
Nationalfarben nicht mal vorkommen, wesentlich
mehr als Schwarz. Eine ehemals konservative Fraktion
oder Rot, die selbsterklärte Arbeiterpartei oder Gelb,
die Prostituierteste aller Parteien.
Die ihre Meinung, Gesinnung, ihr Engagement, je nach
dem definiert, was gebraucht wird. An politischen
Statement, denn Gelb will einfach ReGIERen, gerne
ohne Wähler oder Programm. Das Zünglein an der
Waage, dass haben diese Pussies nie begriffen, denn
ein Zünglein an eben dieser Pussie, bewirkt dann doch

wesentlich mehr als eines an einer Wiegeneinheit, nicht wahr.
Ja, Blau Weiss als Konzept passt.

Aber in diesem Fall und wir reden über unseren Wandelstern. Blau Weiss ist doch hübsch, mehr als das und die Bestellungen für einen Planeten nach dieser Grundidee sprechen eindeutig dafür. Vor allem in Bayern einem Staat im Gebirge, deren Berge höhen erreichen, dessen Anhöhen dem Sauerstoff den Mittelfinger zeigen, weil das in beträchtlicheren Hochlagen eben so ist. Wenn man sich die Amigos in der Politik so anschaut und auf sich wirken lässt was die so verzapfen. Dann müsste Bayern eher in den Breiten und Längengraden von Nepal und Tibet zu finden sein.
Ist es aber nicht und das nutze ich jetzt mal als Argument für die SCHEIBE.

Anders als das Erfolgsmodell Erde. Der Mars, rot wie Rost, irgendwie unwirtlich und deswegen lebt da keiner.
Ja die Marsmenschen, aber außer in den USA hat niemand einen gesehen.
Abgesehen von Liebhabern diverser Liköre und Schnäpse. Die sich nicht daran stören, dass man als Empfehlung, einen maximal 2 davon zu sich nimmt. Viele die meinen Marsmenschen gesehen zu haben, unterlagen dem Irrtum, dass mit max. 2, die Anzahl der Pullen, nicht der Gläser gemeint ist.
Merke:
Gläser nicht Flaschen, denn diejenigen die Buddeln meinen, gehören eher zu den geneigten, die einen Marsmenschen gesehen haben.
Auch wenn es nur der beste Freund, irgendwer aus dem Umfeld war.

Jemand, der sich durch den Genuss der alkoholischen Köstlichkeit manifestierte. Oder Sie haben nur eine Liveübertragung aus dem Deutschen Bundestag/Parlament gesehen.

Der nächste schwache Erklärungsversuch für eine runde Erde ist, dass man auf einem Schiff das Land nicht sieht, dann auf einmal taucht es, hinter der Erdkrümmung auf.
Ja hätten ich und die anderen Adleraugen würden wir das Land früher erblicken.
So aber eben nicht, je näher wir zur Küste kommen, desto schärfer erblicken wir es. Ich meine, der gesunde Menschenverstand sollte da ausreichen. Krümmung der Erde macht, dass wir das Land nicht sehen, ach so.
Die Wikinger die hatten gute Augen und die haben sich nicht von solchen Weltmodellen vom Entdecken dieser Welt abhalten lassen.
Deswegen waren die eben vor Kolumbus in Amerika. Hätte Kolumbus ein gutes Fernrohr gehabt, würde er von Malaga aus schon das Festland sehen können. Lissabon oder von Mailand, ist ja egal Hauptsache in Italien.

Nord und Südpol als Beweis taugt nichts, es gibt nur einen Pol. Genau in der Mitte der Erdscheibe, der Nordpol wenn überhaupt, den der Südpol währe ja unterhalb der Scheibe, aber da kann er sich ja gar nicht halten.
Außerdem die Forscher, die am Nordpol waren, sagten alle das Gleiche. Eis, Schnee saukalt und dasselbe behaupten die am Südpol gewesenen ebenfalls. Die an beiden Polen waren, sind Aufschneider, denn sie waren höchstens 2 Mal am selben Pol.
Aber klar gibt es eine Antarktis. Das ist eine gewaltige Eiswand um die Flacherde herum, sicher kommt der Irrtum daher.

Außerdem erklärt es, warum bis heute kein Mensch von dieser Scheibe gefallen ist, sicher sind es etliche, aber die können uns ja nicht mehr berichten wie es so war, nicht wahr!

Im Übrigen glauben die Menschen hier auf unserer und Erdkugel Erde schon immer an eine flache Welt.
Nehmen wir die katholische Glaubensgemeinschaft.
Genau am 2. November 1992 - hat sich die Kirche für ihr Verhalten entschuldigt und Galilei offiziell rehabilitiert.
Allerdings hatte Galileo nur behauptet, die Erde sei nicht der Mittelpunkt des Universums, dass die Erdkugel keine Scheibe ist, war zu der Zeit schon bekannt.
Ich habe das eben nebenbei gegoogelt und dachte, es könnte euch interessieren.

Zum Glück denkt unser Held so gut wie nie nach, Svenney hat überhaupt gar keine Idee, was diese Zahlen bedeuten.

43° 01′ und 41° 22′ nördlicher Breite und 9° 34′ und 8° 33′ östlicher Länge.

Ganz wie ein O´Shea nimmt er das Pergament hin und steckt es ein.
Mittlerweile wurde es ungemütlich. Denn nachdem die blauen Flächen mit Gittern überzogen waren, die Einspielung auf einer Wand erschien, wurden die Ebenen um unseren Helden transparent. Der komplette Turm war nicht mehr da.
 O Shea stand zwischen Eingang zum Treppenhaus und dem, was mal die Turmspitze war.
Zum Glück ist Svenney so etwas wie ein Experte darin in Situationen zu kommen, die er nicht versteht. Die ihn überfordern oder gar nicht interessieren.

Ohne darüber nach zu denken, was bis eben alles vorgefallen war. Was es mit ihm, seiner Bestimmung zu tun hatte, den Goldschatz zu finden. Was er in der Zukunft als Ziel verfolgen würde. Stieg O´Shea wieder den Turm hinab.
Durch die Stockwerke, an den Dirnen und Ihren Freiern vorbei und verließ das Freudenhaus ohne weitere Emotionen.
Mit festem Augenausdruck auf Lola´s Pinte gerichtet, seine Beine folgten diesem Blick und so kann man jetzt annehmen, dass Svenney auf dem Weg dorthin ist.

Oh, er ist schon da, Svenney lief muffig am Ostiarius vorbei, lies Gorm da stehen, und macht das gleiche. Einfach dastehen den Mund leicht dümmlich geöffnet. Father Keith und Aiden schauten ihn an, „wir wissen ja, dass der nicht dicht ist, also lassen wir uns nichts anmerken" so der Geistliche.
„Svenney, so komm und setzt dich doch zu uns und erzähl".
Lud Aiden ein.

Svenney schlurfte zu deren Tisch, ohne seiner Miene einige neue interessantere Ausdrücke hin zu zufügen.
Er setzte sich mit einer leichten Verbeugung zum Father, entschied den Kampf gegen den Magendruck auszusetzen, worauf ein ordentliches Faaaarz auslöste, nahm Platz und saß halt da.
„Und, ... was ist da drüben passiert, war das der Schlüssel? Hat er gepasst, gabs Gold, war es einfach, warst Du alleine, wo sind die anderen, erzähl doch"?
Svenney blieb nur sitzen, er kramte das Pergament aus der Tasche. Während er es wortlos auf die Tischplatte gleiten ließ, schenkte er Cloe, einen tiefen, alles sagenden Blick.

Einer dieser Blicke, von denen man glaubt, sie wurden
stundenlang einstudiert. Und doch waren sie Svenneys
eigenes Talent.
Als Cloe den Blick aufnehmen konnte, ging Sie etwas
schneller.
Der Father nahm den Zettel, das Pergament.

43° 01' und 41° 22' nördlicher Breite und 9° 34' und 8°
33' östlicher Länge

„Koordinaten, aber wieso 2 Paare"?
„Was ist dort?"
„Ein Schlüssel der nächste Hinweis, Wo ist das"?
„Lass uns Kaptain Laang fragen",
kam die Idee von Aiden.

„Der, Lang .... er hat keine Karten, er sagt immer ... auf
der See hätte er niemals einen Strich gesehen. Weder
den Äquator, den man ja gar nicht übersehen könne, so
dick wie er aufgemalt sei, auf den Karten. Aber auch
die anderen Striche und Zeichen hat er nie beobachten
können auf See.
Einmal dachte er als er am Ende der Welt ankam, er
hätte am Rand die Zahlen und Gradeinteilungen sehen
können. War aber dennoch zu beschäftigt damit nicht
über den Rand zu fallen. Der Erde wie er mir auf Nach-
frage dann versichert hat.
Das die Erde ja eine Kugel ist, schien ihn nicht zu
bedrücken, den Laang. Was ich sagen will, der hat von
Karten keine Ahnung."

„Baaij määäm Holzbeen, datt da sinne Koordinaten
vonne Insel, watt se den Namään jejeeben ham, Korsika oder sowat....
Dat sää zwee Koordinaten nähm dun, iss weil wegen
den Druiiiidäään, die ham da ooch so ne Isel waa, uff e

gleechen Ort, Waa, wattet nich eenfach machen tut,
die Druiden zu finnen, waaa.
Det eene Zahlenviechs iss sich Korsika, det annere
muss sich det Druideninselchen sin!"
So lallte es, aus zunächst unbestimmter Richtung. In
der wenn man dorthin, schaute, Ragnar das Ozelot saß.

Ein nordischer Fischer.
 Der am liebsten in den Schären fischt. Aber aufgrund
seiner Ablehnung, an jede moderne Navigationskunst
und seine mangelnde Kenntnis, wie man abgelesene
Gradzahlen, auf einer Seekarte, steuertechnisch über
das Ruder an den Ozean weitergab, um am richtigen
Ort anzukommen.
Ragnar erreichte viele Ziele, unter anderem war er
öfters rund um Korsika unterwegs. Weil er dort sicher
war, dass die schwedischen Schären sich ja endlich mal
zeigen mögen, man wäre ja wochenlang auf See.

„Korsika stimmt, die Koordinaten passen. Korsika liegt
genau zwischen diesen Doppelangaben. Hier ich habe
eine englische Seekarte".
Die Stimme gehörte einem schmierig wirkenden Öläu-
gigen. Der nicht einmal einen Dialekt hatte. Oder es
sich leisten wollte, wenigstens vom Alkohol
benommen, ein wenig herum lallen zu können.
Neben sich hatte er Zirkel und weitere Karten liegen,
die er bis eben studiert hatte.
Niemand fragte sich, wie konnte der. Von da wo er
sitzt, das Pergament lesen oder überhaupt sehen.
Er hatte pechschwarzes Haar. Eine unheimliche Aus-
strahlung und nicht nur das, er war durch und durch
ungeheuerlich.
Was in einer Pinte wie Lola´s etwas Besonderes war,
denn da scheinen alle Gäste auf ihre Art, unheimlich zu
sein.

„Dort und ganz genau dort, geht es als nächstes hin, mein lieber O´Shea.
Der 2te Schlüssel ist dort zu finden, auf einer kleinen Insel. Die nicht immer dort zu finden ist und die sich ihre Koordinaten mit einer anderen Insel teilt. Korsika nämlich, aber das ist nicht der Ort, den Du aufsuchen wirst.
Du suchst nach der Druideninsel. Die wesentlich kleiner ist und nebenbei nicht immer da ist und die man nicht sehen kann. Jedenfalls nicht immer und nicht von jedem." Erklärte niemand Geringeres als der Lektor selbst und fuhr dann fort.

„Im Grunde ist die Druideninsel eine Halle für die GILDEN, aber eigentlich liegt diese Insel auch gar nicht auf diesen Koordinaten.
Sondern an der Walisischen Küste und heisst Anglesey, die Druideninsel eben.
Gar nicht mal so weit könnte man denken, aber das Problem, zur Zeit ist die Insel Anglesey eben genau dort nicht, sondern eben bei den Koordinaten welche Du Svenney höchstpersönlich erhalten hast."

Niemand Umstehendes, kam auf die Idee zu fragen, woher der hier Erklärende, denn all das weiß.
Die Autorität eines Lektors und vor allem dieses einen, brauchte keine Nachfragen, keinerlei Bestätigungen.
Eine solche Persönlichkeit bestätigt sich selbst.
Falls sich jemand der hier Lesenden fragt: Goldschatz der größte den es je gab, wäre es da nicht besser, leiser im Geheimen zu agieren?
Wer ist nicht scharf, auf Abenteuer an dessen Ende Schätze warten?
Eben, die allermeisten interessieren sich nicht für solche Unternehmen.
Spätestens wenn sich ein zufällig mithörender Kapitän zur See, oder ein normal intelligenter Krimineller, das

Gespräch mitanhören würde. Denn niemand der 1 und
1 zusammenzählen kann, würde je glauben, dass eine
Persönlichkeit wie ein Lektor, ausgerechnet so jemanden wie den Svenney beauftragen würde.
Der Lektor ja selbst nicht, aber jetzt sind wir schon in
Band 4 und es ist nicht mehr zu ändern.
Die Protagonisten in Lola's Pinte waren ausnahmslos
beschäftigt mit dem, was sie so den ganzen Tag so tun.
Die Gäste von diesem Amüsierclub ebenfalls, viele
sogar schon einige Tage.
Deswegen interessiert sich kaum jemand für den seltsamen Typen, der auf einen nicht weniger außergewöhnlich einredete und neben dem zwei andere
saßen.
Father Keith fasste den Sachverhalt einmal zusammen:
„Also der Bursche hier, den ich von einem Pferd
gepflückt habe, auf dem er verkehrt herum drauf
gesessen hat. Und ich selber wurden hierher nach Dun
Bleisce Don dieser Hurenfestung geschickt. Wir sollten
diesen Svenney aufsuchen, was wir taten.
Eben dieser Kontaktmann, der kaum, dass wir ihn
gefunden haben, stundenlang weg ist. Und mit ihm
auch ein Turm am Nachbargebäude fehlt.
Dafür hat er ein Stück Papier auf dem wirre Zahlen
stehen und Sie eure Unheimlichkeit, kennen wieder
alle Zusammenhänge!?"
„Riiiichtiiig" bestätigte niemand Geringeres als der
Lektor, den eben gehörten Vortrag und fügte hinzu:
„Um einen gewaltigen Schatz geht es. An dem ich
persönlich kein physisches Interesse habe. Aber dafür
umso mehr am Gelingen dieser Aufgabe.
An dieser Schatzsuche hängt weit mehr dran, als
irgendwer sich vorstellen könnte. Wenn ich recht darüber nachdenke, könnt ihr euch ohnehin nicht so viel
vorstellen, außer Father Keith. Der ja auch nicht hier
zu Hause ist. Ich meine damit nicht nur Irland, nicht
wahr?"

„Wie dem auch sei,"
Unterbrach, der Father

„Habe an Schätzen keinen Gefallen, verstehe nicht einmal, was ich hier mache".

„Oooh, Deine Aufgabe war es Aiden her zu bringen, die ist ja gelöst. Neben der ersten Aufgabe von Svenney, das primäre Schloss ist geöffnet und der nächste Hinweis liegt vor."

„Es läuft alles an, aber die Zeit läuft davon. Es dauert zu lange."
Schloss der Lektor.

„Zeit, Zeit, davon habt ihr nie etwas gesagt. Auch der Barde nicht.
Nur dass Schlüssel zu finden sind, dann die Schlösser zu suchen sind und am Ende ein spezieller Schlüssel, ein noch spezielleres Schloss aufschließt, indem dann der Hort wartet. Aber das alles zeitlich begrenzt ist, davon war niemals eine Rede.
Hetzen lasse ich mich nicht. Schätze haben kein Verfallsdatum, der wird nur immer mehr wert." So tönte es vom Svenney.

4 Anglesey die Druiden Insel

„Die Druideninsel" ist erst einmal Anglesey.
Durch ein Rinnsal von der walisischen Küste getrennt, war früher Treffpunkt der keltischen Druiden, die mit den Göttern in Kontakt standen. Ja was einfache Pastoren, Bischöfe und dergleichen gerne behaupten.
Die Stimme gehörte dem Baader. Der in seinem Badehaus, wo ätherische Öle eine überaus wichtige Rolle spielten, herumstand.
Neben anderen Ölen, auch allerlei eingelegtes in Alkohol, dem Jadong des Judd aus Siam, so einiges zu hören bekommt, Wissen und Information das ist seine Macht und als Baader hört man eben viel. Meist von den Männern, die herumkamen. Seine tiefe harte Stimme donnerte weiter.

„Schöne Insel das. Im 13 Jahrhundert wurde sie britisch, aber bis dahin so nach 61-70 nach Christus aber, war es die Insel rein der Druiden.
Legenden ranken sich um die Insel. Natürlich ist Sie nur ein Stück Dreck. Jede Menge Felsen, auf denen Moos, etwas Gras und Flechten wachsen. Wären da nicht diese ganzen Rätsel.
Steinkreise vor allem, wer hat sie gebaut zu welchem Zweck. denn nicht einmal die Druiden selbst wussten ihn. Sie behaupteten, es sähe hübsch aus. Andere Gruppen haben Ihre kirchlichen, sakralgebäude, andere protzen mit Universitäten und Museen.
Die Druidengilde, steht eben auf Steinkreise, man kann nicht wirklich damit angeben, aber sie locken dennoch viele Besucher."

„Das dollste"

Erklärte der Baader.

„Erkläre ich euch in meinen Räumen, hier hören zu viele Ohren mit.
Da drüben, malayische Piraten, Ihr Kapitän taugt zwar nicht viel, aber er hat keine Prinzipien, denen er folgt.
Man kann ihm zwar überhaupt nicht trauen, aber alles bisher gesagte sind alles seine Stärken. Die Schwächen wollt ihr gar nicht kennen.
Dort drüben, der dicke der so angestrengt uninteressiert ist, ein Handelsmogul.
Einer der seine käsigen Wurstfinger überall im Spiel hat, er kommt oft zu mir und ich erfahre eine Menge.
Aber lasst uns etwas unter uns sein."
Er sprach es, erhob sich und schickte sich an, in sein Bäderreich zu entschwinden. Svenney Father Keith, der Aiden folgten ihm, nur der Lektor blieb eine Weile.
Beobachtete die Gäste im Schankraum auf seine eigene, durchdringende Art und Weise. Zufrieden lächelte er schrecklich in sich hinein.
Er war froh, dass der Bader die ganzen Erklärungen übernahm. Für die „Weltlichen" Angelegenheiten der Erde. Vor allem dieser Epoche war er kein Experte.
Er überlegte kurz, ob er mit GrrOooh Krrk über Hyper-O-link Verbindung aufnehmen sollte.
Verwarf es aber.
Da in einigen Teilen und in dieser Epoche schrullig auffallende Mäander, die Selbstgespräche führen, gerne an den örtlichen Exorzisten weiter geleitet werden.

Nicht dass der Mumpitz, der von ihnen praktiziert würde, ihm dem Lektor irgendetwas anhaben könnte.
Aber es wäre ihm dann doch lästig und momentan wollte der Lektor überhaupt nicht auffallen. Schließlich hing nicht nur das Leben, dieser Menschheit und dieser Planet von ihm ab. Nein das Multiversum, auch wenn es nicht zerbrechen wird, wie jenes eine Uni-

versum, das uns so lieb und teuer ist. Weil wir nur dieses kennen und haben.
Denn die Träger wurden weiter und immer fort von den Bendern vor gebogen.
Und wieder zurückgezogen, verdreht und was eine gigantische Maschine, die eine Biegeinheit nun einmal war, durch den Träger verlaufen, an dem das Rad des Universums hängt, sonst so alles mit ihnen anstellen konnte.
 Im gleichen Moment passiert es an 9 Biegeeinheiten, jede selbst in der Größe eines mittleren Kleinplaneten.

Nachdem der Baader die letzte Pfeife gestopft hatte, neben Svenney, Father Keith, Aiden. War die Mama San in den Kachelräumen erschienen. Und der Ostiarius, was in Ordnung war, denn jeder gehörte zum Haus der Mama San. Sie waren auch ohne das in alles eingeweiht. Svenneys Aufgabe war kein großes Geheimnis mehr.
Der Barde damals hat ja ohnehin jedem der es hören, meistens denen die es nicht vernehmen wollten, in Reim, in Liedform, oder als Geschichte, diese Begebenheit vom großen Glanzstück erzählt. Dem Schatz der Druiden, Elfen, Hexen und Zauberern.
Dem Hort der Räuber, Meuchler und Erpresser, der wenigen, die Könige stürzen. Ihre Gemahlinnen schänden, um selbst Regent zu werden.
 Alle diese und solche haben diesen unsagbaren Schatz zusammen getragen. Oder zumindest behauptete es der Barde.
Denn in vielen seiner Lieder ging es nur um diesen Besitz.
Wem er gehörte, warum die Schätze geraubt wurden usw.
Die legendären Heldennamen, wechselten zwar von Auftritt zu Auftritt und wurden durch Mengen an Bier und Wein nicht genauer.

Deswegen kennt diese Geschichten von Limerick bis
Dun Bleisce Don und dem Rest Irlands jedes Kind, nur
niemand glaubt an dessen Existenz.
Nachdem der Baader die letzte Pfeife gestopft hatte
und die ersten Köpfe entzündet wurden. Erhoben sich
aromatische Rauchwolken aus verbrannten Kräutern.
 Hochkompliziert fermentierte Tabakblätter, aus dem
fernen Syrien, Latakia, mit süßlichen Komponenten
des Opiums vermischte. Er begann erneut zu erzählen.
Die Druideninsel, ist ein magischer Ort, den nicht nur
die Druiden lebten dort, sondern auch Zauberer. Beide
existierten in Gilden, ebenso die Hexen und die Heiler.
Es gab ständigen Wettstreit zwischen den Zünften aber
meist richtigen Streit, diesen häufig.

Anglesey hatte seine übliche Bevölkerung. Meist Soldaten, Wachen, Marktweiber und Fischer, Schmiede all
sowas. Allgemein als Volk zu betrachten, die gerne
etwas Abstand zu diesen Gilden der Hexen, Magier und
Druiden halten wollten.
Hätten die Angleysisten ihren König nicht erschlagen,
wäre die Insel ein Königreich geblieben. Aber so gab es
zwar ein Schloss, nur keine Monarchen.
Man versuchte sich mit einer konstruktiven Diktatur.
Ausgehend von einem Bürgermeister Kwimpy und
seinem Stadtrat.
Offiziell übte man, den Begriff Demokratie, ohne selbst
lachen zu müssen, für diese Form der Machtvergabe,
zu verwenden.
Aber den Bürgern der Insel war ohnehin nahezu alles
wurscht.
Jeder war froh, wenn man seine Ruhe hätte, und dachte
lieber laut darüber nach, ob man überhaupt irgendeine
Form von Regierung braucht. Aber weil alle Länder
eine haben, wollte man dies auch.
Was den Iren Recht war, schien den Walisern eben
billig.

Die Demokratie wurde sofort gefeiert. Indem der Ort, der Gildenhäuser und Zünfte sowie andere wichtige Immobilien, einen Namen bekommen sollte.

Es gab zu viele dieser Vorschläge und niemand mochte die ach so junge Demokratie gleich wieder abwürgen. So entstand der längste Name für eine Ortschaft, im europäischen und dem ganzen Kolonialraum der Engländer.

„Llanfairpwllgwyngyllgogerychwyrndrobwllllantysiliogogogoch"

So und nicht anders, aus dem walisischen übersetzt bedeutet das in etwa „Marienkirche in einer Mulde weißer Haseln in der Nähe eines schnellen Wirbels und der Thysiliokirche bei der roten Höhle".

Manche die es besser wissen, behaupten, nicht das Volk, die Bürger haben diesen langen Namen gewählt. Damit jeder seinen Vorschlag darin ernstgenommen wähnt. Sondern ein Schuhmacher war jener, der diesem Kaff nur eine Bedeutung geben wollte. Wahrscheinlich war dieser Schuster, der erste Marketingspezialist aller Welten.

Ach so, für die treuen Leser. Diesen Namen gibt es wirklich.
Da lege ich meine Hand ins Feuer, wie man ihn ausspricht, dies habe ich vergessen.
Aber ich habe etliche Waliser getroffen auf Reisen, die diesen Namen fehlerfrei aufsagen konnten.

Der aller längste Name aber weltweit. Ist die Ortsbezeichnung, der siamesische Hauptstadt heute Thailand als Bangkok bekannt.

„Krung Thep Mahanakhon Amon Rattanakosin Mahinthara Ayuthaya Mahadilok Phop Noppharat Ratchathani Burirom Udomratchaniwet Mahasathan Amon Piman Awatan Sathit Sakkathattiya Witsanukam Prasit", was inetwa bedeutet:
„Stadt der Engel. Die große Stadt, die ewige Juwelenstadt, uneinnehmbare Stadt des Gottes Indra, mit neun kostbaren Edelsteinen ausgestattete große Hauptstadt der Welt. Glückliche Stadt, die, reich an einem kolossalen königlichen Palast, die dem himmlischen Domizil gleicht, in dem der wiedergeborene Gott regiert, eine Stadt, geschenkt von Indra und gebaut von Vishnukarm."

Das der Baader Llanfairpwllgwyngyllgogerychwyrndrobwllllantysiliogogogoch, fliesend und fehlerfrei aussprechen konnte, outete ihn als waschechten Waliser, was ihn nicht störte, da es ohnehin jeder wusste.

Der Baader erklärte weiter:

„Die Bürger lebten in Ihrer Stadt unter ihrem Bürgermeister. Sie taten, was Staatsbürger so mehr oder weniger schlecht und recht so tun.
Die Druiden aber liebten es, im Einklang mit der Natur zu leben. Sie hatten gute Kenntnisse in Kräuterkunde. Was die Abende in der Einsamkeit weitab der Zivilisation und meist umgeben von einem Steinkreis, gar nicht so unterhaltungslos gestaltete.
Im Gegenteil. Den diese Kräuter eingelegt in feinste Alkohole, Liköre mit Wein versetzt. Oder, die Heilpflanze rauchend aufnehmend. So machte es die Druiden und deren Novizen, extrem aufnahmefähig für alles Erdenkbare.
Für den Fall, dass man viele Dinge sieht, die gar nicht möglich sind.

Und das oft und wenn man irgendwann, nicht mehr weiß, ob man diese Dinge wahrhaftig gesehen hat.
Oder ob es Informationen aus Kräutern sind, dann spielt vieles im Leben eine andere Rolle.
Die Druiden erforschten vor allem die Bäume. Jedem Holz, jeglichen Ast, schrieben sie Fähigkeiten oder Eigenschaften zu.
Die Zukunft lasen die Kräuterkundigen aus speziellen Baumhoroskopen.
Dieser Lebensbaum hatte für die Zipfelhüte die gleiche Bedeutung, die Sterne und Ihre Wege für Astrologen hatten.
Holz war ihnen wichtig.
Sie glaubten an magische Orte, oder sogenannten Kraftplätzen.
Kann Tann die Energie in sich selbst speichern, die an diesem Ort vorherrscht?
Solches Holz verwendeten sie dann für Ihre Druidenstäbe. Aber nur Nutzholz, welches durch Blitz beziehungsweise Sturm abgerissen war. Niemals fällten Druiden einen Baum oder benutzten frisches lebendiges Holz.
Was Druiden lieber absägten, waren Menschen. Egal welche und die opferten Sie dann.

Haufenweise. Knochen und Gebeine, welche sie als Zäune verwendetet. An den Eingängen wurden Schädel befestigt.
Aus denen Sie gerne tranken.
Trotzdem sind die Druiden keine reinen, mordgierigen Barbaren.
Es sind hoch Intelligente und zu ihrer Zeit fortschrittliche Naturheilkundler und Philosophen. Die nur extrem barbarisch und Mordlüstern waren.
Sie sind hoch gefährlich!
Ihre Nachkommen bilden die Kräuterkundigen gut aus. Bis zu 20 Jahre dauert diese Ausbildung.

Der junge Druide hat eine Vielzahl an Versen zu erlernen. Jenes Allgemeinwissen über die Natur und die Heilkunde. Die Druiden hielten nichts davon Ihr Wissen auf zu schreiben. So dass es jeder lesen konnte, nein, sie gaben alles mündlich weiter.
Deswegen gibt es keine Aufzeichnungen von Druidenschätzen. Die Schätze aber existieren, denn die Druiden haben ihren Königen, nicht nur für Ruhm und Ehre gedient.
Es wurden gigantische Reichtümer angehäuft, welche die Druiden an sich gar nicht beachteten. Holz und andere Dinge hatten einen wesentlich höheren Wert für sie.
Druiden sind ebenfalls Magier, sie haben eine eigene Gilde und dass Faszinierende ist, es gibt 3 Zünfte die Zusammengehören.

15. Die Gilde der Barden
16. Die Gilde der Druiden
17. Die Gilde der Ovaten   Priester/ Filidhs

Die Barden, man kann den Druiden grob drei verschiedene Funktionen zuteilen, wobei die Funktionen übergreifend wirkten:

Die „Druids", oder Druiden. Welche die Kriegskunst lehrten und die Magie beherrschten.

Die „Bairds", oder Barden. Welche für die Wahrung der mündlichen Überlieferungen verantwortlich waren. Was durchaus wichtig war, denn schriftliche Überlieferungswege gab es keine.

Die „Filidhs" oder Seher. Die in die Zukunft, blicken konnten, wie manche Barden ebenfalls.
In den Sagen besitzen sie die Fähigkeiten der Prophezeiung, der Weisheit und des Heilens.

Da sie sich auf ihren geistigen Reisen in andere Welten begaben, sah man sie als Vermittler zwischen den natürlichen und übernatürlichen Mächten. In der Mitte dem Reich der Lebenden und der Toten.
Inmitten der sichtbaren Welt und der unsichtbaren Anderswelt.
Aber man sah sie vor allem als lästige Spinner an. Mit denen man sich lieber nicht anlegen sollte.

„Was hat diese ganze Vorlesung eigentlich jetzt für einen Sinn".
Donnerte Father Keith,

„Ich glaube jeder der hier anwesenden, weiß was ein Druide ist, alleine schon, weil es wieder neue gibt und dieser ganze Kult wieder auflebt."

„Was hilft uns das den weiter oder wie? Wir haben eine Koordinate, nein leider haben wir ja zwei davon, was hat das alles mit Druiden zu tun?"
Der Ostiarius ging auf jenes Becken zu, aus dem Father Keith den Vortrag des Baaders störte. Er zog den alten Pfaffen mit einer Hand an den Beckenrand.
„Gemach, der Baader ist für vieles bekannt, nicht aber für Geschwätzigkeit. Ehrlich gesagt in all den Jahren habe ich ihn, nie reden hören. Er gilt hier als reichlich maulfaul. Drum wird es einen Grund haben, dass er hier so ausführlich berichtet, also sei so freundlich, lass ihn ausreden, sonst schwitzt Du draußen weiter."

„Ich wollte ohnehin raus".
 Knurrte es vom Beckenrand, wurde dann wieder still und der Baader setzte mit seinem Exkurs über die Druiden fort.

Die Insel der Druiden war vor der Küste Wales, sie hatte Magie und noch mehr Kräuterkundige. Was den Namen erklärt, ihre Zünfte und Probleme unter anderem mit der Gilde der Hexen.

Eine der größten Komplikationen, die aber alle Gilden hatten, war der Umstand, die Zauberer konnten nichts wirklich, herbei oder wegzaubern.
 Die Wahrsager sprachen alle ziemlichen Unsinn. Der Gottlob so nie eintraf, wie vorhergesagt.
Bei den Hexen, da gab es mehr Show und Firlefanz als echte Magie.
Die Besen flogen nicht und ja die Druiden, hatten keine so rechte Macht zu dieser Zeit.
Irgendwie zauberten und hexten all diese Gilden durcheinander. Sie nutzten allerlei der Heiligen Reliquien zu sehr ab, als das irgendetwas zu Stande kommen wollte.
Magie, die beschworen werden konnte, war reichlich vorhanden.

Magie, was ist das?
Bewundern Wundertätigkeit bedeutet so viel wie das Vermögen, Wunder bewirken zu können. Thaumaturg ist der Beiname mehrerer griechischer Heiliger. Wie zum Beispiel von Nikolaus dem Wundertäter.
Allgemein werden damit übernatürliche Erscheinung bewirkende Menschen bezeichnet. Die Thaumatologie ist in der Theologie die Lehre von den Wundern.
Jesus Christus wird in der Bibel als Wunderbringer beschrieben und von vielen Christen als solcher verehrt.
Zu Wundern gab es auf der Insel reichlich, ebenso Magie. Leider zu viele die damit herumspielten.

Natürlich und so war es seid jeher Brauch, ist immer der andere die Ursache. So beschuldigten die Gilden

sich alle gegenseitig, Schuld an der magischen Misere zu sein.
Da es bei den Druiden nicht so lief, berief man einen Rat ein, der erst einmal feststellte, dass die anderen Gilden schuld waren, was man im Protokoll vermerkte.
 Irgendein Gandalf bemerkte dann, dass man alleine damit, nicht die Verantwortung zu haben, nicht weiterkäme, und wurde beraten.

Aber selbst bei den Hexen, den Magiern und den Barden fanden solche Treffen statt und man war sich in den Gilden erstaunlich einig, wie sehr doch, die anderen Schuld hatten.
Nichtsdestotrotz trafen sich die Führer der Zünfte, um gemeinsam zu beratschlagen. Was oft nach kurzer Zeit schon unter wüsten Beleidigungen und Beschimpfungen unterging. Und jede Partei sich fragte, was man den hier wolle.
Bei all diesen Schuldigen.
 Ja man sah ihnen, einem jeden seinen Grad der Schuld direkt an. So führten diese Treffen zu nichts außer, dass alle Teilnehmer seinen Schuldverdacht doppelt und dreifach bewiesen sah.
Die Hexen ihrerseits, hatten bis spät ins 21 Jahrhundert Ihre Bewunderer.

Bis heute stehen Gruftis in schlecht beleuchteten Industrieabbruchhallen. Wiegen den Körper vor und zurück, während sie bei depressiver Musik Rasierklingen lutschen.

Hexen hatten keine Nachwuchsprobleme, daran änderten diverse deutsche Märchen nichts.
 In denen Zauberinnen in Lebkuchenhäusern lebten und junge Geschwisterpaare mästeten, um sie dann aufzufressen.

Zauberer, hatten ebenfalls eine harte Zeit, aber sie passten sich etwas der Mode ihrer Mitbürger an. Sie machten sich schick oder bediente sich wunderschönen mit nacktem Oberkörper Fräulein, die man dann auf Bühnen in Kisten zersägte. Was dem Begriff mit halbnackten Mädchen jetzt einen anderen Sinn gibt.
Was aber zum Glück nicht so schlimm war, denn natürlich wurden die Mädel nicht wirklich zerkleinert. Die meisten von ihnen, blieben heil. Durchweg waren es die Mitarbeiterinnen, von echten Zauberern.
Halbnackt, aber war schon damals ein Magnet für zahlende Zuschauer. Sex Sales, so war es anno Tobak, eben bis heute.
Barden, mit denen ging es am steilsten bergab. Waren sie Jahrhunderte lang ein geachteter Stand, so waren sich viele in den späteren Jahren nicht zu blöde, als Schlagersänger Karriere machen zu wollen.
Die Lieder waren ja oft wohlklingend. Das eigentliche Problem bestand darin, wenn man den Text verstand.
 Was englische Bürger an anglikanischen Barden ebenso hassten, wie die französischen Staatsangehörige, an Ihren eigenen.
Ein Minnesänger war schlicht und ergreifend: dass man den Mist verstehen konnte, welchen der Schmock mehr oder weniger alkoholisiert von sich gegeben hat.
 Obwohl es immer besser war, wenn nicht der Barde, sondern selbst betrunken war.
Die Aussagekraft der meisten sängerischen Kunstwerke, drehte sich ohnehin nur um ungerechte Könige, den Zins und dass einem daheim die Alte auf den Sack ging.
 Während ein Mädchen, das keine Stimme hat, aber wunderschön ist und reizend, vor allem weil es nicht schreien kann, ohne Höschen im Wald spazieren geht und für den Opa Beeren pflückt und anderen Quatsch.

Hörte man im germanischen, einem angelsächsischen Barden zu. Oder einem der gerne an Fröschen lutscht.
Klang es plötzlich so fein, so romantisch so wahr.
Wulle Wuuuu Küschäääh avääk Mooah, vorgetragen von Frida von Tumb, einem Monstrum der weiblichen Bardenszene. Kommt bei einem sauerländischen Bauern um Castrop Rauxel ganz anders zu Gehör, als im Elsass oder wo man die Stimmröhre verstanden hätte.
 Das Auge die Sängerin sieht.
Jenes Ohr welches das Geplärr umsetzt und dies Gehirn, versucht, aus beiden Reizen einen völlig neuen Kitzel zu formen.
Der in einem „Phall", mit erhitztem Blut in den unteren Regionen quittiert wird, in einer anderen Umgebung, von Brechreiz durchzogen sein wird.

 Was erhofften Zurufen wie, Zugabe, Zugabe für den Künstler dann eher abträglich ist.
Was aber war mit den Druiden? Diese waren ja schon immer für sich. Sie waren vernarrt in das Abgeschiedene.
Liebten es, nahe der Natur zu sein, was wiederum manchen Luxus erlaubte.
Ein Druide war reinlich, weit mehr als die anderen Gilden und Zünfte. Ein Kräuterkundiger wusch sich, reinigte sich 2 Mal im Monat, und zwar ob es nötig war oder nicht.

Hexen, die etwas auf sich hielten, waren da lange nicht so etepetete.
Die Magier mussten diese überbordende Manie der Kräuterköche, nicht unbedingt teilen.

In dieser Abgeschiedenheit wurden die Druiden wieder, was sie am liebsten waren. Eins mit der Natur

und den Elementen und sie hatten ja massig Schätze angesammelt.
Was einen Einzelnen, als Person ebenso lockerer machte. Auch eine ganze Personengruppe, einen Stand, wenn man so will.

Dass die Hexer, sich so zurückzogen, interpretierte man in den anderen Gilden falsch.
Man hatte jetzt eines miteinander gemeinsam, man wusste, die ausschließliche Schuld an der magischen Misere auf dieser wundervollen Insel, alleine den Druiden in die Latschen schieben zu können.
Wobei Schuhe, Fußlappen waren jenes bevorzugte Kleidungsstück für die Regionen, an denen Römer gerne Sandalen trugen. Spitzhüte aber Stofffetzen.

Hier kommen die Römer ins Spiel. Sie sind zwar unwichtig außer, das römisches Gold von den Kräutermagiern erobert wurde. Welches sich in einem riesigen Schatz gut machen würde.
Die Druiden waren keine armen Naturfreaks.
Die nur Baumrinden kauten und meistens auf Flechten, Pilzen und Kraut herum mümmeln mussten, weil Sie nichts Besseres hatten.
Nein sie mochten, dass so. Gold und Reichtum war nicht ihres. Hexen und Magier hatten da andere Dinge in Ihren Satzungen stehen.
Vor allem nahm man es in deren Gilden mit den eigenen Regeln nicht so genau und sprach bei Vorschriften auch gerne mal von Direktiven, die man nicht unbedingt beachten müsse. Nein viele dieser „Richtlinien" waren nicht mal mehr als Leitfäden.
Gleichfalls wenn die Hexen naturverbunden lebten und sich mit Mutter Erde gerne einst gaben, wussten sie doch einen Taler, ein Pfund zu schätzen. Vor allem wenn es aus Silber oder gar Gold war.

Die Magier indes hatten ohne ihre Zauberei gar keine Freude. Sie lebten davon, diese zur Schau zu stellen.
Aber wenn ständig Jungfrauen und waren sie noch so entzückend, bei den Vorführungen beschädigt oder sogar getötet wurden. Färbte das negativ auf die Gagen ab, bzw. die Trinkgelder.
Für laue Taschenspielertricks gab es wenig Tantiemen.
Zu Recht hatten die Taschenspieler ja ebenfalls ihre eigene Gilde.
Entfesselungskünstler brachten damals keine Aaah′s und Ooohs zustande. Die dem Zuschauer einen halben Schilling wert gewesen wären.
Kurz und knapp, die einen hatten viel von dem, was sie nicht brauchten.
Die anderen aber benötigten allerlei, wovon Sie nichts hatten.

Es dauerte nicht lange, da erkannten die Druiden, dass ihre Kräfte Wiedergeborenen waren.
Immer mehr Tränke gelangen und viele wurden neu entdeckt.
Ja und die Heilungen, man perzipierte jede Menge neuer Tinkturen, die sogar funktionierten. Ob dies jetzt magisch war oder Fachwissen, spielt keine Rolle.
Den anderen Zünften blieb dies nicht verborgen. So kam es, dass man einiges über die Kräuterhexlinge redete. Und jeder wusste ein bisschen mehr darüber.

Die Druiden aber begannen jetzt doch Ihre Lehren nieder zu schreiben. Ihr Wissen zu erhalten. Nicht nur auf die mündliche Überlieferung alleine zu vertrauen. Gar die Sachkenntnis auswendig lernen zu müssen.
Denn es schwoll an, es wurde ja mehr und so weiter.
So entschlossen sich, die Druiden eine Geheimsprache zu entwickeln.
Eine Mischung aus Urfranzösisch, der alten Druidensprache eben. Sie nannten sie die grüne Sprache, eine

Redeweise, die man heute in der Allgegenwart genderspezifisch andauernd zu hören bekommt.
Die Druiden schrieben Ihre Geschichten, Ihre Erzählungen, Sagen die Mythen und all jenes unschätzbare Wissen auf. In eben dieser geheimen Druidenschrift oder Sprache, welche nur die Kräuterlinge einwandfrei zu verstehen in der Lage waren.
Einige Gelehrte ebenfalls, zu mindestens glaubten sie es.
Selbst ein Nostradamus verfasste seine „Weissagungen", eine wirre Ansammlung von Feststellungen, in dieser Schrift.
 Typische Merkmale seiner Verheißungen, sind: das fast vollständige Fehlen, von konkreten Zeitangaben und Namen.
Sie bedient sich einer metaphorische Sprache.
Was clever ist, denn wenn eine Prophezeiung nicht passt, nicht eingetroffen ist, kann sie durch eine andere, Ähnliche ersetzt werden.
Das Heilwissen, welches Nostradamus sich erworben hatte, stammte eben von diesen Druiden. Aufgrund seiner Kenntnisse dieser Geheimsprache.
Vor allem ist er erst seit 2 Jahrhunderten tot.
Die Kräuterkundler die gingen aber wesentlich früher aus dem Walisischen, dem Irischen und Schottland.
Eben wegen der Hexen und Magier, deren mystische Kräfte nicht zurückkehren wollten. Einige talentierte Magierinnen ausgenommen.

Bei den Magiern driftete alles nur in das Reich von Tricks und Sinnestäuschung ab.

Das Druidengold sollte her. Das Gildehaus die Kapelle der Gilde, alles bedurfte einer Renegation. Der Stand der Magier musste bewahrt bleiben.

Eher gefestigt werden, und auch wenn einige pfiffig waren und in ausgefeilten Outfits, begannen Tiger herbei zu zaubern und wieder verschwinden zu lassen.

Diese Leute waren in Schwierigkeiten. Ja und gierig waren diese Schwarzkünstler. Deswegen benannte man sie um, von Zauberer in Ma-GIER. Ja da seht selbst, das Wort GIER steckt doch in der Berufsbezeichnung, genau wie in ReGIERung .

Als gemeine Einschleich Diebe wollten die Magier Ihr Dilemma lösen. Sich fremde bewegliche Gegenstände widerrechtlich aneignen. Was durch eine ganze Zahl an „Richtlinien" in der Satzung der Magier durchaus gedeckt gewesen wäre. Vor allem aber dank der lax ausgelegten Direktive, in die passende Richtung. Leider wusste kein Magier, wo sich das gesuchte und begehrte befinde. Sogar die Hellseher, Wahrsager die man zu Rate rief, stellten sich als Blindfische heraus. Wahr sagen, ja dazu waren sie fähig, in größeren Ansammlungen von Ihnen, kam das „Wahr" „Wahr" „wahr" recht gesagt herüber, nur die Zukunft, konnten von denen keiner so richtig sehen, was für das Versteck des Druidenschatzes ebenso galt.

Alle suchten, die Hexen. Die Barden, Bauern die es leid waren, darauf zu warten, dass in Germanien später die Subventionen auf sie einströmen. Und sie nichts weiter tun müssen, als Jammern, theatralisch Milch wegzukippen, die sie zu viel produziert haben und Viehdung vor Rathäuser zu kippen.
Einen Kräuterkundler zu fangen und zu foltern, war nicht vielversprechend. Die Druiden redeten nicht mehr mit Fremden, auch war deren Schmerzempfinden ein divergentes, als aller anderen.

Sie hatten gewisse Tränke, Liebestränke, Zaubertränke für lange Erektionen. Heute als Pille mit dem Namen Viagra gebräuchlich.
Aber sie hatten Tränke bei sich, die jede Erinnerung nehmen und eine Folter somit absurdum führten.
Deren Ziel ja darin mündet „Geheimnisse" aus jemanden heraus zu bekommen.
Gerne wurden Geständnisse genommen, vor allem von der Inquisition. Was aber nichts brachte, weil man als Zauberer Hexe oder Druide dann erst recht hingerichtet worden wäre.
Der Schatz der Hexenmeister war mehr und nicht minder in Gefahr.
Vor allem als der Stadtrat, sämtlichst voran Bürgermeister Kwimpy, sich für die Einnahmen der Spitzhüte interessierten.
Dazu eine Druiden Gewerbe, Abgabesteuer, neben einer Kesseldimensionsabgabe einführen wollte.
Welche aber die Hexen, ebenfalls über Gebühr strapazierte.
Was das Finanzielle ausmachte, diesen Kwimpy dann mit einem Fluch belegten.
 Er möge so abartig bösartig sein, im innersten wie äußerlich, dass nach Ausgabe dieses Bannspruchs, niemand wusste, ob Kwimpy erst seitdem oder schon immer so ein hässliches Arschloch ist. Von da an überlegten die Spitzbärte, was zu tun sei.

Der mächtigste Druide war Rzr. Er hatte gerne Stoffe für seine Gewänder, die rote Punkte zeigten. Und er braute einen allgewaltigen Zaubertrank. Mit ihm konnte man die Tiere des Waldes und den Steppen kontrollieren hieß es. Erwiesen war nur, dass man am Tag darauf eine Menge Besuch von Biestern erhielt. Neben dem mächtigen Affen, den man schieben musste, waren vor allem Kater, Bestandteile dieser in Lebenslust trotzenden Fauna.

Vöglein ließen sich gerne beim Zwitschern zuhören, meistens nach einem derben Schlag, eines genervten Mitanwohners zum Beispiel, auf den Schädel.
Rzr war so etwas wie der Boss, der erste oder oberste Druide.
Dann gab es den Abused, einen „geleerten" Man, wenn er einen Humpen Bier, am liebsten Steinpilzbier trank, pisste er 2 Bierbembel.
Dementsprechend war er ständig dehydriert, sah aus wie ein Vorführmodel eines Leichenbestatters und war Kunde von gleich dreien dieser Gilde, der Totengräber.

Abused aber hatte Überblick, denn Steinpilzbier war nicht der Gipfel seiner kulinarisch flüssigen Freuden.
Er liebte Fliegenpilzbier, lieber den Likör, denn der bittere Fliegenpilz machte sich in einer Met- Honigvariante, mit Rohrzucker vermengt, doch äußerst geschmackvoll auf den Weg über den Gaumen nach unten. Da wo er wirkte. Wo er die Luft erwärmte, die in Darmstücken wartete. Wo er Gas entwickelte, welches die Innereien beflügelte, die sich periplasmatisch (was immer es heißt, schlagt dieses Wort bloß nie nach) als Jammerton wandernder Darmgasse an der Hupe vorbei ihren Ausgang in Richtung draußen suchten.

Ja man hätte schreiben können, der Abused ist ein Säufer, aber bei Druiden macht man das so nicht.
Dann gab es den Lawis. Einen einfach gestrickten Klugscheißer.
Der leider immer Recht hatte. Nicht weil er etwas wusste oder von Ahnung beflügelt war.
Eher im Gegenteil, aber dafür war er davon überzeugt, was er sagte, und das überaus.
Eine Nachfahrin wird eines fernen Tages, damit auffallen, dass sie als die mächtigste Frau der Welt schon daran scheiterte, dass man ihr weiblich sein wollen, nicht abnahm.

Noch viel weniger, das ReGIERen können. Vor allem aber ihren Spruch, den Sie immer parat hatte.

„Wir schaffen das"!

Dazu bildete Sie druidische Runen/Rauten Zeichen. Was aber Quatsch war, denn später so im 21 Jahrhundert, wo dieses Wesen sein Schaffen startete, wusste man, diese Person war innen völlig hohl.
 Vor allem unter dem Pony und diese Runen Zeichen der Raute nichts anderes Verborgen war, in ihrem Kopf, als eine Art Radio. Mit dem Sie auf Empfang ging, sooft sie diesen Rhombus bildete.

Das Verstörende war immer, dass diese Person, wenn Sie dann begann zu sprechen, jedes Mal genauso überrascht war, von dem, was sie sagte, wie die Zuhörer.
Lawis war sich seiner sicher.
Er kannte die Nachfahren ja nicht und er selbst lies nichts, aber auch gar kein Stück auf sich kommen.
Vor allem kein Fünkchen Negatives, bei Lobeshymnen über seine Person kniff er beide Augen zu.

Aber da war ebenso Wukufliz, ein Druide der besonderen Art. Obwohl eigentlich nicht. Denn er fluchte, log, soff und hurte den ganzen Tag, wie jeder andere Druide.
Aber Wukuflix war im Rat und dies verdankte er seinem Bruder UlexX. Der durch gute Argumente ebenfalls im Rat war.
 Für manche galt er etwas zu brutal, was übertrieben schien. UlexX war gar nicht grausam. Gut als Säugling hat er sich aus seiner Mutter heraus gefressen.
Aber sie hätt nicht so klammern müssen, bloß weil Sie solche Angst vor den Geburtsschmerzen hatte.
Mit seinem Vater hatte UlexX wenig Probleme.

Die Interessen an Starkbier und Pilzextrakten waren ebenso wie die Leidenschaft an Jungfrauen, keine Virgos, den sogenannten Schlampen, unübersehbar.
 Und so sah sich dieser Druidenclan als Hüter der heiligen Vagina an.
Ja auch wenn Vagina tot war, nach der Geburt vom Kleinen UlexX, der sich ja aus der Bauchdecke heraus fraß.
Ach so Vagina war die Mutter von Wukoflix und UlexX.
Außerdem ist es ebenfalls eine Bezeichnung für das weibliche Geschlechtsteil, je nach Größe spricht man gerne von Vaginchen oder doppeltes V, was ein W ergibt, W wie Waggon.

Die heilige Vagina, Mutter des Schosses, Hüterin der Lachen oder war es das Lachen, mutierte zu einer Art Kommune in der Gemeinde der Druiden,.... einer archaischen Männerwelt, in der es Druidinnen gab.
Allerdings schrieb die Quote damals keine astronomischen Zahlen vor, was das Ganze damit lebensfähig machte.
Die heilige Vagina war gar keine mehr, nicht die Spur Vulva.
Denn schon als der Spross damals in den Lenden, der Spalte, als Name, nicht nur Geschlechtsteil. Verlor ihren Titel Vagina in dem Moment, als der Bastard UlexX seine Zähne in den Damm schlug.
 Den Bereich, der 2 Löcher deutlich unterscheidet.

 Einmal in das wundervolle Vaginachen und dem Popo den Arsch, hier genau das Loch.
Ja als dieser Damm fiel, war die Fotze nur im Arsch.
Wie beim Kaiserschnitt, der bei nicht adeligen zu erwartenden Kindern gerne gemacht wird.

Diese Typen bildeten den Rat.

Es gab zudem eine Vivil.
Was an Pfefferminz erinnert, warum weiß ich nicht, Sie war wunderschön.
Na ja .... es war ein Wunder, dass manche sie schön fanden.
Aber man muss die Tränke, welche die Druiden brauten, eben mal probieren.
Ein Grund weshalb Politikerinnen, bis heute, doch überraschend oft verheiratet sind.
Weil mancher Mann sie trotz ihres offensichtlichen Erscheinungsbildes begehrenswert findet.
Ja Alkohol, Absinth, Amphetamin, fängt mit A wie Aussehen an und alles passt genauso zusammen.

Vivil war eine Krieger Druidin, die einzige ihrer Spezies.
Sie war stolz auf ihren trainierten Körper, ihre mentale Kraft ebenso die ihrer Schenkel.
Ihr Ehemann, der Darkfrezz war gleichfalls stolz auf seine Vivil.
Vor allem auf ihre Titten, die wahrlich etwas Besonderes waren, wäre ihr Mann Schmied gewesen, nie hätte er sich gefragt ....
Ach, langsam wird mir das hier zu sexistisch.

Im Grunde nicht, aber die guten Vergleiche fallen mir grade wieder nicht ein. In den Gesellschaften, wo sie mir einfallen, habe ich nie was zum Schreiben mit.

Der Rat der Druiden war gebildet. Oder ungebildet, die Holzmagier bildeten sich aber was auf ihn ein, und zwar reichlich.
Vor allem wurde dieser Rat gegründet, zum Schutz des Druiden Daseins.
Auch zur Wahrung ihrer Interessen, und davon hatten die Kräuterpanscher reichlich.

Sie wollten ihre Ruhe, ihre eigene Insel, ohne diese hier aufgeben zu müssen.
Mangels Wollens und eine klare Trennung, der Aufgaben jeder Zunft.

Denn die Druiden durchschauten, dass sich jede Gilde nur gegenseitig im Handwerk herumpfuschte.
Sie erkannten ebenso, dass ein Leben ohne die anderen Gilden zwar absolut lebenswert ist und wäre, dass aber ein Erreichen dieses Lebenszieles bedeutet hätte, das 80% der Druiden ihren Zustand von lebensfähig, über vermindert lebendig zu tot konvertieren müssen.

Weil eine Verbesserung der Lebensqualität mit einem Krieg erreicht werden müsste. Aber kein Druide unsterblich war und ist.
Der Rat trat zusammen und er tat jenes, was ein Gremium so machte. Er tagte, beriet und sehnte Entscheidungen herbei.
Derer wurden reichlich getroffen. Da wäre, das Guthaben und Rücklagen der Druiden besonderen Schutz genießen würden, ab sofort und immerdar.

Darüber hinaus wurde beschlossen, über die Insel zu herrschen.
Ohne die anderen Gilden zu stören oder negativ zu tangieren. Auf sie beratend beziehungsweise beeinflussend ein zu wirken. Vor allem das der Ruhe der Druiden erste Priorität vorausgeht.

Man kam zu dem Entschluss, dass dies aber nicht gelänge, wenn man auf dem Eiland bliebe.

„Anglesey" der Insel selbst war es egal, wer auf ihr weilte, die Kräutermeister waren ihr genehm.

Denn sie brachten keine Unordnung, in der Natur.
Auch nicht in den Lauf der Dinge. Anders als die
Magier oder die Hexen.
Aber als Druide hatte man sich Kultstätte erschaffen.
 Eine eigene Magie auf diesen Felsen gebracht und
ansonsten war man maßgeblich beteiligt, an allen
Geschicken der Insel.
So musste man einen Kompromiss finden.
Eine Übereinkunft, durch gegenseitige Zugeständnisse.

Unter beiderseitigem Verzicht auf Teile der jeweils
gestellten Forderungen.

Dies war nicht so leicht, wie man es vermuten würde.
Übereinkunft zu finden, war ein Ziel jeder Gilde, aber
man wollte eben so viele Zugeständnisse vermeiden,
als man es konnte.

Etliche Druiden beherrschen Fremdsehen. Eine Kunst
in ein Tier z.B einzudringen und die Welt mit seinen
Augen zu sehen.
Mit den Oculus des Adlers, z.B aus den Lüften heraus.
 Gerne mit den Sehorganen der kleinen Tiere, weshalb
kein Geheimnis der Welt, der Insel oder den Gilden, an
den Druiden vorbeikam, ohne entdeckt zu werden.

Ab und an sah ein Zipfelhut sich einmal selbst. Bevor
das Raubtier, in welches sie geschlüpft waren, zum
Sprung ansetzte, um den der angesetzt hatte, gleich
mit einem Haps zu verspeisen.

Beim Fremdsehen oder Borgen, von Sehkraft aus-
borgen kam es darauf an, etwas zu erkennen. Auch zu
wissen, mit wessen Augen man sah.
Eine Katze misst einer Maus eine andere Bedeutung zu
als ein Druide, Magier oder Bürger. Ebenso hat eine

Samtpfote wenig Interesse an Dingen die wir Schätze nennen, Ruhe sowie Beschaulichkeit.
Aber bei diesem Borgen der Augen entfernten sich diese Druiden immer weiter und mehr und fanden plötzlich eine Insel.

Grün und ruhig und mystisch und aus einem Hochgebirge bestehend, mitten im Mittelmeer. Die einen Sonderstatus einnahm zur Gebietskörperschaft Frankreichs.
Das Gebirge im Meer weckte das Interesse der Druiden. Vor allem weil diese Insel zu 2/3 aus kristallinen Granitsockeln besteht. Es reichlich Schiefer und andere Mineralien beherbergt. Und weil es zwei 2 Tausender Bergmassive gibt. Da Götter ja bekanntlich Berge besetzen oder beanspruchen, hatte man einen in Reserve und konnte die Ruhe wieder herstellen.
Perfekt, diese Insel lag in der Mitte von:

Korsika liegt zwischen:
43° 01′ und 41° 22′ nördlicher Breite und
9° 34′ und 8° 33′ östlicher Länge.

„Moment halt halt….. was steht den auf dem Fetzen da in Deiner Tasche, Herr Svenney."
Blaffte der Ostiarius, der bis hierher interessiert zu gehört hatte.
O´Shea langte gelangweilt in seine Tasche, suchte das Pergament und gab es dem grobschlächtigen Mann.

43° 01′ und 41° 22′ nördlicher Breite und 9° 34′ und 8° 33′ östlicher Länge steht da in gut leserlichen Lettern.

„Korsika, immerhin hat die Insel ca 180 KM länge und wenigstens 80 KM breite.

Genau dazwischen sind Millionen von Schluchten, Felsen und Täler und was weiß ich sonst noch, wo der Schatz versteckt sein wird."
So ließ es der Ostiarius verlauten.

Der Baader aber erklärte gelassen, auf dieser Insel gibt es keinen Schatz mehr. Gab es vielleicht nie einen.
„Die Druiden sind damals gegangen, um der Ruhe willen. Und um damit die Magie wieder zu erleben, der Natur zur Liebe und den Elementen.
Sie haben Ihre Insel vor der walisischen Küste nur verlassen, um ihr Gleichgewicht wieder zu finden. Der Schatz war ihnen nicht zu wichtig. Natürlich wurde nichts aufgezeichnet und so kann man nur spekulieren."

Was aber haben diese Koordinaten und die Erzählung des Baaders denn auf sich? Sie beide waren des Pudels Kern, was schade war, denn es gab zu dieser Zeit keine Pudel auf Dun Bleisce Don.
Auf Korsika ebenfalls nicht. Aber die Aussagen waren dennoch von Bedeutung. Nicht nur für das innerste eines wuschelig lockigen Hundes.

Inzwischen war der Lektor eingetreten.
 Mit ihm kam eine Aura in den Badesaal, die nicht einmal von den Opiumschwaden, in der Luft, den Lungen und Blutgefäßen der Inhalatoren, aufgefangen werden konnte.
Wie immer verstummt alles, wenn diese Person sich nähert, dieses fiese unnahbare Lächeln.

„Meine Herren".

Erhob sich die wohlklingende, dennoch in ihrer Tiefe gemein und gefährlich wirkende Stimme des Lektors.

„Palavern ist eine Freude, wenn man Zeit hat, falls die Enkel zu Besuch sind.
So Feste gefeiert werden, auch Freunde Verwandte zugegen sind.
 Da kann man dann reden und spekulieren und wie man es so hält.
Father Keith und Aiden sollten wissen, was die Stunde geschlagen hat.
Der Father, denn er ist gar nicht aus Irland, England. Oder einer anderen Stadt auf diesem Planeten. Das ist doch richtig Pater?
Es ist aber unwichtig, woher er kommt.
Es sind 9 Schlüssel zu finden, 9 Schlösser zu öffnen. Am Ende seid ihr alle Reicher als Reich. Aber wenn dieses letzte Schloss nicht bald seinen Inhalt preisgibt und alle Rätsel gelöst sind, die bisher ja nicht schwer waren und es auch nicht werden, ich weiß es zufällig, dann wird euch aller Reichtum nichts nützen."

„Es gibt da draußen mehr, als ihr Neandertaler jemals vorstellen könnt.
Deswegen muss es euch auch niemand erzählen, begreifen könntet ihr es ohnehin nicht.
Trotzdem ist es wichtig, jetzt konzentriert los zu legen.
Es gibt die Koordinate. Dorthin müssen Svenney und Aiden jetzt gehen.Nehmt euch den Kortex mit, wenn ihr wollt aber ihr müsst los."

„Die Insel an der walisischen Küste, gibt es noch. Aber dort findet ihr nichts. Die Druiden sind da schon lange nicht mehr.
 Wie es der Ostiarius richtig anmerkte.
Die Druiden haben Ihre Insel, den magischen Teil davon, auf ein weiter entfernt gelegenes Eiland ver-
bracht."
„Eins welches, mehr Steine in seinem inneren hat. Dass unglaublich hohe Berge für so ein Eiland aufweist.

Genau dort in den Steinen, da werdet ihr sie finden, die Krautlinge auf Ihrer Druideninsel, die auf Korsika liegt."
„Allerdings sind die Druiden keine gefälligen Männchen mit Zipfelhüten. Gut die Hüte tragen Sie."
„Nur freundlich ist keiner, sie sind verschlagen, gehässig und hassen jeden, der sie stört.
Aber wenn man etwas für sie hat. Irgendwas das sie unbedingt brauchen, oder haben müssen.
Und sie wissen, dass man es hat.
Glaubt mir, Druiden sind im Bilde, sie erkennen die Gesamtheit, vor allem Dinge, die unmöglich sind."
„Sie haben die besten Seher, auch wenn ich von dieser Urform eines Vision-O- matic wenig halte. Hier und in dieser Epoche, sind sie der Vision-O-matic."
Der Lektor machte eine Pause. Ließ die Stille sich setzen, und beobachtete, mit seinen kleinen kalten, aber listigen Augen, jeden Einzelnen.

„Die Druiden bedürfen dringend ein paar Kräuter. Die bei ihnen dort im mediterranen Klima nicht wachsen.
Zudem benötigen sie bestimmte Runensteine.
Das habe ich zufällig mitbekommen. Nachdem ich die Koordinaten geprüft habe und eben genau dieses Gespräch dabei abhören konnte."

„Rzr selbsterklärter Oberdruide, mehr oder weniger hat sogar schon mit den Hexen Kontakt aufgenommen und um Rat ersucht.
Ich habe herausgehört, dass die nicht helfen können, es aber gerne würden.
Denn die Druiden haben da ebenfalls etwas was sie möchten, dringend wollen. Nämlich die Zauberformel für einen Bannkreis für Feen oder eher Elfen".

„Elfen, aber Elfen sind doch entzückend, nett und wunderschön, wer will denn solche Wesen verbannen?"
Stöhnte der Ostiarius auf.

„Whilo the Whisp, eins unserer Mädchen und ihr Bruder sind Elfen."

„Blödsinn, Elfen jene sind keine Elfen, auch wenn der Bruder Will-O das Waldlicht heißt, außerdem ist er bescheuert".

„Silencium"
Lies sich der, wohlklingende Timbre des Lektors vernehmen.
Die Schärfe in der Stimme war angemessen geeignet, dass alle sofort in Stille verfielen.
In Absolute, sogar die Fliegen. Nicht einmal das Wasser in den Thermen plätscherte mehr und dieses Blubb Blubb, das gleichförmig aus den Shishas blubberte, verstummte.

„Völlig egal, was wer und irgendjemand über Elfen zu glauben weiß.
Die Hexen brauchen wirksame Magie und die Druiden benötigen, was die Hexen haben.
Außerdem was ich selbst beisteuern kann, die Runensteine.
Es wird Folgendes geschehen:
Die Druiden werden wissen, dass die Hexen Kraut und Steine haben werden. Dafür werden Sie uns, den nächsten Schlüssel überlassen. Ich denke sie werden sogar noch mehr tun."
„Anstatt 2 Monate Seereise zu diesem Korsika, auf der sich der mythisch, magische Teil der wahren Druideninsel Anglesey jetzt befindet, werden Sie „uns" ein-

laden, teilweise mit ihren Möglichkeiten, die ich aber
mit meinen Unterstützen werde."

„Was soll das sein",
unterbrach Father Keith.

„Ein Mix Druiden Magie und ein Teil Hochtechnologie.
Wie Du und Aiden es bereits von Limerick hierher
geschafft habt.
Natürlich wäre es gar kein Problem, einfach nur ein
Portal zu erschaffen.
Ich habe ständig ein Portal in meiner Manteltasche
und eins zum Aufpusten in Reserve, ich meine natürlich zum Aufklappen.
Zum Aufblasen habe ich auch etwas dabei, aber das ist
privat und der Preis für ein Leben wie meins, ohne
Familie und dergleichen."

„So entspannt euch, ich bin sicher, schon morgen früh
geht es los, Svenney, Aiden .... bildet ein Team...."
Svenney O Shea meldete sich zum ersten Mal.

„Der Ostiarius, hat meinen Goldbeutel. Bevor ich zum
Turm aufbrach, der nun ja nicht mehr ist, musste ich
ihm diesen als Pfand hinterlassen.
Ich würde ihm gerne den Schädel einschlagen, da ich
aber so wichtig bin, gerade auch zu entspannt bin, um
eine scharfe Klinge gegen diesen Bären zu führen.
Vielleicht bekommen die Hexen, Elfen oder der Lektor
es so hin. Wenn ich Reise, fühle ich mit dem Gold,
meiner Bernadette doch wohler. Nicht dass ich wirklich Lust hätte, schon wieder auf zu brechen. Mir
gefällt es hier.Ich habe auf dem Weg hierher ein paar
Mädchen gesehen, die kenn ich noch gar nicht und
bevor Streit wegen mir ausbricht, würde ich gerne
jedes Einzelne ......, nicht dass sich eine oder die andere

vernachlässigt fühlt. Das gibt schnell böses Blut nicht wahr."

„Ostiarius ....."
Der Lektor schaute ihn an, diesen Fels von einem Mann, der ohne schneller zu atmen oder seinen Puls zu beschleunigen 3-8 Gegner mit der bloßen Faust erledigen konnte.

„Ostarius, ... der irische Gentleman Mr O Shea hat da einen berechtigten Punkt angerissen, ich erinnere mich, dass er bei Ankunft hier einen prächtigen Beutel Gold am Gürtel trug. Er scheint diesen zu vermissen".

Der Lektor hatte den halben Satz gedanklich zu Ende formuliert. Nicht einmal Ostiarius ausgesprochen.
Da war alles Gold und was sonst glänzte, zurück an Svenneys Gürtel.

Dieser bemerkte es, grinste, drehte seinen Kopf, bis er sich in einem polierten Becher sehen konnte, befand das, was er sah als äußerst attraktiv und vorzeigbar und schalt sich innerlich. Svenney Du Teufelskerl.
Dir kann keener irgend Watt.

5. Anglesey die Insel der Druiden
Oh mein Korsika.

Es gab auf Anglesey Felsen. Gesteine und Steine, es gibt bis heute die Hauptstadt **Llanfairpwllgwyngyllgogerychwyrndrobwllllantysiliogogogoch.**

Es gab Druiden, denn Anglesey ist die Insel der Spitzbärte, aber es gab ebenso Hexen oder Schwestern, wie sie sich untereinander nannten.

Außerdem gab es die Küste. Kleinere Städte und Dörfer der ganzen Seeküste entlang.
Die aber gehörte zu KORSIKA.
Nur das mystisch magische Innere von Korsika, dies war eben Anglesey.
Eine Insel, die es nordwestlich der walisischen Küste Englands gab und immer noch gibt.

Leider warten Touristen, vor allem die esoterisch Angehauchten, dort vergeblich, auf irgendwas, mystisch, Magisches.

Denn mehrfach erwähnt, genau dieser Teil ist im Inneren Korsikas.

In einem alten Haus, welches niemals erbaut wurde, sondern im Laufe der Jahre, Jahrhunderte zusammengesetzt wurde, kicherte Eusebie Koschmidder in sich hinein.
Es war ihr Haus, am Rand der Waldlichtung. Sie schaute unter ihrem Bett nach, ob ein Mann sich dort versteckt hielt, bevor Sie zu Schlafen gedenke, zu

Ihrem bedauern fand sie keinen und fügte sich, den Tag zu beenden.
Es pochte an die Tür. Energisch und Eusebie dachte angestrengt nach.
Doch ihr Nachdenken wurde unterstützt und im nächsten Moment trat Gita G. In den Wohnraum ein, Sodas Eusebia nicht weiter ihr Hirn zu martern brauchte, wer um diese Zeit stören könne.
„Gita, meine Liebe. Erquicklich Dich zu sehen."

„So spät und wie schön, Du hast sogar den Riegel an meiner Tür ohne Lärm aufbekommen. Was hat mir das doch für einen Weg gespart, den ich hätte zurücklegen müssen, um Dir zu öffnen, falls ich es gewollt hätte."
„Es ist wichtig".
Erwiderte Gita knapp und etwas kurz.

„Sind die jungen Hexen wieder Stutig, ärgern sie Dich erneut, wie ist denn der Stand der Dinge?" Erkundigte sich Eusebie.

„Sie lackieren ihre Fingernägel schwarz. Sie tragen schwarze Handschuhe aus Spitze, mit abgeschnittenen Fingerkuppen. Sie beschwören okkultes Zeug.
Was wir als wir Jung waren, ebenfalls taten.
Aber sie tanzen um Bäume und Feuer, ohne Unterwäsche. Und die eine oder andere, benutzt ihren Besen nicht fachgerecht. Was bedeutet, dass Sie nicht darauf sitzt, sondern der Hexenbesen, also sie hockt schon hierauf, aber neuerdings wirk so ein Donnerbesen, wie ein Senkrechtstarter. Ansonsten sind sie frech".

„Haben sie Talent??"

„Oh, aber ja aber nein. ...Ja .... Trixi ist talentiert.
Ihre Tränke wirken, soweit ich dies beurteilen kann.
Als ob ich ihre Trünke nötig hätte, natürlich dieweil

Ausbilder Hexe, benutze ich sie, rein der Bewertung wegen. Ich muss sagen, sie beeindruckt mich, auch wenn ich ihr das niemals zugestehen werde. Eine Megäre wächst an Kritik und Ablehnung. Der Rest dieser „Hexen" kann man getrost in die Althexentonne kippen, außer theatralische Namen, nichts dahinter. Einige kleben sich spitze Eckzähne an, was soll das den sein?
Ebenso dieses ohne Unterwäsche herumlaufen. Oder um Steinkreise tanzen, als wenn so etwas jemals einer echten Hexe irgendwas gebracht hätte. Vor allem aber der Umgang, der ärgert er schockiert mich".

„Die Jugend, wir waren ja nicht anders. ....".

„Falsch, ich zumindest habe meiner Meisterin gelauscht, jede Aufgabe erledigt, die sie für mich hatte, auch noch so nieder.
Ich hätte es niemals gewagt, Widerworte zu geben. denn als was würde sie mich alles verwandeln können. Was hätte sie mir antun können, einen Hexenbann, einen Fluch, eine Beschwörung. Nein.... aber die jungen Hexen, die haben ja alle keinen Respekt, für die ist das Ganze, glaube ich ein Spaß. Nein, eine Ausbildung zur Hexe darf kein Spaß sein.
Eine gute Hexe erkennt man eben daran, dass man sie niemals als Hexe erkennt.
Dass sie niemals hext, zaubern muss.... ihre Kräfte offen zeigen.
 Eine gute Hexe, vor der hat man Respekt, ohne dass sie jemals irgendwem, irgendwas angetan hätte.
Nur schlechte Hexen müssen auf ihre Kräfte zugreifen. Riskieren das andere sehen, was Hexerei kann, was sie bedeutet."

„Gita, Gita .... Entspann Dich, heute habe ich auf dem Markt der Grütze einiges gehört. Etwas über die

Zwerge und einen der Nachtelfen, lass mich Dir kurz berichten, denn ich war bei Eutan, dem Geisterheiler auf einen Tee.
Die Elfen sind wieder unterwegs. Was wir brauchen, ist ein starker Zauber. Besser ausgereifte Magie, Elfen können nicht auf Eisen, vor allem magnetisches Ferrum.
Die Kreise sind im Moment dünn, vor allem die Bannkreise, ich möchte keine Elfen hier riskieren. Du weisst genau, was ich meine, auch wenn Deine Tochter dies anders sieht und ebenso diese schwarzgeschminkten Grufties, die sich Hexen nennen."

„Was hat der Geisterheiler Dir denn gesagt?"

„Na ja, Du kennst ihn doch, er erzählt alles wie eine Methapher, wie einen Artikel oder er tut so, als wäre es ein Witz.
Also so in etwa hat er sich ausgedrückt."

Ein Nachtelf kommt zum Geistheiler.

"Und wie bist du gestorben?"
"Ich machte gerade Frühsport auf dem Hausdach, als ich dabei abrutschte. Zum Glück könnte ich mich aber im Stockwerk darunter am Balkongeländer festhalten. Doch da kam ein Zwerg und hat wie wild auf meine Finger geprügelt und ich fiel, zum Glück abgefedert, in ein Gebüsch. Dann hat der Zwerg aber noch eine schwere Wäschetruhe nach mir geworfen, was mir den Rest gab."

Zwerg kommt zum Geistheiler.

"Und wie bist du gestorben?"
"Ich habe meine Frau beim Fremdgehen erwischt. Ich

sehe noch, wie der Nachtelf über den Balkon fliehen will.
 Also hab ich auf seine Finger gehauen, doch er ist weich im Gebüsch gelandet. Also hab ich die schwere Wäschetruhe nach ihm geworfen. Das alles hat mich aber so mitgenommen, dass ich am Herzinfarkt gestorben bin."

Gnom kommt zum Geistheiler.

"Und wie bist du gestorben?"
"Ich war grad bei einer geilen Zwergen Braut am Rummachen, als ihr Mann plötzlich und unerwartet nach Hause kam.
Also hab ich mich schnell in der Wäschetruhe versteckt."
Der Geistheiler unterbricht:
"Ja, den Rest der Geschichte kenne ich schon."

Ein Zwerg zu einer Nachtelfe:

"Es wäre schön, wenn du geil wärst!".

Die Elfe darauf:
„Es wäre geil, wenn du schön wärst."

.... „Sonst hast Du nichts"????
„Dir fehlt nichts, Du hast nur Langeweile. Dies ist alles."
„Ich hätte da noch einen Druidenwitz".

„Wenn er sein muss, raus damit, aber es gibt ernste Probleme, wir müssen wirklich reden."

„Ja, jajjaaaaa hör zu, ein Druide und ein Paladin stehen am Wegesrand und pinkeln.
Fragt der Paladin: "Warum pisst Du so laut und ich so

leise?"
Antwortet der Druide: "Du pinkelst an einen Baum und ich an Deine Rüstung."

„Irre witzig, ich kann kaum vor Lachen und habe auch noch einen Flachen, hör zu."

Ein Jäger und ein Priester sind im Wald, sieht der Weidmann einen Bären und legt an:
"Scheiße daneben!"
Darauf der Geistliche:
"Bruder, du darfst nicht fluchen, Elune wird dich bestrafen!"
Der Jäger erblickt einen zweiten Bären:
 "Scheiße, daneben!"
Darauf der Priester:
„Bruder, du darfst nicht fluchen,"
 „Elune wird dich bestrafen!"
Und der dritte Versuch des Jägers verfehlt:
"Scheiße, daneben!"
Darauf der Priester:
"Bruder, du darfst nicht Fluchen, Elune wird dich bestrafen!"
Plötzlich verdunkelt sich der Himmel, ein Blitz durchfährt den Priester und man hört von oben eine Stimme:
"Scheiße, daneben!"

„Ich habe es verstanden, keine Witze mehr".

„Wir haben ein ernstes Problem. Unsereins braucht einen magischen Bannkreis für Elfen. Dazu brauchen wir Eisen und spezial Ferum. Das von der Sorte, dass legt man es Zentimeter voneinander weg, auf sich selbst zu schnellt."
„ Magnetisches Eisen".

„Nenn es, wie Du willst, dieses Metall. Jedes andere ist auch recht, den Eisen mögen die Elfen nicht."
„Schwermetall haben wir genug. Auf dieser Insel der Druiden, auf die wir uns trickreich mogeln konnten, hat es sicher an Eisen kein Mangel, auch nicht an Kräutern und ..."
„Aber an wirksamen Schutzkreisen gegen die Elfen und ich erwarte nicht, dass Du verstehst. Nur das Du handelst, wir brauchen einen wirksamen Schutzkreis, neben all dem Eisen, gutem Glück und ...."

„Warum laufen Gnom-Männer lachend über den Fussballplatz?"
„Häääh???"
„Weil das Gras an ihren Eiern kitzelt."

Gita stampfte auf,
„Keine Witze, die nicht witzig sind".
„Ja, Du hast Recht, aber Geisterheiler haben eben diesen Humor."
„Dann halt gar keinen Klamauk mehr."

„Es ist ernst, wir müssen unsere Insel schützen".
„Aber vor wem denn? Elfen sind doch liebe Wesen, jeder Mensch wünscht sich welche, im Wald zu sehen oder zu treffen, auch viele von uns, den Hexen. Was genau hat dieser Geisterheiler von sich gegeben, dass so unsagbar wichtig ist".

Gita spannte ihren Körper und suchte nach einer sehr ernsten Miene. Als ihre Gesichtszüge diese annahmen, um die folgenden Informationen würdig zu unterstreichen fuhr sie mit Ihrem Vortrag fort.

„Die Seher, sind sich nie eins und selten einig. Aber deren Gilde, hat die der Zauberer und die der Druiden eingeladen, zu einer Besprechung. Anscheinend haben

diese Elfen vor unsere Insel zu beanspruchen. Sie
werden uns töten und alles Rauben, was wir haben"
Eusebine hielt von diesem Gerede wenig.

„Elfen, hast Du schon mal einen gesehen?
 Falls ja, DU lebst, und ich tue es ebenfalls.
Im Steinwald habe ich tatsächlich welche gesehen. Sie
waren wunderschön, hatte schöne Kleider an und alle
Sachen waren ebenso reizvoll. Auch ihre Pferde, mit
einem Horn, so perfekt und lieb und singen konnten
die, so etwas Liebliches ….."
Gita unterbrach.

„Das ist doch nur, was wir sehen."
„Sehen wollen. Genau dies ist deren Schönheit. Ihre
Macht ist unsere eigene Unzulänglichkeit. Unsere
Komplexe und dieses Gefühl, minderwertig zu sein,
ihnen gegenüber."
„Ich selbst habe als Kind diese Elfen ebenso gesehen,
magisch schön, perfekt und bin oft in den Wald, weil
ich hoffte, Sie wieder zu treffen, beobachten zu
können."
„Aber eines Tages, entdeckten die Elfen mich. Sie
haben meine Person beobachtet. Sie kamen aus ihrem
Versteck und umkreisten meiner einem.
 Sie waren wunderschön, eine musste sogar eine Elfen-
prinzessin sein.
Denn sie änderte ständig ihr Gesicht auch ihre Haare,
die Blond, dann silbrig wurden."
„Wie Gold glänzten und mich einfach verzauberten."
Dann begannen Sie mich zu piesacken. Sie beleidigten
mich, schauten auf mich herab.
„Je gehässiger Ihre Worte wurden, desto hässlicher
wurden Sie."
„Nachdem ich wegrennen konnte, sie fingen schon an
mich mit ihren Steinmessern zu schneiden. Und
hätten mich sicher getötet, dann in Sicherheit war

wurde mir klar, dass Elfen gar nichts sind, nur was wir aus ihnen machen."

Sie geben uns und den Menschen nichts. Sie verlocken nur, reihen uns Geschenke und Gold, welches am nächsten Tag schon wieder weg ist, verschwunden nicht mehr real, weil es nie existiert hat.
Dass ich als junge Hexe, nicht nur die Schönheit der Elfen gesehen habe, sondern deren Wahres ich, lag daran, dass diese Sagengestalten kindlich und dumm waren.
Sie haben Ihre Überlegenheit gezeigt und genau erreicht was sie eben am besten können, manipulieren.

Ja sie sind wunderschön, alles, was sie haben und tun. Ebenfalls, ihre Musik, ihre Gedichte und genau jenes führt dazu, dass wir uns mickrig und minderwertig, ihnen nicht ebenbürtig, nicht würdig fühlen.
„Das ist ihre Macht, in Wahrheit aber sind sie böse, gemein und hässlich. Sobald man sie durchschaut und ohne die Naive Furcht anschaut, begreift man es."
„Nicht umsonst sind die Elfen in ihr eigenes Reich eingeschlossen und können nicht in unsere Welt."

„Daran haben so manche Götter und auch Teufel mitgewirkt und das zu recht.
Elfen bestehlen alles und das, was sie nicht stehlen und in Ihre Welt bringen, das zerstören Sie. Jeder der sie daran hindert, den töten sie. Das steht so nicht in den Märchenbüchern, aber deswegen ist es ja auch Realität.

Die Seher, sind sich eins, dass einige Dimensionstore, Dimensionswände zu dünn geworden sind. Oder zu instabil, wie sie sich ausdrücken.
Man weiß nicht, was daran schuld ist, die Zauberer, die ja recht gelehrte Köpfe haben, bei den großen Hüten die sie Tragen.

Es gibt einen Raaf Nass, der spezielles Wissen hat, über irgendwelche Universen, und dass unsere Welt nicht die einzige ist und so weiter und so fort ....."
Eusebia unterbrach Gita.

„Es stimmt, alles, was hier existiert, Dich, mich unsere Gilde sämtliches gibt es auf 1000 den parallelen Möglichkeiten ebenfalls.
Meine Wenigkeit selbst zum Beispiel, bin meinem ich ganz woanders einmal begegnet.

In diesem Selbst habe ich Piet Rrr meinen Jugendschwarm aus der Schule geheiratet.

Wie oft habe ich überlegt, was wäre aus mir geworden. Hätte ich damals seinem Freien nicht solchen Widerstand entgegengesetzt.
In dieser anderen Welt konnte ich es sehen.
Ich war Fett, hatte 4 Blagen an der Kittelschürze hängen und weinte viel. Weil Piet Rrr noch vielen Mädchen wie mir den Kopf verdreht hatte.
Was ich sagen will, in meiner tatsächlichen Gegebenheit fühle ich mich oft einsam ohne Piet Rrr.
Trotz den Hexenkünsten, für die ich mich ja entschieden hatte, statt für Piet Rrr, aber in einer anderen Realität, sehe ich, dass sie gar nicht so falsch war, meine Entscheidung."
„Du, du willst also sagen, es gibt noch 1000de Gitas in irgendwelchen Welten, deren leben anders verlaufen ist als meines?"
„Ja, definitiv und jedes Leben der anderen und dennoch identischen Gitas, beruht auf Entscheidungen, die irgendwann gefällt wurden. Aber auch auf Umstände, in einigen Welten ist es immer dunkel, in weiteren allzeit kalt oder es brennt vor Hitze. Auch dort leben Gitas und führen ein anderes Leben wie DU."
Erwiderte Eusebie gelassen.

„Woher weißt Du das so genau, mit diesen Welten und wie es zusammenhängt?"
„Weil ich dort war. Nicht in jeder Welt aber ich habe mich in einigen umgesehen."

„Aber wie, wie konntest Du denn dorthin? Durch eine Tür vielleicht magischen Steinkreis oder hast Du ein Pentagramm auf die Dielen gekritzelt?"

„Nein, aber ja so ähnlich. Auf einem Flohmarkt fiel mir ein Buch in die Hände, eigentlich mehrere.
Das Buch der Schatten brachte es nicht so. Im Sommer hat es nichts bewirkt gegen die Hitze.
Selbst wann man es aufgeklappt hatte, konnte man maximal das Gesicht damit schützen.
Dann eines Nero Manga, dieses Buch befasste sich mit Portalen, mit Welten.
Wie die der Elfen, der Welt des Leidens und ein paar putzige und vielen furchtbaren anderen.
Aber ein Buch, dass schwarze Buch, ich habe niemals in meinem Leben eine solche Schwärze gesehen. Der Einband war so dunkel so tief, dass jedes Licht von ihm angesaugt und absorbiert wurde."
„Sogar das Licht, dass von meinen Händen, die jenes Buch hielten, wurde verschluckt und es war warm und irgendeine Energie war zu spüren. Die Hände kribbelten, fühlten sich taub an und waren nicht im Stande das Buch loszulassen."
„Ach und es hat sich wohl selbst umgeblättert wie?"
„Nein das war, dies Sonderbare. Wenn man die Lektüre aufschlug, gab es nur eine Seite in der doppelten Größe des Buches. Dieses Blatt war dunkel, aber sobald man sich Gedanken machte, flackerte in der matten schwärze eine Art Licht.
Wenn man sich fragte, was sehe ich denn da, wie ist es möglich? Dann erschienen Hieroglyphen, in allen Spra-

chen, die es zu geben scheint, sogar in Runenschrift und in Alraunen altdeutsch.
Aber in extrem merkwürdigen Schriftzeichen. Irgendwie bekam es das Buch mit, wenn die Schrift gefunden war, welche der Büchernarr, in diesem Fall ich, zu lesen und verstehen fähig war. Denn danach wurden einige Bilder sichtbar, Darstellungen die sich bewegten, das Buch begann sogar zu sprechen.
„Hallo ich bin KIKiri."
 Und ein angebissenes Hühnerei drehte sich in dem Buch, auch auf der Rückseite war so ein Bild. Dann fragte diese Stimme, was möchtest Du wissen, Du kannst alles fragen, was leider so gar nicht stimmte. Denn wenn ich das Buch ersuchte, verstand es mich immer falsch,
„KIKiri was ist ein Traum?"
„Ich habe Dir hier eine Auswahl an Bäumen bereitgestellt, welcher Baum interessiert dich"?
Kam dann als Antwort.

Oder
„KIKiri zeig mir unsere Hexengilde".
„Ok, ich habe hier 3 Hexen im Bilde und 289895 weitere Beispiele von Magierinnen, gemalt oder gezeichnet, auch Fotografien".

Gita hörte gebannt zu, hüpfte aber zappelig von einem Fuß auf den anderen.
 Anscheinend wollte der Brennnesseltee, den Sie zuvor getrunken hatte, zeigen, wie gut er wirkt.
 Aber anstelle das Sie das kleine Häuschen mit dem Herzen in der Tür, das hinter dem Gebäude das der Hexe Eusebie gehörte. Dabei, ganz und gar wie das Haus einer Zauberin aussah, aufsuchte und sich erleichterte, fragte sie nur.

„Was wie, ein sprechendes Buch, alle Schriftzeichen der Welten. Licht und Energie wovon redest Du da liebe Schwester? Das klingt doch eher, nach Deinem Stechapfeltee, in den Du die so wundervoll duftenden Teeblätter legst, die Oma Krawuddke so gerne in Ihrer Tonpfeife raucht. Die einen so beschwingt und glücklich machen.
So ein komisches Buch habe ich noch nie gesehen. Das gibt es doch gar nicht".

„Ich habe es in meinen Händen gehalten. Anfangs habe ich es ja selbst nicht verstanden. Aber ab und zu hat diese Stimme KIKiri mich richtig erfasst und deswegen habe ich eine Menge erfahren. Auch wenn ich nicht alles glauben kann, dass meiste gar nicht verstehe".

Wo ... ja wo ist das Machwerk denn? Wenn es dies Buch gibt, zeige es mir".

„Irgendwann wurde das Buch immer komischer, reagierte nicht mehr auf meine Stimme. Ich musste an seinem Rand ein Ritual ausführen.
Auf eine Art Hosenknopf, der aber in das Buch eingelassen war drücken, mit etwas Glück flackerte es dann und ich konnte es benutzen."

„Irgendwann kam der Hinweis auf Fledermäuse, dann stand da, nur bat. Bat. Bat. Low on Batt.
Und das blinkte, verdammt welche Batt?
Welche Flugmaus, dann war zu lesen, Low on Bat, aha dieses Buch warnte mich vor dem Lord Wendelin dem Vampir zu Drakula. Es war wirklich ein weises Buch. Aber leider genau nach diesem letzten Hinweis, lies es sich, nie wieder lesen. Auch auf den Ofen legen half nicht mehr, so wie vorher. Die Wärme schien dem Buch gut zu tun. Wahrscheinlich verdanke ich diesem

Buch mein Leben, denn sofort zog ich aus Inkawoon
Taah, hierher und so kam ich in eure Gilde."
Leider ist all jenes Wissen, welches in diesem Buch
war, darin geblieben. Ich habe mir nur dürftig
abgeschrieben, aber das wenige hat es in sich, warte,
ich hole die Pergamente".

Eusebie beeilte sich, in irgendeinen Raum zu verschwinden.
Gita tat es ihr gleich, sie verschwand ebenfalls in einen
Raum, den einzigen den das kleine Haus im Garten
hatte und in dessen Tür ein Herz eingearbeitet war.
Dieses Haus wurde alle 3 Monate bewegt. Und zwar
grub Eusebie 3 Meter neben dem Örtchen ein Loch.
Dann veränderte Schirrmeister Fro Gnan und der Sohn
des Schmieds Hra Gnan, diesen Ort um eben diese 3
Meter weiter.
 Und setzten ihn über das frische Loch, das offen stehende, wurde mit Erde bedeckt. Eusebie die eine
leidenschaftliche Gärtnerin war, wie viele Hexen. Züchtete ihr Gemüse auf dem neu entstandenen Beet. Alles
dort wuchs so üppig, dass Eusebie körbeweise Ihre
Erzeugnisse verschenken konnte.
 Nur Fro Gnan und Hra Gnan lehnten immer energisch
ab, wenn Eusebie ihnen für ihre Mühe mit einem Bund
Karotten danken wollte.
Zwiebel nahmen sie ebenfalls keine an, obwohl man
ihrem Atem entnehmen konnte, dass die beiden neben
allerlei Fusel stark den Zwiebeln zusprachen.
Eusebie und Gita trafen die zwei zur gleichen Zeit
wieder in der Küche zusammen, Eusebie hatte etwas
gefunden. Gita sich erleichtert und so setzte man sich
abermals beisammen.

„Viel Platz zur Gartenmauer ist nicht mehr, was machst
Du denn, wenn das Örtchen direkt an der Mauer
steht?"

Fragte Gita.
„Was, wo ..... ach so dann geht es an der Mauer entlang und wieder zurück.
 Der Weg ist mir schon zu weit, vor allem im Winter. Schau hier sind meine Aufzeichnungen. Das, was ich mir aus dem Schinken notiert habe. Das meiste ergibt aber ohne die Bilder, die es dazu in diesem Buch gab, keinen Sinn mehr."

„Zeig mal her".
Gita schaute sich die Seiten genau an, wiegte wichtig mit ihrem Kopf, murmelte.

„Ahso, ach interessant, ...ich wusste es".
Und andere kryptische Dinge. Und machte dabei den Eindruck, als sei sie etwas bescheuert.

„Was wusstest Du, sieht so aus, als würdest Du mit meinen Aufzeichnungen etwas anfangen können".

„Teilweise".
„Wie teilweise, was genau? Ich selbst finde mich da nicht mehr durch ohne die Bilder und Schautafeln und was es da alles gab."

„Schau mal hier".
Sagte Gita.
„Diese Notizen hier, da geht es um ein riesiges RAD das die ganze Galaxie oder wie man es nennt".
„Universum"?

„Ja, Universum also das Zentrum ist die Erde. Von dort aus gehen sogenannte Träger oder Balken wie Speichen bis zum Rand. Diese Speichen und dieses ganze Konstrukt, dient alleine dazu, Welten voneinander zu trennen.

Oder Dimensionen, und von der Periode steht dort
auch einiges, Raum und das sich Zeit und Raum krümmen können. Und dann verschiedene Orte am selben
Platz sind und dies zur gleichen Zeit .
So richtig vorstellen kann ich es mir nicht. Selbst wenn
es sowas geben sollte, wer kann denn so etwas erschaffen, der Herrgott?"

„Der Herrgott kann sämtliches hervorbringen, sagte
meine Oma ständig. Er kann alles und ist an allem
beteiligt"
„Also hat er auch an allem Schuld, das schiefliegt".
„Darum geht es nicht. Egal... also wenn ein solches Rad
existiert und in meiner Hexenausbildung, habe ich
manches Buch gelesen, dass etwas Ähnliches
beschreibt. Nehmen wir mal ein Pentagramm ein Kreis
und innen 2 Dreiecke.
Also eine Form mit 5 Linien. Ergibt einen Stern, allerdings 2 Dimensional, wie auf einer Buchseite einem
Bild oder so, aber wenn die Welt unsere meine ich,
eine Kugel ist.
3 Dimensional, dann würde ein weiteres Pentagramm,
weitere 5 Linien wenn man diese horizontal aufeinander, ...also wenn man sich das so vorstellt, dann sind es
10 Linien. 10 Träger, die alle am äußersten Rand des
Universums enden.

Aus fünf gleichmäßig, in Abständen von 72° auf einem
Kreis verteilte Punkte. Lassen sich mittels SEHNEN
zwei fünffachsige symetrische Figuren erstellen, diese 5
Sehnen bilden ein Fünfeck, und zwar ein Regelmäßiges
mit Winkeln von jeweils 108°.
Die fünf Sehnen zwischen den nicht benachbarten
Punkten bilden spitze Winkel von 36°.
Die innere Figur des Fünfeck bildet mit je zwei nicht
benachbarten Zacken, ein gleichschenkeliges Dreieck."

Eusebine unterbrach genervt, sie verstand offensichtlich gar nichts.

„Na und, unter meinem Dreieck befinden sich auch 2 Schenkel und den Winkel kann ich verändern, indem ich die Beine mehr oder weniger spreize, von was redest Du???"
Gita, lies sich nicht, aus ihren Gedanken bringen.

„Alle Winkel zwischen den Kanten und des umschließenden Fünfecks betragen 36° oder 72° oder 108°."
„Die 5 Symetrieachsen haben zu den Kanten die Winkel 18° 54° und 90°".

Alle Sehnen und durch Schnittpunkte begrenzte Sehnenteile eines Pentagramms, samt äußerem und inneren Fünfecks. Haben nur 4 verschiedene Längen. Von denen stehen jeweils aufeinanderfolgende im Verhältnis des goldenen Schnitts zu einander also gilt:

AB : BC, AC: AB , AD:AC   sind alle gleich.

„Wovon, bitte wovon redest DU, ...?"
„Von Deinen Notizen ich lese vor. Mehr nicht, DU hast es für wichtig gehalten, Du hast es notiert. Warum?"
Warum dies und nicht irgendwas anderes".

„I ... iii.ich, weiß es nicht mehr, es schien mir im Zusammenhang mit den Bildern, die dabei waren, alles so logisch.
So klar und ich befürchtete schon, dass mir jemand das Buch stehlen wird oder das ich es nicht mehr lesen kann, wie es ja kam.
Stammelte Eusebine erregt.

„Du hast es notiert, weil es sich um Pentagramme handelt, wir Hexen und auch die Aushilfssatanisten sowie andere Halten es für etwas Magisches."
„Aber es ist unterschiedlich, es ist mehr."
„Mit Hilfe des Pentagramm kann man navigieren, sieh Dir all diese mathematischen Formeln an".
„Ich kenne mich nur mit Hexenformeln und Zauberformeln aus".
„Wo ist der Unterschied, eine Formel ist ein Weg, hat man die richtige Formel gelingt einem das was man gerade tun will."
Eusebie konterte:

„Ein Pentagramm, war immer das Symbol der Venus, sowohl dem Planeten als auch der Göttin.
Phytagoras nahm es als Symbol für die Gesundheit. Wegen des mathematischen Aspektes des goldenen Schnittes. Da man es in einem Zug zeichnen kann und am Schluss wieder an den Anfang gelangt, somit ein Symbol für den Kreislauf des Lebens."

„Abraxas der Gnostiker Gott wurde ebenfalls durch ein Pentagramm symbolisiert, weil er 5 Urkräfte in sich vereinte."

Überall Okkultes, sogar die Freimaurer in ihrer Gilde verwenden dieses Pentagramm.
Es ist Teil von Wappen und auf Flaggen, von Ländern, wie Marokko, die Merowinger haben es gebracht, den vorher schon war es auf deren Münzen geprägt. ...
Wenn um das Pentagramm ein Kreis gezogen ist, ist es ein heiliges Symbol auf Amuletten, die als Bann gegen jedes Übel stehen. Ein Schutzzeichen, so wie Du und ich es Tragen."
„Gleichzeitig steht es für das Böse, Baphomet der Teufel trägt eines, dass Zeichen der Ziege, die Zacken

symbolisieren die Hörner, die Ohren und das Kinn Satans, also den Bart."

Beide Hexen nickten, beiderlei Schwarz Magierinnen dachten scharf nach, denn dumme Megären waren sie nicht, vor allem keine Törichten.

Gita begann auf zu zählen, zusammen zu fassen.

„Pentagramm, bietet Schutz, ist extrem magisch. Es wird aber vom Bösen oder was man dafür hält benutzt. Es ist in Flaggen, Fahnen und auf Münzen, das Pentagramm ist vielseitig...."
Eusebine unterbrach.

„Aber wenn wir falschliegen, wie z.B die Christen mit ihrem Glauben.
 Mir selbst leuchten die viel älteren Gottheiten wesentlich mehr ein. Der Vorteil von uns Menschen und Hexen ist doch dieser, wir schaffen uns unsere Götter selber. Es hat den positiven Aspekt, dass wir sie jederzeit zurückstutzen können, wenn sie uns nicht weiter dienen.
 Für den Fall, dass Sie über ihre Aufgabe als Gott hinweggehen und mehr Macht wollen, als wir ihnen zugestehen können."

„Da ist eine menge dran, so habe ich das gar nie betrachtet, auch mangels an Gläubigkeit".

„Wir Hexen glauben auch nicht, wir wissen. Wir wissen über die Natur, die Elemente Bescheid und wir wissen, welcher Zauberspruch was bewirkt und wie wir Dinge verändern können, wie wir auf sie einwirken.
Glaube, das ist etwas für dumme, faule und naive, die keine eigene Meinung haben.

Deswegen nennt man es auch Wissenschaft, alles was Wissen schafft. Während die Religionen und anderer Firlefanz rein und nur auf Glauben basiert. Fakten haben in der Glaubenswelt so gar keine Chance. Sie hindern da nur."

„Du, liebe Schwester hast ausgerechnet diese Texte notiert und vor dem Untergang bewahrt, dem Vergessen.
Dass was wir daraus lernen ist, dass man Pentagramme für verschiedene Zwecke benutzt. Das Geometrie und Mathematik dieses Symbol nicht nur nutzt, sondern in einen Zusammenhang bringt. Einen an den bisher wahrscheinlich noch niemals irgendwer gedacht hat."
„Was... welchen, was meinst Du?"

„Ich, ... iiich hatte viele Träume. Vor allem die sich mit Pentagrammen, oft mit völlig konfusen Dingen befassten. Die aber in sich schlüssig waren.
Bis zu dem Zeitpunkt, als ich wieder zu mir kam also erwacht bin. In der Hexenphysik und Mathematik war ich recht gut und sehr interessiert. Vor allem Geometrie liegt mir und ich mache mir Gedanken. Wie kann man bestimmte Punkte auf der Erde besser und einfacher finden. Aber ab und an denke ich darüber nach, andere Welten, wenn Sie existieren und warum auch nicht, zu finden."
„Sieh all die Sterne, was sind Sie....???"
„Wie findet man dahin, wenn ich wüsste wie man dorthin gelangt????
Was ....wenn alles um dieses Pentagramm ein Irrtum ist?
Was wenn Teufel und wer immer dieses Symbol nutzen dies tun, weil sie einfach keine Ahnung haben, davon aber eine menge?"

„Was, wenn das Pentagramm eigentlich dazu da ist, Punkte zu verbinden?"
„Anhand der Winkel, die entstehen, jeden Punkt in einer 3 Dimensionalen Realität zu finden. Deren Entfernungen voneinander zu bestimmen, den Relationen zwischen ihnen Sinn zu geben und überhaupt dieses Universum zu erklären oder begreifbarer zu machen?"
„Interessant" nahm Eusebie das Gesprochene auf.
„Interessant, ja warum nicht, aber vielleicht ist es nur eine alte Bauanleitung oder Blaupause für einen Wurfstern. Irgendwelche Ninja hatten für solche Waffen Verwendung. Könnte auch eine numismatische Vorlage sein, für die königlichen Münzpräger, es kann alles sein!"

„Es kann alles sein".
Bestätigten beide.

„Trotzdem, die Elfen dringen in unsere Welt vor so sind sich Druiden und Zauberer einig, vielleicht sollten wir selbst einen Rat der Hexen einberufen".

„Ja, dass sollten Wir."

6. Gildehaus der Zauberer

Ein großer Raum, ein riesiger Kamin, in dem man Ochsen braten konnte. Was oft geschah. Eine gewaltige Tafel, aus schwarzer Eiche, ebenso die grob gezimmerten Stühle.
Die einen Elefanten tragen würden.
Auslegeware ist keine zu sehen, aber Hüte, spitze Hüte, warum auch immer Zauberer kegelige Kopfbedeckungen tragen.
Ebenso die Hexen und die Druiden hatten ähnliche. Auch an Amuletten war der Raum reichlich gefüllt, an Wänden, Ablagen Kommoden und Kästen.
Und an jedem Zauberer, neben kitschigen glänzenden Mänteln, mit albernen, teilweise kindischen Mustern.
Oft Monde, Sonnen, Vulkane und Stulpenstiefeln, das Top Accessoire der angesagten Gaukler Szene, auf Anglesey.
Zumindest dem Teil von Anglesey, der als magisch und mystisch vor Jahrhunderten von den Druiden auf die Insel Korsika versetzt wurde.
Weil den Kräuterkundigen die Streitereien mit den Hexen und den Zauberern und vor allem der Menschen, auf den zu großen Zauberhut ging. Einiges an Gold zu schützen war und Argumenten, die dafür sprachen, wir sicher nicht verstehen würden.
Vor allem aber weiß ich sie nicht, niemand hat mich, euren Erzähler eingeweiht.
Davon ab, wer weiß vielleicht klärt sich die eine oder andere Frage, wie es in den vielen vorausgegangenen Kapiteln schon öfters war.
Wir befinden uns im Haus der Gilde, die der Zauberer. Es waren nur wenige anwesend, denn es war kein offizieller Grund.

Anlass war der zur Sorge, und zwar wegen der Elben, den Elven den Elfen.
„Alles dass selbe, Elben, Arven, Elfen .... Es wird Probleme geben, große Komplikationen.
Die Tore halten nicht mehr oder die Wände der Dimensionen sind zu dünn, ich weiß es nicht. Aber überall tauchen sie vereinzelt auf, diese ...."

Vvolfgang von dem diese Aussage stammt, dreht sich um und schaute den anderen Anwesenden Zauberern, am Gesicht vorbei.
 Vvolfgang schielte, und zwar so sehr, dass wenn er sentimentale Lieder hörte und weinen musste, ihm die Tränen am Rücken herunter liefen.
Das Positive, neben all den Nachteilen die es für Vvolfgang brachte, war, dass er im Feuer und im Rauch Dinge sehen konnte.
 Dinge die andere nicht sahen und wenn es ihm gelang, das Gesehene zu deuten, richtig, dann war dies durchaus eine Gabe.
Aber leider war diese Fähigkeit das einzig Positive. In Wirklichkeit ist es Vvolfgang nicht zu oft passiert, dass er die Erscheinungen die er sah, richtig interpretierte, dass er sie sehen konnte, steht außer Frage.
Im Flimmern der Luft an einem heißen Tag konnte er Dinge erkennen. Wenn denn welche da waren und im Spiegelbild eines Sees.
 Meistens sah er sich selbst, durch sein schielen, ein Auge geradeaus, das andere leicht in Richtung oben.
Aber extrem nach rechts oder Links, je nachdem wo hin er schaute, ermöglichte Vvolfgang tatsächlich, hinter die Dimensionen zu sehen.
Eigentlich in die Magnitude, die für ihn sichtbar wurde.
Hin und wieder konnten andere Zauber diese Phänomene erblicken. Wenn Vvolfgang ihnen zeigte genau

dort, am Baum. Und der Angesprochene dann seine
Augen verdrehte, konnte er oft das gleiche Sehen wie
Vvolfgang.

Nur dieses gewalttätige Schielen, verursacht wahnsinnige Kopfschmerzen. Der Augenmuskel schmerzt, dass
man solche Bilder für Trugbilder halten würde.
Vvolfgang indes, für ihn war es das normale Sehen. Er
sah immer alles doppelt und leicht versetzt.
Ja und genau in den Zwischenräumen der beiden, von
den Netzhäuten zu Gehirn projizierten Bildern, da entstand das Bildwerk, aus der Zukunft.
Auch Vergangenes konnte er sehen oder eben Aktuelles, nur in der Nachbar Dimension. Das war die
Magnitude der Schatten, der Toten, des Bösen und der
Elfen.
Natürlich auch von anderen Mietern, aber die jetzt aufzuzählen wäre müßig, denn sie haben mit dieser
Erzählung nichts zu tun.

Vvolfgang schielte nicht seit seiner Geburt, er war ein
prächtiges Kerlchen, der Stolz seiner Mama und bei
den jungen Mädchen heiß begehrt.
Aber er liebte es heimlich, die Flaschen und Krüge und
Glasballons von Opa Wuppdich zu inspizieren. Und er
probierte sehr gerne.
Opa Wuppdich war mit der Hexe Malak Ana verbandelt und interessierte sich für Kräuter und Pilze.
Vor allem, die mit den gelben oder den neonfarbenen
Punkten, er war so etwas wie eine Hexentranse. Denn
er war kein Zauberer und von Druiden hielt er gar
nichts. Dafür von Hexen, die ihn aber nicht in ihre
Zirkel aufnahmen.
Da konnte Opa Wuppdich sich verkleiden, wie er
wollte, es klappte nicht.

Er fand gefallen an der Maskerade, sich wie eine Hexe zu schminken, Röcke zu tragen und frauenhaft zu agieren.
Megären, wird der aufmerksame Leser jetzt vermelden, wirken alles andere als weiblich.
Stimmt, wenn man sich Transvestiten so ansieht Ru Paul oder Lilo Wanders ist es genauso, sie scheinen eher wie hässliche Hexen.
So auch Opa Wuppdich, der einer der ersten Dragqueens war, und zwar lesbisch dazu.

Denn er liebte die Hexe Malak Ana.

Malak Ana, war keine der traditionellen Kräuterweiber. In Ihrer Zunft eher umstritten. Sie mochte den alten wunderlichen Knacker, auch dafür, weil er nicht Mittelos war.
Und eine arme Hexe kann die eine oder andere Zuwendung gut verkraften.
Die Liaison der zwei war produktiv.
Was Tränke und alkoholische Brände betraf. Denn beide liebten, weil sie sich gegenseitig schön saufen konnten, denn Opa Wuppdich als auch die Malak Ana, waren so hässlich, dass nicht mal Spinnen in deren Haus ihre Netze spannten. Weil sie den Anblick nicht verkraften konnten.

Den Erzählungen nach, griff Vvolfgang eines Tages, die falsche Flasche. Na ja eigentlich war es die richtige Buddel.
Eine die der junge Mann schon oft um ihren Inhalt erleichtert hatte. Dann mit einer Farbbrühe auf Zuckerbasis und etwas Terpentin, so auffüllte das Opa Wuppdich es nicht merkte. Was den Geschmack dieses Gesöffs betraf, klappte es wunderbar, er war identisch. Nur die erhoffte Wirkung war nicht die gleiche.

An besagtem schicksalsschweren Tag, ward in dieser
Flasche ein anderes Heilelexir.
 Opa hatte nur vergessen, das Etikett zu entfernen und
zu tauschen, vielleicht vergaß er es aber absichtlich.
Der junge Vvolfgang der mit Vorfreude den Inhalt der
Flasche, nur ein wenig in seine kleine Feldflasche
abfüllte, ahnte nichts.
So kam es dann, wie es kommen sollte. Vvolfgang hatte
eine liebliche Maid bei sich unter der Gewittereiche
sitzen und widmete sich der Erforschung der weiblichen Anatomie. Er hätte es locker zum Dr. bringen
können, denn wo das Wichtigste am Weibe zu finden
war, wusste er blind.

Technisch begabt war er. Denn ohne Probleme gelang
es ihm, was selbst erfahrende Mägde ihrer Herrin nicht
ausrichten konnten. Das Öffnen jeglichen Mieders, mit
nur einer Hand.
Der Trick bestand darin, dass die andere Pranke zwischen den Schenkeln der Dame verharren musste oder
auf einem der Busen Platz fand.
Anscheinend gibt es geheime Mechanismen in Mie-
dern. Für eine Magd schickt es sich sicher nicht, ihre
Hand an die Oberweite oder in den Schritt der
Gebieterin zu legen.

Einige der ehemaligen Geliebten des Vvolfgang berichteten ihren Freundinnen und den Schwestern von
dieser Gabe des Vvolfi. So dass ich Sie euch heute
guten Gewissens erzählen kann.

Während er Miamio Meioohmei, lässig das Gewand
abstreifte und um seine Studien in der Höhlenfor-
schung zu vertiefen. Dabei vergeblich nach Stalaktiten
und Stalagmiten forschte. Suchte er in einem kühlen
Schluck aus der Pulle etwas Erfrischung.

Auch Miamio Meioohmei fragte nach einer Portion des Getränkes, es war ja nicht ihr erstes Tetatää mit Vvolfgang. Und sie wusste ob der berauschenden Folgeerscheinung und vor allem aphrodisierenden Wirkung dieser azurnen Flüssigkeit.
In der Rauten ähnliche, ebenfalls blaue Steinchen oder Körner zu schwimmen schienen.
Das Blut geriet darauf in Wallung. Vor allem ihr Vvolfgang kam dermaßen in Fahrt, wie es ihr Ehemann nie kam.
Was sicher daran liegen konnte, dass der 75-jährige Subbrolly nach seinem 13ten Schlaganfall, die er immer bekam, wenn er seine extrem jüngere Frau M. Meioohmei mit einem anderen Mann im Bett erwischt hat.
Die Nebenwirkungen des Schlages waren komischerweise, blaue Augen und Hämatome an Kopf, Brust und Armen. Allerdings nicht bei Subbrolly, sondern bei Miamio Meioohmei.

Dieses Mal aber war es anders, Miamio. M. Spürte nur Kopfschmerzen und beließ es bei dem kleinen schüchternen Schluck, wie eine Dame eben trinkt.
Vvolfgang berauscht von sich selbst und wild auf ein Pimmelversteckspiel, trank weiter, obwohl sein Schädel fast explodierte.
Was verhinderte, zu erkennen, dass der Inhalt den er da trank, weder blau war, noch diese Rauten darin schwammen.
Seid diesem Tag, litt der Vvolfgang unter dem Strabismus, also Schielen, konnte dafür aber beide Augen unabhängig voneinander kontrollieren. Was ihm die Gabe brachte, um die Ecke sehen zu können.

Vvolfgang wendete sich den Kollegen der Zaubererdgilde zu und versuchte, heraus zu finden, ob und was seine Worte bei den geschätzten Berufsgenossen bewirkt haben könnten.

Gottschlächt, ein ehemaliger Priester.
 Der christlichen Lehren, der sich mit dem Papst überworfen hatte und dafür die päpstliche Bannbulle kassierte und exkommuniziert wurde. Nur weil er die Existenz Jesus anzweifelte und immer wieder unbequeme Anfragen stellte.
Wie das den funktioniert haben solle, dass mit der Unbefleckten Empfängnis und der in den Raum warf, dass Josef nur naiv und einfältig sei.
Stets darauf bedacht, den Faden nicht zum Paradies zu verlieren.
 Wo Adam und Eva 2 Söhne bekamen, von denen einer den anderen umbrachte. Worauf er dann darauf zu sprechen kam, dass ihm Eva unendlich leidgetan hat, weil schon wenige Generationen später, ganze Städte mit Leben erfüllt waren.
Und er spekulierte wie viele Inzucht Drillinge und Vierlinge es dann jeweils ebenfalls untereinander gab.
.....

Nein, dass gehört hier nicht zur Geschichte, ich fand es nur so interessant, weil ich Gleiches schon einmal in der Bibel auf dem Giebel von 2 Raben so gehört hatte. Natürlich habe ich es so erzählt, siehe die Bibel auf dem Giebel, im Nachwort dieses Buchs.

Gottschlächt bestätigte den Vortrag Vvolfgangs.
„Die Beobachtungen der Druiden, decken sich mit den Weissagungen unseres sehenden Kollegen.
 Irgendwelche Membranen zwischen den Welten sind dünn geworden. Es scheint, dass an manchen Orten, physikalische Gesetze aufgehoben sind. Das dort keine Zeit vergeht, oder zu schnell und extrem gedehnt vor allem langsam.

Ich beobachtete Blätter, welche der Wind vom Baum trug. Die erst normal flogen und dann wie festgeklebt mit einem Sirup an einer Glasscheibe, ganz langsam und zäh zur Erde fielen.
Einmal beobachte ich ein anziehendes Gewitter. Die Wolken zogen völlig normal von dannen, aber bald wurden sie beschleunigt und fuup waren Sie weg.
Jedes Mal wenn ich eine solche Beobachtung machte, nahm ich gestalten wahr. Die dort eigentlich nicht sein konnten. Einige Male konnte ich sie deutlich sehen. So deutlich wie sie mich. Ich sah es daran, dass sie ebenso verwundert dreingesehen haben, wie ich es wohl tat.
Schöne Gestalten, edel wundervoll und ein Glanz war um Sie...."
„Elfen?"
Fragte Worgvomorg, ein recht einfältiger Zauberer.
Ja Elfen, aber auch andere Gestalten, einige mit Hörnern und Pferdefüßen.
„Elfen machen mir nichts, es sind schöne Geschöpfe, gebildet den schönen Dingen des Lebens geweiht, alleine ihre Gewänder, ihre Musik, ihre Aura.... herrlich"

„Elfen sind Schein, leider auch Sein aber kein gutes. Es sind Diebe, Mörder und ihre Königin ist ein garstiges Luder. Wenn auch 100 mal schöner als eine Göttin, aber ebenso bösartig".

„ Ischh hau säää all Pladd, midd maine Hamma, zaisch misch wo sää sään un isch mach se Pladd"

Diese Sprachversuche gehörten zum Schmied, der Zaubererdgilde. Er fertigte Amulette und Hufeisen als Glücksbringer. Er beschlug Pferde und war der einzige Handwerker, der jemals gelebt hat, dem es gelang, ein Einhorn zu beschlagen.

Das hatte großes Aufsehen ausgelöst. Aus allen Königreichen kamen Abgesandte um ihn Arnoldegger den Zauberschmied zu treffen.

Größeres Aufsehen kam auf, als sich das Horn auf der Stirn des „Einhorns" ablöste, nachdem Starkregen. Arnoldegger beteuerte zwar ungebeugt.

„Iisch hab näääät Ainoorn ge´saaht iisch han ge´saaht Gainhorn uuh haan gemään, es gon kää horn han." Doch der MOB der wütende hatte Arnoldegger in der Mangel, aus der er sich nur befreien konnte, durch seine enorme Kraft. Und weil er ein Zauberer ist, na ja. .... eigentlich nicht, er war aber Mitglied in der Gilde und stand so unter dem Schutz der Magier.

Gottschlächt antwortete, indem er mit seinem Finger energisch gegen seine Stirn tippte.
Vvolfgang fand an der Idee keinen Gefallen.

„Du bist dumm genug, stark und vielleicht wasserdicht, aber dein Hämmerchen richtet nichts aus, gegen Elfen sie bringen Dich eher dazu, dir den Hammer selbst aufs Hirn oder der Rosine in Deinem Kopf zu dreschen".

„Ja sie sind Meister im Manipulieren und im Sublimieren".
Meldete sich Gr Ämhom der Magister der Talismane und der Pendel.

Allgemein wurde ihm zustimmend zugenickt.
 Was bei Zauberern selten der Fall war, normalerweise wurde gestritten und sich lautstark beschwert. Die Meinungen in dieser Gilde waren zu verschieden.

„Das Gespräch, welches die Druiden mit uns gesucht haben, war sehr aufschlussreich, es deckt unsere eigenen Beobachtungen."

„Aber jetzt müssen wir handeln und zwar schnell".

„Wer hat eine Idee?"
Fragte Nulkraaft der Bibliothekar.
Schweigen, der Unmengen Art.
Der Art, dass selbst die Stille zu schweigen beginnt.
Wo man nicht mal mehr die Nadel oder ein Haar zu Boden fallen hört, weil alles erstarrt, jedes Molekül.

„Also keine Vorschläge, da meiner der Einzige ist, nehme ich dann an, dass dieser angenommen wird. Ohne dies übliche Gemecker, Beschweren und so." Lies der Gr Ämhom sich vernehmen und sogar die Stille gab ihm recht.

„Äääh jaa, wie lautet denn Dein Vorschlag"?
Oder
„Wir könnten die Insel, also unseren Teil doch einfach nach Elba verlegen".
Oder
„Jessas, iisch hau däää eifach pladd, midd maim Hamma" .

„Mein Vorschlag, wir haben mit den Druiden gesprochen, aber nicht mit den Hexen.
Auch Sie müssen die Phänomene bemerkt haben. Das Zeit an manchen Orten keine Periode mehr ist und viele Orte mehrfach da zu sein scheinen, der gleiche Ort nur anders und sie wechseln ständig".
„Wir müssen die Magie bündeln, unsere Magie und die der Druiden und der Hexen."

„Zuerst brauchen wir Eisen!"

So viel Schwermetall wie wir bekommen können. An jede Tür schlagt mindestens ein Hufeisen, beschlagt eure Türen und die Fenster. Damit halten wir sie einstweilen fern, solange bis die Pforten komplett zusammenbrechen, dann wenn dies passiert, brauchen wir einen richtigen Plan. ZUERST aber Hilfe."

„Wer soll uns denn Helfen und vor allem finden diese „Einbrüche" und Zeitphänomene nur hier statt oder auf der original Insel Anglesey vielleicht der britischen Insel und dem Festland?"

Labskaus, der Koch der Zaubererdgilde, trat in den großen Festsaal. Seine Küche war genau unter dem Saal, aber durch den Speiseaufzug bekam er jegliches mit.
Vor allem weil er spezielle Töpfe hatte. Die mit Wasser gefüllt zu sein schienen, auf deren Oberfläche er aber alles sehen konnte, was im Saal über ihm passierte.
Er konnte was auch immer hören. Denn die Öfen in seiner Küche heizten auf raffinierte Weise, den großen Saal zusätzlich. Und über die Kammern welche die Wärme transportierten, kam der Schall zurück, die Stimmen vernahm er, als wäre er dabei.

„Ich war bis vor 3 Tagen auf einem Treffen, der kulinarischen Gilden. Welche Köche an Zaubergilden vermittelt, drüben an der Cote Azur, es ging natürlich um das Bereiten exquisiter Cuisine und Fachkurse über den Fromage de France, Vin de Tableau."

„Labskaus, halt den Mund Dein ständiges Getue, Du bist Koch, kein Cheefeeeeeee dääää kuisinne. Auch kein Mäträä de la sonstwas. Rede anständig oder verzieh dich in Deinen Bau.
 Selbst wenn dies heute kein offizieller Anlass ist, die Kollegen gelüstet es nach einem späten Frühstück.

Selbst ich finde, dass wir vor dem Mittagessen noch eine Stärkung brauchen und mein Magen, signalisiert, dass ich Recht habe."
Schloss Vvolfgang seinen Vortrag.

„Wir könnten das Mittagessen aber auch vorziehen. Wir erklären einfach, dass Mittag ist. Und wenn Mittagszeit wäre, könnten wir ein Nachmittagstisch oder einen Mittags Imbiss einnehmen."
Allgemein wurde zustimmend genickt und niemand erinnerte sich, dass ein Treffen auch die außerplanmäßigen so harmonisch abliefen, wie an diesem Tag.

Labskaus setze erneut an.
„Kollegen...."
„Von uns hat keiner die Kochmütze auf."
Brauste Gottschlächt auf,

„Ich habe es auch nicht vor. Selbst wenn unsereins über Kesseln hängt und Tinkturen und Essenzen braut, kochen wir nicht".

„Entschuldigt bitte..."
Fuhr Labskaus fort.

„Ich wollte sagen, auf diesem Treffen waren Zauberer aus aller Welt, überall sind die Membranen dünn geworden. So scheint es Überschneidungen zu geben, Zeiten ...Raum, die Ordnung das Gefüge, das Kontinuum alles gerät aus den Fugen".

„Bist Du sicher?"
Fragte Nulkraaft.

„Denn auch unter uns Bibliothekaren sogar den nicht Magischen, geht die Erkenntnis herum, dass weltweit etwas nicht stimmt.
An manchen Orten fallen grundlos Walfische aus dem Himmel, oft gefolgt von Petunientöpfen. Andere sprechen von drei bis 12 Schatten, die sie plötzlich werfen, sogar bei Nacht, nur dass die Schatten dann weiß sind. Andere finden ihr Weib plötzlich attraktiv, bei gleichem Weinhändler und gleicher Sorte, sehr alarmierend."

Eine Erscheinung ist eine Fantasievorstellung und der Obermagier, ist so eine.
Alles an ihm strömt Respekt und Achtung aus. Seine Macht flutet ihm schon voraus. Kündigt ihn an, zeugt von seiner Stärke und Präsenz. Selbst wenn er in einem gelbblauen Nachthemd auf dem gehäkelte Runenzeichen zu sehen waren, und plüschigen Pantoffeln, mit Pom Poms daran, daher schlurft. Und dazu eine Kerze in der Hand hält die, wie eine zerlaufene Leberwurst aussieht.

GratTHun Berg, der erste Magier der Gilde trat ein. Machtvollen Schrittes, die Pom Pom's hüpften, nicht das irgendwer zu lachen gewagt hätte, es donnerte.
„Eine Versammlung und niemand der mich informiert hätte".

„Es war nicht nötig Meister, Ihre Ruhe zu stören" erwiderte Worgvomorg vernünftig und GraTHun Berg wollte sich erst einen Überblick verschaffen, bevor er den Einwand bestätigte.

„Was geht hier vor?"
„Wir beraten uns Meister, der Elfen wegen und der ganzen mysteriösen Vorgänge, in den letzten Tagen".

„Ihr habt Angst....? Vor den Elfen....?"
„Warum stehen männliche Elfen nachts um 4 Uhr auf gehen in den Wald?"
Allgemeine Ratlosigkeit, die Magier schauten sich gegenseitig an.
„Weil da die Astlöcher noch feucht sind".
Die Augen des Meisters aller Meister blickten um sich und schauten recht fröhlich. Ihm gefiel der Witz, den er grade gemacht hatte, und schob das verhaltene Lachen, dem Umstand zu, dass er so gewaltig respekteinflößend und einschüchternd wirkte.

„Sitzen zwei Elfen auf einem Baum, kommt eine Horde ORC's vorbei, sagt die eine Elfe zur anderen, komm, ich bin Elf, Du bist Elf, zusammen sind wir 22, die packen wir".

Ratlosigkeit, betretenes Schweigen. In Cartoons würde an der Stelle ein Wüstenbusch vorbei wehen.
Einzelnes Gelächter, dann eine Stille, die sich anhörte, wie die Explosion einer Pusteblume, die Art von Geräuschlosigkeit, wenn eine Hand sich zur Faust ballt.
Von ganz hinten hörte man erst leise, dann lauter werdend, sich nähernd.

„Gnii Gniiihii Hii Gniiihiiihiihaaaa Haaar Haaaaar Haaaaaar, hebbt wie locht"
Arnoldegger der Magierschmied

„Aber Elf und Elf sind doch 22, was ist daran.... witzig"?
Nulkraaft sprach es und der Blick von GraTHun Berg streifte ihn geräuschvoll.

„Hiihii ääääck hääve oock noo äään, wasse isse ein Gnom, midde Erdbääre im Foffel???"
Peinlich berührtes Schweigen, nur Gr Ämhorn unterbrach Sie, indem er antwortete.

„Ein Fruchtzwerg was den sonst"

Alles wartete jetzt auf ein Donnerwetter vom ersten Magier. Der bereitwillig dastand und dessen Gesicht eins ankündigte.
Was dann zum Glück kam, denn nichts war schlimmer, als dem ersten Zauberer im Haus, dem man Grimm ansah, wenn er ruhig blieb.

Übles konnte man erwarten. Wenn er listig zu grinsen begann, gesetzt den Fall, dass sein Gesicht sogar freundlich wurde, dann .....

Das letzte Mal, als dies geschah, waren die Magier auf ihrer Insel vor der Küste Wales.
Dem original, warum die Zauberer den Druiden folgten, die eigentlich ihre Ruhe voreinander wollten, ist Teil dieses Ereignisses.

Damals hatte GraTHun Berg noch langes wallendes Haar. Das er wie ein Wikinger in 2 Zöpfen bändigte, was unter dem spitzen Zauberhut doch extrem eindrucksvoll aussah.

Das Gildehaus war damals 3-mal so groß wie das aktuelle.
 Es stand seid Jahrtausenden da, niemand wusste wer es und wann es gebaut wurde. Wie Hexenhäuser sind Magier Behausungen schon immer da gewesen und wirken auch so. Nicht gewollt oder errichtet, sondern entstanden, halt da.

In den unteren Stockwerken, davon gab es magische 8, die Oktave genannt wurden, befanden sich die Bibliothek, eine Druckerei, Schreibstube in der Magier, ihre Zauberbücher von Hand schrieben.

In feinster schnörkeliger Schrift und mit viel Zier. Aber die Labore der Chemie, Biologie und physikalische Versuchsaufbauten, befanden sich da unten.
GraTHun Berg war dort wie zu Hause, ein fleißiger Zauberlehrling war er zuvor, ein Streber und er glaubte an die reine Natur.
Er hasste Eselskarren, die mit ihren stahlbeschlagenen Rädern die Wege zerstörten. Aber nochmehr wenn sie über Wiesen rollten.
Am liebsten hätte er jeder Hexe und diesen unsympathischen Druiden verboten, ständig ein Feuer unter Ihren Kesseln zu unterhalten. Denn er sorgte sich um die Umwelt, die Erde. Diesen unseren Planeten und das Universum.
Ja, schon damals wusste er Bescheid. Kühe und Zentauren blähten Methan in die Atmosphäre. Feuer der Druiden und Hexen verursachten böses Kohlendioxid.
Es wurden immer mehr Magierinnen und Spitzhüte. Aber die Zauberer hatten nichts gegen Feuer, grillten manchen Ochsen, Schwein, Wild oder aus dem Stall, machten den Hammel warm und im Winter, knackte und prasselte es in den Kaminen, aller Bewohner auf Anglesey.
Wenn man vom Hügel auf das Dorf Llanfairpwllgwyngyllgogerychwyrndrobwllllantysiliogogogoch blickte.
 Kräuselten und ringelten sich überall die lustigen kleinen Rauchfähnchen und gaben dem Dorf Idylle.
 Wenn so manche ihren ganzen Müll gleich mit verbrannten. Mit ein paar sind dann alle gemeint, denn dies war so üblich.
 Zusätzlich zu den Gartenabfällen und den Toten, die so bestattet werden wollten.
All dies erfüllte GraTHun Berg mit Zorn und Unwillen und er verbrachte all seine Jugend in den Katakomben des Oktav.
 Genau im 5 Untergeschoss des 8-geschossigen Oktav, in der Bibliothek und in den Laboren.

Er forschte und eruierte.
Er blies Rauch in Behälter mit Lebewesen, Kakerlaken, Schmetterlinge und Mäuse, Ratten.
Er kaufte Bier, aber nicht zu seinem Vergnügen. Nein er verband den Flaschenhals mit einem Gummischlauch, der an einen anderen Glasbehälter führte. Indem eine Maus unsicher in ihre Zukunft blickte, er schüttelte das Bier und die Kohlensäure entwich dem Getränk, über den Schlauch in den Glasballon und tat der Maus nicht gut.
Gleichzeitig stellte GraTHun Berg fest, dass wenn er mit diesem Gas forschte, an Tieren vor allem, dass die Temperatur um ihn herum zu steigen begann, er machte es an seinen Schweißausbrüchen fest und benutzte gewissenhaft ein Thermometer.
Er fand heraus, dass in Wirtshäusern in denen Bier getrunken wurde, statt Wein oder eben mehr Bier als Wein, es dort wärmer war, vor allem wenn die Braukessel mitten im Schankraum dampften.
Die Zeit verging, seine Forschungen schritten voran und der Zauberlehrling war keiner mehr. Er wurde ein ausgebildeter Magus und er machte Karriere und war schon bald der 3 Magier der Gilde und Ausbildungsleiter.
Er hatte magische Energie, gewaltige Kraft, denn er war gut und klug.

GraTHun Berg wollte die Welt verändern. Schon in der Lehrzeit fiel er ab und an auf, weil er montags oft vor der Lehranstalt für Magier auf den Stufen sass.
Dabei ein Schild hochhielt, oder vor sich liegen hatte, wenn er eingeschlafen war, auf dem Mööndaye före Skool Streikken an da Klimatet draufstand.
 Das in der Druidensprache, denn die wollte er hauptsächlich erreichen, mit seinem Protest da die Druiden mit ihren Feuern, den Tränken und den explosionsartigen Dampfwolken für ihn, der Weltfeind Nummer 1

Darstellte. Bedeutete montags streiken wir fürs Klima oder in der Art, was aber nicht jeder dem GraTHun Berg, so einfach abkaufte.

Denn es war geläufig, dass GraTHun hart, sehr hart lernte.

Es war ebenfalls bekannt, dass er hart sehr hart arbeitete.

Ebenfalls anerkannt war, wie hart er forschte.

Gleichfalls sein harter Lebensstil und wie hart er zu sich selbst war.

Ja und am Wochenende da, wie soll es anders sein, da feierte er eben strapaziös, sogar noch stärker. Mit der größten Härte beeindruckte er manche Magd und Dirne.

Montags aber da war alles weich. Was eben einen gefrorenen Acker pflügen konnte, ob seiner Härte, war schlaff und zart.

Ebenso wie der Kopf und das, was darinnen weilte und so bildete sich eine zweite Front.

Eine Kritische die meistens ebenfalls hochgebildet daherkam.

Ansonsten, argumentativ eher an Fakten interessiert war.

Während der junge GraTHun B. vielmehr auf Glauben statt Wissen setzt.

Ihm war der Unterschied zwischen Religion, wo man den Menschen erzählen konnte, was man will, solange es sich plausibel anhört und Wissenschaft wohl bewusst.

Theorie war unangenehm, denn in der Forschung reicht es nicht eine These zu haben, diese zu vertreten, man musste es beweisen.

Selbst wenn man alles belegen konnte, kamen immer andere Wissenschaftler, die einen ans Knie pissen wollten, sie nannten es eleganter Widerlegen aber es war, wie es ist, ans Gelenk gepisst.

GraTHun B. war ohnehin ständig angepisst, was man seinem Gesicht durchaus ansah.
 Er sah immer aus, als würde er grade vor einem Nerven Zusammenbruch stehen und gleich anfangen zu flennen.
Er hatte solche Wut in seinem Kopf, dass selbst der Schädelknochen sich wölbte und die Augen enger zusammenstanden, was ihm einen autistischen Anblick verlieh, ja man sah mit dem, Kirschen zu essen ist kein Spaß.

Die Gilden hatten jährlich ihre Sommerfeste.
 Man traf sich, das ganze Dorf und die anderen Zünfte, bei dem Gildehaus, welches eingeladen hat.
Es gab allerlei Kurzweil, Spaß, Spiele und Tanz. Aber auch Geschwafel und Vorträge.
Beileibe nicht bei sämtlichen Gilden, eher nur bei den Magiern.
Für besser als die anderen Verbände hielten sich alle. Die Zauberer waren darin ganz besonders von sich überzeugt.
 Deshalb hatten die Sommerfeste der Schwarzkünstler, neben Abrakadabra auch Redner, die über alle möglichen Themen redeten.
Wie bei diesem Sommerfest, der aufstrebende GraT-Hun Berg.
Er hielt eine flammende Rede, er erklärte den Zuhörern, die immer weniger wurden, dass sämtliche Menschen sterben werden. Etliche der Zuhörerschaft wünschten sich das, für diesen Augenblick.
Dass der Raubbau der Natur alles zerstört, und dieses viele Jahrhunderte vor der industriellen Revolution.
Er bildete Brücken, Zusammenhänge, wies auf die letzten beiden Sommer hin.
Die ausgesprochen angenehm waren, während davor bis in den Juni noch Schnee lag.

Zumindest auf dem europäischen Festland. Er wetterte gegen das Methan und dann begann er, sich in seinen Vortrag hineinzusteigern.
Adern auf der Stirn, Schaum vor dem Mund, die Augen glühten vor Eifer. Er hyperventilierte, CO 2 Kohlenstoff Dioxid, wiederholte er immer und immer wieder.
Er sagte viel mehr, aber das Einzige, was man verstehen konnte, in seinem stakkatohaften Vortrag war Co 2 Co 2 Co 2 und kaum jemand verstand überhaupt, was er meinte.

„ I dare jooooooooooooooooh" explodierte es aus ihm.
„Ich wiiiiiiiiilll, das ihr in Panik geratet.
 jaaaaaaaaaaaaaaa" Seine Augen klatschen über der Nasenwurzel fast zusammen.
„ääääch wääääl, dass ihr Angst spürt,
die Angst dääää äääch jeden Tag spüre".

Am Rednerpult stieg die Temperatur, die Erde begann leicht zu zittern. Das Pult schwankte und GraTHun Berg ergoss all seinen Hass, seinen Eifer über das Publikum.
 Welches zu diesem Zeitpunkt anmutig anzusehen war, in seiner stillen Konzentration, dass aber trotz allem, nur aus einem Schwarm Krähen bestand.
Zwei besonderen Rabenvögeln, Hugin und Munin, die Raben Odins.
 Was dem Vortrag etwas Göttliches gab, denn Hugin und Munin waren nicht nur die Krähen des nordischen Gottes Odin.
 Sie sind seine Augen und rapportierten ihm alles, absolut alles, was in der Welt so geschieht.
Es wurde der erste Abend in Walhalla, an dem Odin die beiden Raben die nur berichteten, abzüglich der Trill Jod S 11 Körnchen, in den Käfig schickte, ohne Sie zu Ende zu hören.

Er sprach etwas was wie „Mumpitz" klang und die
Sache war für ihn durch.

„Äääch wäääl dass ihr handelt, als würden eure Häuser
brennen.......
Denn es brennt."
GraTHun schnappte über, komplett.
Er krallte sich in sein Rednerpult, Tränen schossen aus
den eng stehenden Augen, das Beben verstärkte sich
und .... Ich breche hier ab.

Kurze Zusammenfassung, weil es so spannend wurde.

Das Gildehaus verschwand in einer Erdspalte, die sich
auftat während der gleißenden Rede, vorher explodierte dies und jenes, bald war es wieder still.

GraTHun B. wurde zu einer Ikone erhoben. ER wurde
Göttin, verlor ob dessen seine Identität als Mann.
Lehnte aber ab, weil man ihm nicht zusagte, ihn an den
Kollekten zu beteiligen. Von überall hagelte es Einladungen und Ehrenpreise in der Hoffnung, er würde
sie ablehnen.
Wenn er eine annahm, ja jenes war dann ein Problem,
vor allem das Publikum zu beschaffen, welches ihn
beklatschen sollte.
Der Papst sprach ihn heilig. Aber als GraTHun merkte,
dass die Papstwahl, mit Rauchfähnchen bekannt
gegeben wurde. ...Also CO_2.
Schwarzer Qualm bedeutet kein neuer Papst gewählt.
Weißer Rauch signalisiert IL PAPPA .... Greift zum
Grappa. Denn er ist ausgewählt, ja wir haben einen
neuen Papst. So nicht mit GraTHun, seit dem er das
wusste, verkörperte der Pope das Böse auf Erden für
ihn.
Er bekam Ehrungen und glaubte, dass es Popelitzer
Preise gab, die aussahen wie Nasenkrümmel. Er nahm

schwarze Rosinen entgegen. Und bei so mancher Einladung zu einer Rede, lag meist ein Ticket für eine Passage in Übersee anbei.
Gerüchten nach, waren die einladenden, wohlhabende Einheimische, die sich über einige Wochen Abwesenheit freuten.

Jetzt zurück in die „Gegenwart" der Geschichte. Aber mir erschien es wichtig, euch über GraTHun aufzuklären.

Der Zorn senkte sich und sicherheitshalber, legte der zweite Magus sein Amt nieder, um es dem dritten Magier zur Verfügung stellen, was GraTHun zur linken Hand der grünen Zunft zu machte.

Der Witz zündete nicht, aber die Zauberer wussten zu gut, was passiert, wenn man die Nummer 1 verärgerte.

Die Zunft der Magier hatte ein Problem.
Die Liga der Druiden ebenso
Auch die der Hexen, der gemeinen Einschleich - Diebe und jeder auf den beiden Anglesey, welches vor der Küste Wales und jenes mitten auf Korsika, verlagerte.
Die Welt, die Erde hatte ein Problem. Und zwar ein Gewaltigeres als, dass Elfen und Untote aus dem parallelen Universum, jetzt auf unserem Planeten wandelten.
Denn sogar diese KREATUREN hatten die gleiche Problematik.
 Die Träger bogen sich weiter und weiter, an genau 9 Balken oder Speichen des riesigen Rads.
 Und die Trennlinien zwischen den Welten überlagerten sich, bevor das Rad bricht. Wenn es sich nicht

weiter dreht, weil die Nabe den Druck nicht mehr standhält.
Dann vermischen sich ALLE absolut eine jede der Welten. Eine jede mit jedweder, jegliche Zeit ist die Zukunft und Gegenwart ebenso wie die Vergangenheit.

Dann gibt es den totalen Krieg, der Welten dieses Universums.
Kennt man seinen Gegner, kann man sich auf ihn einstellen.
 Aber hat man gar keine Ahnung, dass es einen Kontrahenten gibt und viel weniger Vorstellung, um wen es sich handelt, was er so drauf hat, dann ist Achterbahn.
Daraufhin geht es rauf und runter, bis zu dem Punkt, an dem ein Volk unten bleibt.
Was nützt es, wenn einem, bei 1000 Kriegern nur 100 Zombies gegenüberstehen. Man aber gar nicht weiß dass die untot sind? Auf besondere Weise tot, und man ihnen den Kopf zermalmen muss.

/// Anmerkung des Lektors ... Zombie ist diskriminierend.
Nach einem Urteil von Bakta Fäkal 15, bevorzugen Zombies oder Untote, die Bezeichnung „Vermindert lebensfähige".

Da postierten Sie, die Top Magier der Gilde und ihre Nummer 1, stand vor Ihnen.
Das Grinsen im Gesicht von GraTHun Berg wich und er holte Luft.
Alle anderen Magier wurden automatisch etliche Zentimeter kleiner, instinktive Schutzhaltung da könnte man es hinstecken.

„Vorschläge, Weitere vor allem bessere".
Bellte Nummer 1.

„Keine?"

„Wir müssen das Buch der Ukapoden befragen".
„Richtig" antworte Nummer 1.

„Aber, aber es ist nicht ungefährlich es zu öffnen, niemand weiß wer die Ukapoden sind. Wir wissen, dass dieses Buch viel magische Energie bindet, es hat 8 Siegel und wir brauchen 8 Schlüssel."

„Hier ist meiner"
Nummer eins zeigte seinen.

„Meiner ist hier" Onebutton App hielt seinen hoch.
„Hier" Gr Ämhom hob den seinen empor und zeigte ihn.
„Meiner"
Vvolfgang war das.

„Und ich habe den von Druidikas mit dabei, er konnte nicht kommen."
„Meinen habe ich dabei".
Nulkraaft der Bibliothekar klopfte auf seine Manteltasche.

„Geht klar, habe ihn gefunden" Worgvomorg meldete den Erfolg.
....
„Fehlt noch einer" wurde aufmerksam festgestellt.
„Wer, wessen Schlüssel mangelt es?"
„Einer ist immer der Loser, nur wer?"

Stimmengewirr, größtenteils Aufgeregtes.
 Die ersten der Magier taten, was sie am besten konnten und am liebsten taten.
 Sich streiten.

Dabei irgendwelche Schuld erfinden und sie einem Nächsten anlasten. Man wägte einiges ab, verwarf die guten Möglichkeiten, wendete sich den belanglosen zu.
 Zweifelte die Argumente der anderen an und ärgerte sich, wenn die eigenen ebenso endeten.
Erste Drohungen wurden laut, Beschimpfungen waren zu vernehmen.
Vor allem gegen Labskaus bildete sich ein MOB. Denn man wartete auf das angekündigte Speiseprogramm.
Labskaus verteidigte sich, dass er ja nicht in der Küche und gleichzeitig auf der Versammlung sein konnte.
Worauf man ihm androhte, dass sich etwas extrem schnell von links nähern würde.
Dass einer Backpfeife nahekommt, wenn er seinen Kocharsch nicht sofort in das Gewölbe schafft, um etwas zu richten und zu servieren.

„Ruhe, ... Silencium".
„Ruheeeeee ..."
Nummer 1 wurde laut und er war nicht nur der Lehrmeister der Gilde, er ist ebenso Meister im herumbrüllen, eines der Gründe, warum er gerne diesen Job machte.

Aber einer der Grundlagen, weshalb die Gilde auf dem physischen Korsika, das magische Anglesey materialisierte. Und dazu ein neues Gildehaus aufbauen musste.
Der Vortrag von GretHun Berg beim Sommerfest, welches das letzte der Gilde auf dem physischen Anglesey ward, an den werden sich Generationen erinnern.
Selbst in den Tiefen des Alls des Universums und sich sogar, im Multiversum, hat man diese emotionale Rede vernommen und entnervt mit dem Kopf geschüttelt.

„Ruhe und nochmals Ruhe".

Der achte Schlüssel ist da.
Er gehörte dem legendären ZeroPriest. Der unserer Gilde mehr als ein Jahrhundert angehört hatte. Ihr erinnert euch sicher, an sein Ableben, da waren zwei Zaubersprüche verwechselt worden.

Und bei den lateinischen Zauberformeln ist es ja einfach, aber die Druidischen, wenn man einen Teleportationszauber anwendet, was haben wir dann gelernt, was zu vermeiden ist?

„Du Xantog, bis jetzt im 12 Ausbildungsjahr, kannst Du die Frage beantworten"
„Ja Meister, man sollte unbedingt ein Ziel für die Teleportation auswählen, das mindestens 1 Meter von einem selbst entfernt ist.
Vergisst jemand diese Angabe, teleportiert man sich in sich selbst.
Und ich weiß jetzt nicht genau, was da geschieht. Es sah so aus, als würde der Teil, der sich bereits entmaterialisiert hatte, zwar wieder an die richtigen Punkte des Körpers zurück Teleportieren nur umgekehrt.
Also Meister ZeroPriest sah aus, als wäre sein innerstes außen und das äußere innen."

„Ein sehr verstörender Anblick war es, gewiss. Wie dieses etwas gequiekt hat, gruselig, aber zäh wollte nicht ableben der Meister ZeroPriest.
Der Zufall half ihm dann, so weit ich mich erinnere, danke Xantog die Frage hast Du gut beantwortet".
„Zufall, Zufaaaall?,
nein das war nicht Zufall, Arnoldegger hat seinen Hammer auf ihm abgelegt und dabei hatte er zu viel Schwung, man sah den Meister ZeroPriest innen wieder kurz auftauchen, als seine Masse sich auf dem Parkett ausgebreitet hat."

„Halt den Rand, Meister Wenshoon. Er hat sich gequält, da standen alle nur deppert bei einander, keiner hat geholfen."
Wehrte sich der Arnoldegger.

„Was??? Du kannst ja ganz normal reden, ansonsten hörst Du Dich immer an wie nicht gescheit, man versteht Dich kaum. Da klingst Du, wie man sich einen Muskelberg aus der Steiermark vorstellt, dem der Bizeps in den Kopf hochgewandert ist.".
Bemerkte Worgvomorg.
„ Jaaa suuu iissss jaaa need, sss kimmt ausser wies kimmt hoald, wenn i nööda noaadenka brauchts und bloaas rööad a wie mer d Goschen gewchsaa issaa, wie öömd woa i müü echauffiert hoab, koan i aa richtig Readn".

„Wie man sieht, der kurze Anflug ist vorbei und jetzt Ruhe Silentium zu allerletzten mal, sonst ist hier gleich Achterbahn" die Nummer 1 lief dunkelrot an. Adern bildeten sich vor allem am Hals, Äderchen in den Augen waren längst geplatzt und die Stimme klang extrem gepresst.

!!Achtung Anmerkung des Erzählers, ich habe sehr wohl und deutlich das Wort Achterbahn, bzw. Rollercoaster in dem Geblöke von Nummer 1 vernommen.
 Woher und warum er diesen Begriff benutzt hat und was er über Achterbahnen zu wissen glaubt oder ob es sich um einen Übertragungsfehler handelt, kann ich hier an dieser Stelle nicht genau erklären.
 Ich erzähle nur und als solcher, kann meinereins im Gegensatz zu einem Autor nicht einfach löschen oder umschreiben, was mir nicht gefällt.
Aber dies nur zur gefälligen Information!

„Der Schlüssel ist da, er wurde nicht weitergegeben, wie es Brauch ist, weil niemand von euch anderen würdig ist, ihn zu haben.
8 Schlüssel, 8 Schlösser, wir gehen zum Buch der Ukapoden, ich hole den von Meister ZeroPriest," der Lehrmeister sprach es, und sein Mantel wehte hinter ihm her, die Pom Poms auf seinen Pantoffeln, schlugen wie Paukenschläger auf die gleichen, die Pantinen.

Kurze Zeit später, unter Missachtung der sensorischen Anzeige des Magens, der eine Mahlzeit forderte.
Magier nannten bis zu ...??, zählen wir es selbst ...
Formen der Nahrungszufuhr,
fangen wir an mit der Aufzählung:

Frühes Frühstück (6 Uhr bis 8 Uhr)
No 01
Verfrühtes Frühstück(vor 6 Uhr, bis 2 Uhr zurück No 2.

Spätes Frühstück 8 bis 10 Uhr)
No 3,
Sehr spätes Frühstück oder verfrühtes Mittagessen (11 Uhr)
No 4,
Den Brunch, das war von 9-14 Uhr möglich.
No 5.

Den Mittag, das Mittagsmahl (12 Uhr)
No 6
Das etwas verspätete Mittagessen (13- 14 Uhr).
No 7

Nachmittags Vesper (15- 17 Uhr)
No 8

Den Tee (17 Uhr)

Nummer 9

Den verspäteten Tee (18 Uhr, der aber mit dem Abendendessen dem frühen kollidiert.
Die 10

Frühes Abendbrot (16:30 Uhr bis 18 Uhr)
Die 11

Abendessen (18-20 Uhr)
Nummer 12

Spätes Abendmahl (nach 20 bis 22 Uhr)
No 13

Es gab auch den Late Lunch (18- 22 Uhr).
Die 14
Nearly Midnight Snack (22- 23.30 Uhr)
Da sind es 15.

Den Midnightsnack (0:00 Uhr)
Nummer 16

Das Midnight Gala Diner (0:00 Uhr)
Da sind es 17.

Das late oder späte Midnight Diner (1:00 bis 3:00 Uhr, wir haben jetzt 16 Varianten.

Den late oder späten Midnight Snack (1:00 bis 3: 00 Uhr)
Nummer 17

Zwischen 3 Uhr nachts und dem frühen Frühstück ab 6 Uhr gab es die einzige Grauzone.

3 Stunden, kein Magier schafft es, 3 Zeiträume, ohne eine geregelte Mahlzeit zu überleben, außer er schläft! Aber was, wenn er zwischen 3 Uhr morgens und 6 Uhr Früh aufwacht, nicht schlafen kann und schlimmer ... er bekommt Hunger, hat Appetit.
Ein Magier kann nicht einfach Essen.
 Er braucht eine ordentliche und eine geregelte Mahlzeit. Aber zwischen 3 Uhr früh am Morgen und 6 Uhr gibt es nichts.
Nur 17 geregelte, ordnungsgemäße Mahlzeiten, niemand ist verpflichtet, an allen 17 teilzunehmen. Die sind freiwillig und ordentlich.
Aber zwischen 3:00 und 6:00 das sind 3 Stunden und dies zu einer Zeit, da weder eine Kaschemme, Pub, Kantine, nicht mal Magier Mac Dooh, geöffnet hat.
Keine Cafeteria weil es die nicht gab, keinerlei Teestube wo man einen hoffentlich nicht zu Trockenen Bagel kaufen konnte, nichts.
Ein Magier hätte tun können, was Normalsterbliche zu tun pflegen. Den Kühlschrank aufreißen und etwas herausnehmen.
 Abgesehen davon, dass es garantiert keine Kühlmöbel gab, hätte es nichts genützt, den Vorratsschrank zu vergewaltigen.
Denn wenn etwas darin gewesen wäre, das den Appetit und die Lust befriedigt, was in Lebensmittellagern so gut wie nie vorkommt, wie würde man diese Mahlzeit denn nennen?
 Welchen Stellenwert hätte sie oder Rang?
Es wäre keine ordentliche Speise.
Sondern irgendwas, nicht einmal geregelt, denn welche Regel würde denn für eine Fischpfanne um 4 Uhr morgens greifen?

Na klar der maritime Early Morning Panada.
Den gibt es aber nicht.
Es existiert auch keinen Snack at Four!

Nirgends kann man Festellen, dass es das
4 O´Clock Dings gibt, das Bums habe ich woanders
gefunden, wie auch immer, es hatte nichts mit dem
Fisch um 4 Uhr zu tun.

Sogar Backwaren … zwischen 3 und 6 werden die erst
gebacken, da kann man gerne mal im Beruf aktuell
oder der Website des Jobcenters Germania nachgoogeln.
Bäcker steht früh auf, so um 3 beginnt um 3:30 und bis
7:00 muss einiges fertig sein, für den Verkauf.
Aber, zwischen 3 und 6 Uhr sind nicht mal Bäckerrein
behilflich.
Imbiss zu, Bahnhof zu, wenn es denn einen gibt, …
Der verehrte Leser begreift unser Problem??
Zwischen drei Uhr in der Früh und 6 Uhr frühmorgens,
ist:

„DIE TOTE ZONE"

„The Death Zone"
Ja da fällt einem ein Fall Out, Zombies, die DDR,
SOZIALISMUS und der knuffige Kommunismus. Autos
aus Pappe, auf die man 14 Jahre warten musste. Das
deutsche Parlament um 2020 und Schlimmer die EU,
nein nicht Europa, dies ist ein Kontinent, mit dem ist
alles Ok, anders die EU.

Euroland als, was auch immer.
Es geht uns nix an.
Es geht uns nix an.

Zum Glück geht die Erzählung soeben weiter, wir
waren beim Geplärr von der Nummer 1, der Magier
Gilde. Wie wir jetzt auf die EU gekommen sind, ich
könnte ja rückblättern. Aber ich will schnell weiter

erzählen, bevor man mir nichts mehr erzählt, weil ich immer solchen Unsinn schreibe.

Ich sehe schon wieder die verdrehten genervten Augen vom Lektor.

Da ist er der Manuskriptprüfer als Greif, mein Pleitegeier aber nun zurück zur Geschichte.

Bevor die ganzen Mahlzeiten zur Sprache kamen, erwähnte Labskaus der magische Koch, dass ein spätes Frühstück gereicht würde. Wenn man sich dann zu denn Stühlen begäbe. Im allgemeinen Tumult hat es niemand mitbekommen, was man aber wusste, war, das Labskaus ja die ganze Zeit im Saal mit anwesend war.
Dass ein gewaltiger Imbiss in so kurzer Spanne bereitstehen würde, ja auch wenn keiner damit Rechnete, Labskaus ist ein okkulter Koch.
Eigentlich ist er ein Maggi Küchenmeister, denn in der Kochstube spricht man von Maggi.

Maggi in der Küche ist die Kunst der Köche, um mit kaum Ahnung aus wenig, ein schmackhaftes etwas zu machen.

Mit Maggi macht das Kochen eben spaß, Deckel auf, heiß Wasser drauf egal, was da drin zerkocht. Es gibt für alles eine Maggi und wenn es schnell gehen soll, dann hat Labskaus die besondere Magie, Maggi FIX. So auch heute, Topf auf dem Feuer, all das garstige vom Küchentisch in den Kessel, Maggi Fix für Reste, das kulinarische Debakel ist fertig.
Natürlich hat Labskaus Helferlein. So gibt es einen Küchenhilfenplan, der alle Magier reihum berücksichtigt.

Bis auf die Nummer 1 und den kann man durchaus vergessen, denn Magier sind trickreich im sich drücken und ebenso in Ausreden.
Das gilt genauso für den Kehrwochenplan.
Die Bücherausgabe der magischen Bibliothek und andere der Gemeinschaft nützlichen Aushilfsleistungen.

„Halt Freunde, meine lieben Herren Kupferstecher".
Polterte die gewaltige Stimmleistung von Nummer 1.

Viele der Magier drehten sich empört um. Wollten sich echauffieren, aber der eisige Blick, der vor Wut kochte, was in diesem Fall keinen Widerspruch darstellt, denn Gegenrede duldet die Nummer 1 nicht. Nicht einmal von sich selbst, brachte sie zum Verstummen.
Aber was hat die Magier so empört?

„Mein lieber (oder alter) Freund und Kupferstecher" gilt als vertraulich mit ironischem Unterton. Manche deuten sie als abwertend.
Dies könnte daran liegen, dass Kupferstecher mit dem Aufkommen des Papiergeldes die nötigen Voraussetzungen mitbrachten, um als Geldfälscher tätig zu werden.
Es kam vor, dass ein gewöhnlicher Kupferstecher ein Bildnis in eine Druckgrafik umwandelte. Ohne den Autor des Gemäldes in der Legende zu erwähnen.
 Es war üblich, sowohl den Namen des Malers (...fecit,...hat es gemacht') als auch die Reputation des Stechers (...sculpsit „...hat es gestochen') zu nennen.
Ein Kupferstecher konnte jemand sein, der sich mit fremden Federn schmückte und dem gegenüber Misstrauen angebracht war.

„Wie ich sehe ist es mir gelungen, eure Aufmerksamkeit zu erhalten."

Fuhr GraTHun Berg fort, ich schlage nur vor, dass wir uns dem Buch der Ukapoden widmen ...

„Ich beantrage, dass wir uns erst dem zubereiteten Imbiss nähern, mit vollem Magen schließt es sich einfach besser auf, so ein Buch".
Unterbrach Viisbest, einer der höheren Magier.

„Also gut, das Buch wartet jetzt, seid Jahrhunderten, da kommt es auf die Stunde nicht an".
Ausnahmslos alle und dies ist selten, nickten zustimmend.
Sie trollten sich zu ihren Plätzen an der großen Tafel. Die obwohl doch viele Zauberer anwesend waren, bloß zu einem Viertel besetzt war. Denn nur die niedrigen Nummern 1-25 waren gegenwärtig, inklusive der Schlüsselträger.

Auf der gigantischen Tafel dampften die Schüsseln und zischten die Terrinen und vor allem Soße. Tunke und reichlich davon, denn einige Magier wenn nicht jeder, waren verrückt darauf sämtliche in Stippe zu ertränken.
Das war nicht unvernünftig, was Chefkoch Labskaus da so zauberte, mit liebevoller Magie und Maggi, entstammte als Idee aus seinem Lieblingskochbuch mit dem Titel.

„Zum Scheißen reicht es".

Und einer handgeschriebenen Rezeptsammlung von Oma Koschmidder, welche diese an Mutter Laba van Kaus, vererbt hatte und jetzt der ganze Stolz vom Maggi´schen Chefkoch war.
Das Problem waren die Mengen und Gewichtsangaben. Die man erst umrechnen und ins metrische System übertragen muss. Bzw. in ein anderes Eichfähiges,

denn die Mengenangaben waren oft leicht, dehnbar und missverständlich.
Man fand oft die Angabe „etwas Zuckerbasis", einiges an Ei und etwas Salz oder „ein bisschen mehr oder Meer Salz".
Wobei das etwas mehr bei Zucker, wenn es mehr war, als erforderlich nicht unbedingt negativ ins Gewicht fällt. Aber ein Tick zu viel an Salz, dass gesamte Gericht doch eher verderben könnte.
Ansonsten fanden sich Angaben, wie man schmecke mit ein „Stückchen Butter, das Ganze ab". Ohne zu wissen, ein bisschen aus dem Butterfass, einem Würfel oder einer Butterlocke.
Auch hatte sich Oma, in den Angaben der gar und Backzeiten oft recht kryptisch ausgedrückt.
Labskaus brauchte etliche Versuche um der Zeitangabe, man verbringe, das Gemenge „eine Weile in den Ofen" in Minuten zu übertragen, sowie Hinweise bei Gans oder Putenbraten,
„dann muss der Puter für längere Zeit in Röhre" auf die Stunden zu limitieren, die das Geflügel von roh über genießbar, delikat, perfekt, zu Kohle, braucht.

Die Rezeptsammlung war in den Generationen. Denn Oma, hat schon große Teile vor Ihrer Mutter geerbt. So etliche Gerichte, so schien es Labskaus, würden den Gaumen seiner Klientel, den Magiern nicht die Erfüllung bieten, die diese Gilde gewohnt war.
Daher galt es die Rezepte zu sichten. Um die mit Hingabe geschriebenen, teilweise waren die Buchstaben regelrecht gemalt, die Uroma, malte das komplette Gericht, sogar die Zutaten, die aber aussahen, wie Rückstände in allgemeinen Katzenkisten.
Vor allem mussten die Rezepte aussortiert oder für spezielle Anlässe markiert werden.
In deren Inhaltsliste unter „man nehme Pilze" aufgeführt waren, von denen die Hüte rot mit weißen Spren-

keln, bleich mit grauen Punkten oder egal, welche Hutfarbe mit gelben Tupfen waren.
Blaue Sprenkel waren harmlos wenn auch nicht unbedingt appetitlich, sofern man wusste, dass es sich bei diesen azur Flecken um Schlumpfsperma handelte.

Aber selbst Rezepte, die zu keinem Ergebnis führten oder sonderbar klangen wie z.B
„Man reibe 3 Tage alte Semmeln".
Nach einem halben Tag und 9 Kübeln voll Semmelbrösel gab Labskaus genervt auf und entfernte das Blatt aus der Sammlung.

Alte englische Rezepte sowie moderne britische Küche, kamen sofort ins Kaminfeuer, da in jedem dritten Satz irgendwas aus Minze, in egal welche Creme gehoben wird, die dann über irgendeinen Pamp geschmiert wird.
Die englische Küche schafft es sogar normale Sandwiches, ungenießbar zu machen.
Denn eine Klappstulle ohne Remoulade, was eine zu abgehobene Bezeichnung für eine total versaute Mayonnaise ist, ist für einen Briten kein Sandwich.
Man kann der Ansicht sein, dass diese Schmiere einen trockenen Schinken, das Klappbrot angenehmer macht. Bzw. überhaupt ermöglicht, dass man diesen Schichtfraß schlucken konnte. Aber bei Marmelade, feinem Honig auf einem Sandwich, mag niemand mehr so weit gehen.

Das berühmteste aller englischen Mahlzeiten, welches dubioserweise bis heute und wahrscheinlich auch in der Zukunft in diesem Land bestellt und sogar verzehrt wird, ist „Fish and Chips".
Fisch und frittierte Kartoffelstäbchen.

Bisher her klingt es nach einem leckeren Kinderteller und nichts gegen in siedendem Öl bereitete Pommes Frittes.
Aber die Engländer verstehen unter Fish and Chips einen Salat. Denn wie sonst soll man es erfassen, dass der gesamte Kram erst in eine Zauberhutförmige Papiertüte geklatscht wird und obendrein, über den ganzen Plummquatsch dann Essig gekippt wird?

Das die Fish and Chips Tüten trotzdem ruck Zuck leer gegessen sind, liegt nicht daran, dass die Annäherung an lecker erreicht ist.
Nein diese Papiertüten sind hauchdünn.
Spätestens nach 2 Minuten, genau dem Zeitpunkt, an dem die durch die Verbrennung durch die Pommes frites tauben Hände, langsam wieder spürbar sind.
Das Fett, welches neben Essig Hauptbeatanteil der beliebten Mahlzeit ist, diese Tüte durchweicht und das mittlerweile matschig gewordene Zeug durch die Hände, auf Rock und Hose schlappt.

Der Essig ist, wenn er diese Speise auch ungenießbar macht, weil Salate selten aus Kartoffelstangen und Fisch bestehen, trotzdem so unerlässlich wie genial.
Denn Essig wirkt bei Verbrennungen, sei es durch Feuer, Quallen oder Fischabfällen mit Kartoffelsnacks wunder.
Vielleicht wird sich in kommenden Generationen mal ein Genie finden, welches auf die Idee kommt, die Fischbrocken und die Pommes, auf einem Teller zu servieren.
 Denn da die Verbrennungsgefahr so abgemildert ist, kann man auf den Essig verzichten. Stattdessen Ketchup auf jenes Nationalgericht pressen.

Besonders schlimm waren die Rezepte vor der Ur Oma von der Urururoma Traute Löwenzahn, aus der Pfalz.

Die etwa 100 Kochrezepte mit Butterblume aufgehoben hatte, der aber dort Bettsächer Salat heißt.
Traute war die Erste der Veganen ...

Interessant sind die handschriftlichen Aufzeichnungen, von Oma Koschmidder.
 Oder ihre kritischen Anmerkungen über diese Bewegung, die Veganer.

Ich zitiere:
Vegan das sind Stempelfarbschlürfer, die den gaaaaanzen lieben langen TAG; nichts anderes machen, als ans "Essen" denken.
(Die bezeichnen den Krill oder das Stück Rasen in den, die ihre Zähne schlagen, als Essen).
Warum???
Ganz einfach, man nehme mal einen Salat mit kalorienreduzierter Salatsoße, die so schmeckt, wie sie aussieht, nach aggressiv geschleuderten Ejakulat von was immer und winde es den Schlund runter,
 Ergebnis: Bauch fühlt sich voll an, denn der verweigert ein mehr davon! (Abwehrhaltung des Körpers)
Leider sind die Löwenzahnblätter mit Petuniensalbei, spätestens nach 12 Minuten, wieder im Arsch und verlassen als Kötel denselben.

Die Folge Magenknurren. Anschließend folgt Folgendes, 1-2 Stunden muss dann das Rosenblatt für den Hallimasch Eichelblattauflauf in einer speziellen Kresse ziehen.
 Die vorher handgeschabt von einem Lavendel Zweig entfernt werden muss unter Zugabe am Morgen frisch vom Halm geschüttelten TAU´s.
 Das Ganze wird dann in Kakaobutter von Eustachischen Polio Sklavinnen, in Laos von der Tonkrughochebene, gepflückt, eingelegt.

Danach in flussaufwärts am Mekong getragenen Bananenblätter fermentieren.
Schon während der Veganer, diesen Mampf zubereitet, werkelt der Hardcore-Vegetarier bereits an den nächsten 12 Mahlzeiten für diesen Tag.
Reis muss in Tränen von Lotusblättern eingeweicht werden, um dann Luft mit Vanillearoma zu umschließen. Das geht den ganzen TAG so, weil von dem Tüüütü Schwuchtel fressen wirst DU alles mögliche, krank, schlapp, matschig und komisch, aber sicher und GARANTIERT nicht SATT.
Ich fliege ständig aus veganen Gilden, in denen ich begeistert Vorlesungen lausche.

Und kommentiere gerne mal in dem Stile, dass mir das tolle und ans Herz gehende Rezept von Stechpalmenrisotto sowie die Anleitung, wie man traurige Schalotten schält, so richtig Hunger auf ein T-Bone-Steak mit in Bärenfett gerösteten Schweinskaldaunen gemacht hat.

Der gemeine Veganer: Die sind wie der Kupferstecher. Alle anderen sind der letzte Dreck, nur sie haben die Ekstasen des wahren Essens.
So sehen die Käseteigigen in Rosskäferdunk ausgemergelten Hackfressen von denen aus.
Die Arbeiten nix, wie denn, die müssen den ganzen TAG Zellstoff und Chlorophyll in vegan Scheiße umwandeln, diese Menschen bestehen nur aus Verdauen und andere Leute moralisieren.
Ständig aggressiv und aufmüpfig, was kein Wunder ist. Das schlimmste, sie belehren auf militante Art und Weise jeden anständigen Fleischfresser. Nie habe ich erlebt, dass es umgekehrt ist. Der friedliche Aasesser, lässt Veganer und Vegetarier grundsätzlich in Ruhe.
Gez. Hilde Koschmidder

Anm. des Lektors: Diese Schilderung gibt ausschließlich die Meinung von Frau Hilde Koschmidder wieder. Weder der Erzähler, noch der Verlag stimmt dieser These ausdrücklich zu. Es wurden aber keine Einwände erhoben.

Labskaus liebte es mit Wein zu kochen und ab und zu gab er einen Schluck davon ans Essen.
In seiner Anfangszeit hatte er große Probleme, denn wie bindet man Soße ab?

Mit einem Faden, Band es gab keinen Hinweis zur Erläuterung des Fachkauderwelsch, dessen die weiblichen Vorfahren sich bedienten.

Labskaus hatte eine Schwester, der die gewaltige Sammlung zustand. Aber nachdem sie eines Morgens völlig genervt an den Frühstückstisch trat, sich setzte und sagte:
„Ich hasse es, wenn ich schonmal einen Mann zu mir zum Essen einlade und sich dann herausstellt, dass er gar nicht kochen kann."

Polly so heißt diese Schwester war schon früher kulinarisch mehr als nur angeeckt, bei dieser Familie, bestehend aus Kochgenies.
Eines Tages mitte im Dezember wünschte sie sich ein Pony, worauf die Mutter sich nur sagte, na ja bisher gab es immer nur Ente an Weihnachten, das ist mal was anderes.
Die Eltern von Labskaus konnten diesem, sein Leben nur durch ein Missverständnis schenken, welches sich klären lies.
Denn der junge Mann der Labskaus Vater werden sollte, fragte eins die Angebetete:
„Schatz, meine liebste".

„Ja"
„Willst Du mich heiraten?"
„Ich, ja... aber nein, aber ja, aber ich kann nicht Bügeln waschen und oder putzen".

„Ich habe Dich gefragt, ob Du meine Frau werden willst nicht meine Putzfrau".

Ein Umstand der den kleinen Labskaus und seine Geschwister dann in doch recht schmutziger verwahrloster Umgebung aufwachsen lies.
Da der Vater nach der Arbeit mit dem ganzen Putzen und Aufräumen dann doch überfordert war.
Ja aber auf den Heiratsantrag, hat sich Labskaus Mutter zeit Lebens immer berufen.
Kochen, ist etwas, was man mit Hingabe oder gar nicht tut.
 Labskaus liebte seinen Beruf und er hat sich die Informationen aus Omas Rezeptsammlung hart erarbeiten dürfen.
Natürlich muss ein junger Mann, wenn er Mitglied einer Gilde ist, eine Ausbildung machen. Und so verbrachte er eine unglückliche Zeit, in der Haute Cuisine bei Chefkoch Beppo Bouillon. Der diese Eingekochte Spezialität erfunden hatte, die Fleischbrühe.
Aber ansonsten war er die Art von Koch, der es gerade so schaffte, ein Rührei zu braten.
Es dann fluffig auf einem Teller drapierte, umgeben von kleinen Zweigen, auf einer Unterlage die unterwürfig und ebenso unheilvoll wirkte.
Natürlich nur im Kreis von mindestens 12 Gehilfen, die ihn umstanden und ehrfurchtsvoll anstarrten.
Später im 21 Jahrhundert, werden solche Typen mit Spitzbärten und nasalem Nuscheln aus Fernsehapparaten zum Volk sprechen. Dabei Sätze bilden, die halbe Zwiebeln, oder anderthalb Schalotten an irgendeine Speise werfen wollen.

Ohne dem Zuschauer zu verraten, welcher Marktstand halbes Gemüse verkauft.
Damit eine Kochshow, so wird man es nennen, 100% unerträglich wird, wird unter nervig nasalen Nuscheln, noch hochnäsig irgendein Mumpitz erzählt. Der dann in einem Gag, Witz oder etwas, das spaßig wirken soll, endet.
Dem Zuschauer aber eher den Drang, dem Knilch ein paar zu langen, abringt, bevor er den Color Depart dann entnervt vom Fernsehtisch tritt.

Labskaus hatte einige Rezepte, die er liebte, zum Beispiel einen Fugo oder Kugelfisch, der aussieht wie ein Fußball mit Dornen.

Man benötigt dazu
Tiefsee Fugo oder Kugelfisch
100 Gr. Rotbarsch
Eine und eine halbe Schalotte
Etwas Zitronensaft wobei das etwas
     Etwa 1 Esslöffel entspricht.
Knoblauch 7 Zehen
Ein wenig Kresse (hier ca. 1 Kilo)

Zuerst reinigt man den Fugo und sticht an den Kiemen mit dem Filetiermesser ein. Die Luft entweicht und aus dem Tümpler ist eine Scholle geworden. Danach die Küche gut lüften, denn Kugelfische gibt es gar nicht.
 In Wahrheit ist der Fugo ein Plattfisch wie die Flunder, nur mit Blähungen.
Diese Gase sind von Geburt an in dem Fisch. Sie bestimmen sein persönliches Wachstum.
Deswegen wird vor dem Kauf allzu großer Kugelfische gewarnt.
Denn deren Außenhaut ist nur einen Hauch dünn und sie platzt bei dem geringsten Anlass.

Ratsam ist es, beim filieren nicht zu rauchen. Das entweichende Gas stinkt nicht nur wie Berserker, es explodiert gerne.
Nach dem Filetieren wirft man den kompletten Fisch sofort weg. Denn wenn man ihn falsch anschneidet, ist der ganze Oschi hochgiftig.

Nur japanische Fachköche, sind in der Lage nach 12 Jahren Ausbildung, wo sie an komplizierten Schnittmustern mit Haan Sotto Messern, feinsten Damast zehner Stahl den perfekten Schnitt geübt haben.
Denn nur dann ist der Fisch genießbar.
Wie er schmeckt, weiß niemand. Selbst nach dem optimalen Schnitt fand sich nie jemand, der diesen Fisch freiwillig versuchen wollte.
All die anderen, die es dennoch taten, hatten offensichtlich einen Teil aus diesem Fisch erwischt, wo der Schnitt einen müh, einen hundertstel Millimeter danebenging.
Aber aus diesem Grund steht unter Position zwei, 100 Gramm feiner Rotbarsch, der sofort die Freigewordene Stelle, auf dem Teller auffüllt und dabei völlig ungefährlich ist, bis auf die fiesen Gräten.

Auch Nachtische liebte Labskaus zu bereiten.

In Sherry reitendender Rotweinsplitt, mit Eierlikör geimpften Whyskytrüffeln, in einer Creme de Cognac.

Man nehme:
1. Sherry etwas, was hier einem Viertel Liter entspricht.
2 Rotwein 1 – 6 Liter (Der Nachtisch ist für eine bis 3 max 4 Personen angegeben).

3 Eierlikör, ganz wenig, in etwa eine

	Halbe Flasche in Magnum Qualität und Abfüllung
4	einen Hauch Cognac zum Abschmecken der Creme, nicht mehr als 500ml.
5.	Eine achtel Vanilleschote
6.	einen Liter Milch
7.	etwas Zucker, hier eine Tasse

Man gebe die Milch in einen Topf, erwärme diese gleichmäßig, dann tue man Gelatine und die Vanilleschote hinzu und lässt das ganze aufkochen.
Der wichtigste Teil kommt jetzt. Das Abschmecken der Komponenten.
Denn ist der Sherry trocken, medium oder Sweet, oft amabile genannt, dann muss zu einem herben Kirsch ein feuchter Rotwein ausgesucht werden.
Ist der Sherry aber medium oder sogar amabile, passt nur ein trockener Merlot.

Man beginnt mit dem Sherry, nimmt ein Glas voll, es darf ruhig ein nicht zu Kleines sein.

Nicht die Sherryschwenker, mit denen sich Damen beim Bridge zuprosten.
Sondern es sollte Männerhand gerecht sein, einem Whiskyglas entsprechend, auch ein Schoppen, wenn nichts anderes zur Hand ist.
Der Kirschsud ist im Mund zu rollen. Schmatzend wird die Oberfläche des Sherry gebrochen. Wird so an die Geschmacksknospen weiter gegeben, deren Rezeptoren, dem geübten Gourmet genau den passenden Merlot oder einen Rioccha, niemals aber einen Tokaier vorschlagen.
Das Probierglas, sollte unbedingt ein fester Humpen sein.
Eichmarken mit weniger als 0, 5, sind zu meiden. Denn es ist schnell festgestellt, dass man den Humpen erneut

und immer wieder füllen muss, bis man das exakte
Mischungsverhältnis gefunden hat.
Der erfahrene und sorgfältige Koch, benötigt ca einen
bis anderthalb Liter, dann sollte das Verhältnis der
beiden Flüssigkeiten zueinander ermittelt sein.
Hier ist anzumerken, dass der in der Position 1 aufgeführte Sherry komplett leer ist, aber es befinden sich
zum Glück noch ca 0,5 Liter in der Flasche. Die wie
man sehen wird, dann gerade so reicht.
Denn jetzt, muss der Eierlikör abgeschmeckt werden.
Zuerst dem Sherry gegenüber. Ist das Maximum an
Gaumenfreude gefunden, wird er dem Cognac gegenübergestellt.
 Dies indem man ein geeignet großes Glas, am besten
ein bauchiges, welches vorzüglich in der Handfläche
liegt, langsam mit dem Cognac füllt.
Diesen dann im Glas leicht schwenkt und dabei durch
die wärme der Hand, den Weinbrand sanft erwärmt,
bis er sein Bouquet offenbart.
Da dieser Vorgang eine Weile benötigt, ist es normal,
dass man die erste Füllung des Schwenkers, denn so
nennt man jenes Glas, auf Ex in die Mundhöhle befördert. Dabei die Flüssigkeit wieder zirkuliert, und zwar
über Zunge und Gaumen.

 Während der Cognac noch rollt und mundet, schenkt
der Profi den zweiten Schwenker ein. Wärmt diesen
wie den primären vor um dann kurz hinterdrein dem
Abgang des ersten Schlucks, dieses wohlschmeckenden
Alkohols, den folgenden Testschluck, dem Vorangegangenen nach zu schicken.
Der dritte Mundvoll aus dem Schwenker wird ebenso
verbracht, wie die beiden Vorherigen.
 Das Aroma dürfte sich dem Genießer hier erschließen.
Mit 3 Häppchen hat man den schon im Magen befindlichen Rotwein und Sherry abgelöscht.
Jetzt ist etwas Eile geboten.

Den während der Cognac angenehm den Gaumen umschmeichelt, muss der Eierlikör angepasst werden.
Das ist entscheidend und äußerst wichtig.
Deswegen hält der professionelle Koch sich nicht weiter auf und entnimmt den nötigen kräftigen Schluck direkt aus der Pulle.
Bei Eierlikör kann man sich das Rollen sparen, der Konsistenz wegen.
Wenn Sie sich nicht sicher sind, wiederholen sie diesen Schritt 2 oder 3 Mal.
Direkt daran im Anschluss nochmal den Cognac, diesen wieder schwenken und dann im Mund kreisen.
So, jetzt ist es soweit.
 Der erste, eineinhalb Liter Rotwein ist zusammen mit einer halben Pulle Cognac und einem strammen Whisky Glas oder mehr, denn wenn man aus der Flasche trinkt, hat man kein richtiges Maas.
 Dazu der Kirsch und jetzt oh Überraschung, dies passiert aber jedem, der dieses Rezept versucht. Hat man doch vergessen, wie der Sherry geschmeckt hat. Was kein Problem darstellt, denn es ist ja ein Rest in der Flasche.

Ab und zu nicht vergessen, an den Topf zu schreiten, und die Milch mit dem Pulver und der Vanilleschote, dem Teilstück davon, zu rühren.
Langsam und genauso betulich soll der Kuhsaft sich erhitzen, es bringt nichts, den Topf tiefer zu hängen, die Kuhabsonderung zum Steigen zu zwingen.

Jetzt können Sie sich wieder der Komposition widmen, jenem Vorgang, der am wichtigsten ist, für den Geschmack und somit dem Genuss.

Nachdem Sie sich an den Sherry wieder leidlich erinnern. Den Cognac aber erneut verdrängt haben,

diesem dann einigen Schwenkern voll gestattet haben, ihren Gaumen wieder zu besinnen, ist es Zeit, den Rotwein endgültig zu verkosten.
Mittlerweile ist etwas Weile vergangen, etwa der Nachmittag, frühe Abend und der Wein dürfte genug geatmet haben, auch wenn Ihnen langsam die Puste ausgeht.
Sollten Sie Hitzewallungen spüren, ihr Gesicht rot werden und sie auf dem weg zur Toilette, kein Wunder bei der Menge an Flüssigkeit, mehrere Gegenstände von Möbeln gerissen haben. Sie schwitzen, verspüren dabei den Drang, nackt weiter zu kochen, lassen sie es!
...
Denn Sie sind auf dem Richtigen Weg, dieses Symptome behaupten nicht nur, nein sie garantieren dafür, dass die Mischung soeben optimal ist.

Bauen Sie jetzt, den Wein, dann Sherry, was davon noch da ist, Cognac und Eierlikör vor sich auf.
Während Sie wartend der Milch zusehen, wie sie langsam, gemächlich beginnt zu steigen, verkürzen sie die Wartezeit, mit einigem Wein es sind ja 4-6 Liter da.
Seien Sie sparsam mit dem Sherry und nehmen lieber den einen oder anderen Schwenker Cognac.
Jetzt ist es soweit, sie bemerken, wie die Milch ansteigt und steigt und zunimmt, dabei Bläschen bildet.
Danach Blasen und dann der Deckel sich von selbst anhebt und die Milch über den Topfrand in den Kamin tropft.
Was jetzt so furchtbar stinkt, kann die verbrannte Milch sein, ...
Aber es riecht ebenso, wenn die Amme mit 41 Fieber im Bett liegt.
Was Sie in diesem Stadium der Zubereitung ohnehin nicht mehr Ermitteln werden.
Was Sie aber feststellen, und zwar morgen, am späten Nachmittag ist, dass der Milchtopf komplett verbrannt

ist, dass die Küche stinkt wie Sau, ihre Augen blutig rot sind und die Hypophyse das Lied vom Tod spielt.

Zugegebenermaßen ist das Ergebnis, sollten Gäste mit dieser Leckerei erfreut werden, eher ernüchternd. Wenig zufriedenstellend, aber und darum geht es bei Kochen eben, es hat Spaß gemacht.

Nach einem solch komplizierten Schmaus hat das Rezepten Repertoire auch einfache Gerichte, am beliebtesten sind.

Folgend Rezepte:

Wasser und Brot

Man nehme.
1 Laib Brot
1 Krug Wasser

Fertig

Diese Art von Küche wird später einmal Fastfood heißen. Weil es ach so schnell geht und in etwa genauso schmeckt.
In Kerkern überall auf der Welt steht diese Spezialität ganz oben auf der Hitliste, weniger auf der Wunschliste der Häftlinge, aber Häftlingsjahre sind eben keine Herrenjahre.

Der geschätzte Leser, der dieses Buch nach anderen 3 Svenney O Shea Erzählungen durchliest, ist es gewohnt, dass aus der Geschichte heraus, extrem abgeschweift wird.

Wenn dieser geneigte Leser das schon 3 Bände durchgemacht hat. Aber trotzdem diesen vierten hier gekauft, illegal kopiert oder sich sonst wie zugänglich gemacht hat unter Auslassung, des für den Erzähler dringend notwendigen Verdienstweges.
 Scheint dieser geschätzte und immer noch geneigte Leser zu wissen, dass dieses „Abschweifen" nur deswegen passiert, weil die Geschichte im Moment nicht vorankommt.
Immerhin hat der Held alleine 3 Bände und den Anfang dieses hier benötigt um überhaupt mal einen Schlüssel ins Schloss zu bekommen.
Was ich sagen will. Ich schätze den Leser, geneigt oder nicht doch so, dass ich unbedingt vermeiden will, ihn zu langweilen.
Was soll ich erzählen, wenn dieser Held nichts erlebt, unterwegs ist und ohnehin die hälfte dessen, was um ihn herum vorgeht, gar nicht versteht oder wahrnimmt?

Ebenso verhält es sich hier. Die Zauberer 1-25 speisen und 10 Seiten mit Furz und Rülps-lauten zu füllen halte ich für unanständig. So entschied der Erzähler, etwas über den Küchenprotagonisten Labskaus zu berichten, der dieses Mal ja zubereitet hat.
Gleichzeitig dient diese beschreibende Erzählung dazu, dem verehrten Leser bildhaft zu machen, welches Kaliber Labskaus als Koch ist.
Aber ich werde hier den Exkurs, in die Welt der Genüsse unterbrechen. Vielleicht irgendwann wieder aufnehmen und wende mich dem Geschehen im Speisesaal zu.

„ Pppfpfffffffffhhhaaaaaaaaaaaaaart"
„RRRRRrrrrrrrrrrrr   rrrr üüülps"
„Reich mir mal das Pürree".

„Noch ein Brot, noch ein Ei, noch einen Kaffe noch einen Brei und etwas von dem Gemüühüüüse".
„Pfrrfrfrrffffffffrrppfrrrr   aaaaaaaaarzzzzz".

„Dicke Luft hier".
„Dicke Leute machen dicke Luft".

„Wer ist hier Dick, wenn siehst Du hier, den Du Dick nennst?"

„Der ist Dick, boah ist der Dick man Super Dick, man o man".
„RRRRRRRRRüüüüülps, Verzeihung meine Herren".

....

Ich glaube, es wurde erwähnt, also doch besser etwas über Labskaus und seine Künste, sein Leben zu erfahren als das hier, oder?
Ich glaube, das geht so noch eine Weile weiter.

Schauen wir mal nach Dun Bleisce Don, der Festung der Huren, was da so läuft.

7. Derweil der Held

Wir erinnern uns zurück.
 Nachdem an Svenneys Gürtel wieder der Goldbeutel baumelte, spürte er einen anderen Druck, neben dem Gewicht des Beutels, seinen eigenen, Sackerl.
Es gibt Zufälle und wenn gerade keiner zur Stelle ist, kann man dem aber nachhelfen.
So oder anders war dem Glücksfall zu verdanken, dass Svenney aus Versehen auf Cloe stieß.
 Eigentlich fiel sie ihm vor die Füße, nachdem O´Shea die ihren irgendwie beim Schreiten, (Cloe läuft oder geht nicht, sie schreitet), wie eine Göttin, behindert hat.
Und damit die dralle Dirne aus dem Gleichgewicht brachte.
Ganz Gentlemen lies, Svenney sie nicht vollends aufschlagen, sondern er fing sie elegant ab.
Was Cloe mit einem Augenaufschlag, der es in sich hatte, belohnte.
Hätte Svenney genauer hingesehen oder wäre sein Ego um 90% reduziert, könnte ihm aufgefallen sein, dass es ein Augenrollen war.

„Hoppala, schöne Frau meii san´s Ihre Augen blau."
 Frohlockte der Schelm und hatte recht, die kühle Luft hatte die beiden Trippel D Auslagen im Dirndl so ausgekühlt, dass sie schon bläulich zu schimmern schienen.
Ansonsten ist Cloe ein Mix aus waschechter Irin. Die aber extrem germanisch wirkt und man daraus schließen könnte, dass Cloe der irische Name für Helga ist.
Mit einer vornehm arroganten französischen Note.
Wunderschöne tiefblaue Augen unter dem strohblonden Haar waren den Helga-Genen zu zuschreiben.

Die zarte Bronze ihrer Haut indes, dem Südeuropäischen.
Die entzückende Affektiertheit, typisch für dieses Land, welches Frösche entbeint, um sie neben Schnecken kulinarisch spitze zu finden.
Wenn man Cloes Mutter fragt, die eine 1 A Irin ist, mit weißer Alabaster Haut und Kupfer oder rostrotem Haar. Gibt sie über die Herkunft des Vaters Widersprüchliches von sich.
 Einmal wird ein germanischer Stammesfürst genannt Rrr Ohr, der auf einem Feldzug in Irlands Rotlichtwelt einige, der adligen Dirnen für sich vereinnahmte.
Diese dann meisten mit deren Billigung schändete.
Zum andern wird ein adeliger, wenn auch von niedrigen Stand, aus der Bretagne erwähnt, der ein Weinfürst war.
 Der das Bordell in dem Cloe´s Mutter anschaffte, belieferte.
 Er hatte was von einem Snob, außer in den Federn mit Cloes Mum, da wurde er zu einem garstigen sittenfernen Strolch ohne Hemmungen.

Dann wiederum sollte ein spanischer Inquisitor der Vater sein. Der Cloes Mutter, zuerst hochnotpeinlich ins Verhör nahm.
Das war damals so üblich, bevor man eine Hexe verbrannte. Was kaum Spaß bereitete, war das eigentliche Verhör.
Der Inquisition aber durchaus Freude machte, vor allem wenn man sexuelle erregt wurde, oder einen schönen Körper mit Nadeln stach.
Dann wurde gepeitscht, auf einer Konstruktion mit Fuß und Armschellen und Seilen daran, die auf eine Trommel gewincht werden konnte, welche den Körper streckte.

Wenn man gerne mit Brennbarem an der Haut wütete, als Vorgeschmack auf das Fegefeuer, in das sie kommt, wenn sie bekennt und falls sie nicht gesteht erst Recht. Da ab und an ein Inquisitor alleine im Raum verblieb, ließ sich allerlei anderes anstellen, mit dem Hexen Leib.

Manche, die Cloes Mutter gut kannten und auch schon die Oma, behaupten, dass Cloe ihren wundervollen Mix aus so vielen Vorzügen, kaum von einem Vater haben kann.
Das Cloe ein Resultat der jeden Samstag in der feuchten Pflaume stattfindenden Swinger und Gangbang Partys sein musste.
 Da Cloes Mutter schon recht ansehnlich war, bekam sie die meisten Fangschüsse, direkt in den Korb. Und dies in Intervallen, die es den etwas später eintreffenden Spermien Schwärmen erlaubten, den vorderen hinterher zu schwimmen. Und im Wettkampf um den Uterus, vorne dabei zu sein.
Es wäre denkbar, dass aus jeder Gruppe der Sieger beim Eintreffen in die Zelle, mit den anderen dreien oder 4-7 manchmal auch viel mehr, zu einem Genpool verklumpten.
Wer Cloe einmal gesehen hat, vergisst Sie nie wieder.

So auch Svenney O`Shea dessen wahre Liebe und Treue nach wie vor Bernadette gehörte. Wenn er sie nicht schon vergessen hätte, zumindest seit seiner Ankunft in Dun Bleisce Don.

Cloe die in ihrem Mieder nur zu aufreizend aussah. So mit ihren hochgesteckten Haaren, dem Make-up und der Tatsache geschuldet, dass Sie außer dem Korselett absolut gar nichts anhatte.
 Denn sie war auf dem Weg von Ihrer Stube, in den sanitären Luxus, für die Mitarbeiter der Mama San.

Sie wollte lediglich ein wenig Toilette machen und dann fürs Geschäft fertigmachen.

„Danke, für das Auffangen, hilf mir einfach hoch, ich will mich etwas erleichtern".
„Komm auf ich helfe Dir und begleite Dich, bestimmt bist Du ein klein wenig wacklig auf den Beinen und brauchst einen Mann, der dich stützt".
Ein Angebot, das für Svenney durchaus reizvoll für Cloe erschien, es aber nicht war, weil sie es ablehnte.
O´Shea setzte einige weitere Male an, Cloe zu verführen, sie zu überreden. Er war sich seines Erfolges sicher, so selbstgewiss, dass sie ja sagen würde, dass er sich und ihr die Zeit bis dahin einfach sparte und sie sich nahm, also Cloe.

Zuerst wehrte Cloe den Recken mit einem royalen Flush ab. Was einem Tritt in die Kronjuwelen glich, so aussah und den Effekt zeigte, den so ein Knuff für gewöhnlich hat.
Aber selbst unter Tränen, brachte Svenney einen solchen Elan an den Tag und war von seinem Plan nicht abzuhalten.
Er würde Cloe in diesen Stunden seine ganze Liebe gestehen, und ihr diese ohne Umschweife angedeihen zu lassen. In der Art, dass er sie durchvögeln würde, wie es Liebenden und nur die können.
Dubios dabei war, Svenney bekam, was er wollte.
Denn nach anfänglichen kleinen sicher als Neckerei gedachten Abwehrversuchen, bei denen er fast ein Auge verlor.
Dazu ein Ohr und 4 Kratzer quer über sein Gesicht ertragen musste, neben elf aber nicht mehr als dreizehn weiteren Volltreffern in seine Weichteile wurde Cloe nicht nur mürbe, sie wurde heiß.

Eher fickerig, die bläulich schimmernde Busenhaut, der von Svenney begehrten Musenbraut, wandelte sich in einen gesunden Farbton um.

Die Nippel schienen sich durch das bis zum Zerbersten gespannte Tuch, welches den Busen in Form und Haltung halten sollte, zu bohren. Dem linken Zwilling wäre es fast gelungen, hätte Svenney Cloe nicht schon auf den Bauch gedreht und ihre Nippel den Dielenboden, als weiteren Widerstand gefunden.
Während sie da lag, wehrlos vom Svenney gehalten, fühlte Sie die Hitze ihres Schoßes und dass ihr das Ganze gefiel.
Nur was behagte ihr, dass hilflos dahin gedrückt sein? Dieses gegen den Willen genommen werden, jenes erfolglose aufbegehren?
Diese Kraft und Stärke ihres Schänders, dieser Wille sein Ego oder der Moschus, die Pheromone, die dieser Hengst verströmte?
War es seine Dominanz, die Stärke, diese Gewalt, das Animalische?
Nein, dachte Sie sich, ihr gefiel es, wie ihm die Luft nach den Tritten wegblieb.
Auch seine Haut zu zerfetzen mit ihren Nägeln. Wie er japste und röchelte und ihr gefiel, es einfach, es zu tun. Dem aufgeblasenen Schnodder eine rein zu wrangen.

Cloe lies diese Momente, noch einmal vor ihrem inneren Auge ablaufen. Wurde heiß und gab sich dem O´Shea hin, hemmungslos leidenschaftlich und willig. Bis sie es nicht mehr aushielt, Svenney von sich abwarf und ihre erkaltende Lust wieder entfachte, indem Sie ihm ein paar Ohrfeigen ins Gesicht tauchte.
Ihn anspuckte, Tiernamen gab und nebenbei kratzte, bis ihre Nägel zum Blut vordrangen, welches sofort zu laufen begann.

Abwechselnd setzte sie sich auf den Lüstling, ritt ihn, um dann auf zu springen und mit einem Tritt, seinen Schwengel wieder aufzurichten, an dem praktischerweise diese Ballpumpe angebracht war.
 Und Cloe sicher war, wenn man sie betätigt, richtet sich der Erectus wieder auf.
Ja sie handhabte die Pumpe und quetschte und walkte und auch wenn der Svenney komische Laute von sich gab, das Ergebnis gefiel ihr.
So bekam Sie abermals und erneut Lust. Von Neuem und wieder wurde gepumpt, bis Svenney irgendwann einfach aufhörte, bei Sinnen zu bleiben, er glitt aus sich heraus und Cloe verlor dann rasch die Lust.
Sie war ein ordentliches Mädchen, welches immer darauf achtete, dass sie nichts herumliegen lies. So räumte sie den Korpus gefickti aus dem Weg, indem sie die Überreste der ersten SM-Session, in ihr Zimmer verbrachte und auf dem Boden liegen lies.

„Nich dass noch jemand über den Kerl stolpert nich, hier im dunklen Gang".
Außerdem dachte Cloe darüber nach, zu einem späteren Zeitpunkt die Ballpumpe erneut zu versuchen, aber vorher war ja Ihr Geschäft und wer ahnt, alle ihre Kunden hatten die gleiche Pumpe am Schaft.
„Wer weiß wer weiß, wessen Pümplein so anspringt wie diese eben und irgendwie glaube ich, etwas Schwarzes in Leder und ein paar Reitstiefel würden mir heute gut stehen".
Sie sprach es und machte sich auf, um mit der Mama San ein paar Ideen zu besprechen.
Dessen Inhalt Pranger, Strafböcke und ein Andreaskreuz waren.
Zudem biegsame Stöcke und gewässertes Manila Rohr ging ihr durch den Kopf. Obwohl sie keine Ahnung hatte, was das sein soll.

Gelber Onkel wallte es durch ihren Verstand und sie dachte, Asiate Manila gehört sicher zusammen, aber es war ihr auch erst egal. Ihre Knie waren weich von den Ekstasen, denen Sie sich bis eben hingab.

An dieser Stelle unterbreche ich meine Erzählung, aus Don Bleisce Dun, auch weil Svenney zur Zeit nicht viel Stoff liefert.
Wobei eigentlich schon, nur nicht die Art an Inhalt, der für die Geschichte wichtig ist.
Irgendwie ist mir das Ganze nur peinlich.

8. Das Oktav

Aber bei der Gilde ist jetzt das Mahl beendet. Man sammelt sich, es gilt das Buch der Ukapoden auf zu schließen, jenes mit den 8 Siegeln, das im Oktav liegt und dem eine ungeheurere Macht nachgesagt wird. Alleine schon wenn man sich diesem Buch nähert, spürt man dessen Energie und innere Vibrationen. Das magische Rumoren und man sieht die Aura aus bläulichem Licht, das die Schwarte umgibt.

„Mein lieber Labskaus, dieses Mahl muss ich loben, man konnte die Spickaale, förmlich schwimmen sehen so frisch waren die".
„Welche Aale, antworte der soeben gelobte, dem höchsten Zauberer, der Gilde".

Der aus Ermangelung an Vorräten, einfach nur zubereitete, was da war und er in einigen Terrarien der Kollegen gewildert hatte.

„Die Froschschenkel, delikat .... lieber Labskaus das waren ja Riesendinger und die Kruste, wie hast Du die Panade nur so hinbekommen? Die Augen gaukelten einem ja Reptilienschenkel vor. Herrlich das musst Du unbedingt, bei unserer nächsten Sitzung wiederholen".

„Das wird sich machen lassen".
Vor seinem geistigen Auge überschlug Labskaus den Bestand an Leguanen, Jungkrokodilen und anderem Otterngezücht, in den Terrarien des Gildenanwesens.

„Diese kleinen Fleischhäppchen, die sind ja auf der Zunge geschmolzen, wie hast Du es angestellt, dass die

außen so butterweich und zart waren und innen so kross?
 Man mochte meinen, dass ein Salzgebäck Gitter mit dünnstem Schinken umwickelt wurde, aber nein unbeschreiblich."
Labskaus überschlug den Hamsterbestand und erinnerte sich mit Grausen an das Häuten der kleinen Nager. Die sich wie wahnsinnig wehrten. Sich dann an einem der beiden Griffe, der Fritteuse klammerten und furchtbar quiekten. Zwei dieser Bestien haben ihn sogar in den Finger gebissen, aber das dicke Lob freute ihn.

„Dann diese in Mehl und Kräuter Panade geschwitzten dicken Nudelwürmchen, ich könnte gar nicht aufhören und diese Konsistenz.
 Das war al Dente, al Dente, als würde kein Teig, sondern ... ich kann es nicht beschreiben, ein Genuß".
Lobte Nullkraft der Bibliothekar.
Labskaus lächelte und versprach diese Speise bald wieder, und so oft zu machen, wie sie gewünscht wird.
 Denn die Zutaten krabbelten zu Tausenden in den Behältern, der Küchenabfälle herum.
Vor allem sie bissen nicht zu, außerdem selbst wenn die Eimer geleert wurden, binnen Stunden bildeten sich neue.
 Labskaus freute sich über die Nachhaltigkeit, mit der er kochen würde und legte Fest, von nun an nicht mehr bei jedem Mahl im Speisesaal teilnehmen zu wollen.
Lieber sich mit eigenen, bescheideneren Mahlzeiten, alleine in der Küche zu begnügen.
Vergnügt und pfeifend, ging er mit den anderen Zauberern, in die Etage des Oktavs, wo das Buch der Ukapoden wartete.
 Das Foliant, welches geöffnet würde und dachte darüber nach, die langen fiesen Käfer, diese Schaben mit

Schokolade zu glasieren und zum Tee als Gebäck oder Praline zu reichen.
Seine Gedanken im Garten und in den Gewölben des Gildehauses, nach weiteren Gourmet Zutaten zu suchen, wurde vom Gr Ämhorn unterbrochen, der ausrief.

„Tretet zurück, gebet acht, ich schließe hier die Tür auf, man kann nie wissen, was das Buch gerade treibt."
„Oder mit einem vorhat, widersteht allen Eingaben, die euer Versand oder Hirn euch vorgaukelt.
Ich als der Hüter der Talismane, dem Okkulten bin schön öfters zu diesem Ort gegangen um nach dem Rechten zu sehen und habe Böses erlebt.
 Das Buch wollte mir suggerieren, es zu stehlen und in den Ort zu verbringen, von wo aus es von irgendwem Unbedarften mitgenommen und in die Welt getragen würde.
 Ein andermal spürte ich den Drang, mich selbst zu schlagen. Nur gut, dass ich nicht kräftig bin. Verschließ eure Gedanken in diesem Raum, denkt nicht über eure Ängste nach.
 Das Buch liest eure Gedanken und manifestiert euer größtes Greul.
 Das ihr vor Panik in den Suizid eilt, weil alles besser ist.
 Bei mir war es die manifestierte Erscheinung von einem kleinen Mädchen, mit geringem Augenabstand. In denen der Wahnsinn glühte, sie hatte 2 grauenhafte Zöpfe, die so eng geknotet waren, so straff, dass die Haut in Ihrem Gesicht, dieses nach Hass aussehend verzerrte.
 Sie schrie immerzu Smörrebröd- mien -Wassa I will dare You.
Skolstreijk, und brabbelte anderes wirres Zeug. Ich wollte dem Ding helfen und öffnete einen ihr Zopfknoten, damit die Spannung von Ihrem Schädel wich.

Aber das machte alles nur noch schlimmer, wäre Gottschlächt unser lieber Vize, nicht dabei gewesen und hätte mich aus dem Raum gezerrt, ich wäre sicher nicht mehr unter euch".

„Hört hört".
Lies sich Arnoldegger vernehmen und Labskaus steuerte ein ...
„Gulp"
... bei, dass von einigen,
„Ojee" und „wir sollten es lieber lassen".
Bemerkungen begleitet war.

„Seid keine Hasen, benehmt euch wie mächtige Magier, heute ist der Tag, da wir die 8 Schlösser und damit die Siegel zu brechen haben, wir müssen diese vermaledeite Buch befragen".

„Es reicht doch, wenn wir Dir und dem Vize die Schlüssel geben, wir müssen ja nicht extra, ...also die Luft ist sicher stickig und der Raum sicher zu klein..." .

ZeroPriest wurde von Vvolfgang unterbrochen, der hinzufügte:
„Er hat Recht, sicher sind auch überall Spinnen und weben und ich fürchte mich doch so".
Nummer 1 polterte,

„Ihr seid doch Memmen, den Zauberhut nicht würdig, es ist nur Magie, die in diesem Buch innewohnt, wie in den anderen magischen Schriften die in der Bibliothek stehen ebenso".
„Nur dass diese Bücher, nicht versuchen jemanden, zu irgendwas anzustiften".
„Und einem Trugbilder vorgaukeln"
„Ja oder wer weiß was sonst noch alles".

„8 Schlüssel, acht von uns gehen da hinein, die Schlüssel müssen folgendermaßen in die Schlösser geführt werden.
Zuerst der Schlüssel IV in das gleich bezifferte Schloss, dann VI, dann VIII, dann III gefolgt von V und VII, zum Schluss II und als letztes I. Wird die Reihenfolge vertauscht..."
Beendete GraTHun Berg,

„Öffnet das Buch die Dimension des Bösen, der Wiedergänger und anderem Kropzeuchs und verfrachtet uns dort hin, ich bitte daher um äußerste Konzentration, lieber Gr Ämhorn, öffnet die Tür."

Der Meister der Amulette und Talismane trat hervor.
Er öffnete den Verschluss einer seiner unzähligen Ketten und Schnüre, an denen Glücksbringer aller Art baumelten.
 Die den Meister schon von weitem ankündigte, weil es sich immer so anhörte, wenn er lief oder sich bewegte, als würde ein Fuhrwerk Schrott abgekippt.
Er hielt einen seltsam simpel und klein aussehenden Schlüssel hoch.
 Jeder der ihn sah, fragte sich wie der denn dieses große, ja überaus mächtige Schloss aufschließen könne. Das extrem solide, von den kappadokischen Zwergen, in einem Drachenfeuer geschmiedet wurde.
Onebutton App sprach diese Frage aus.
Er erntete ein mildes, wissendes Lächeln, welches doch von oben herab und arrogant ausgeführt wurde. Was in Anbetracht dessen, dass Onebutton App, 3 Köpfe größer war als Gr Ämhorn, eher als von unten herauf bezeichnet werden müsste. Aber den Sachverhalt, den die Floskel von oben herab genau definiert, nicht erfüllt.

Gr Ämhorn positionierte sich wichtig.

Legte dann den Schlüssel in seine linke Handfläche, murmelte etwas das sich wie Grääämoorgüüülöööögüüüllle, Öörnöölüüüüogllüüü, Ützknüüürz öööörüüüüülöööluüü anhörte.
Und dabei genau jenes meinte. Kappadokische Zwerge sprechen in Kappadokien selbstverständlich die Sprache des Landes.
 Türkisch und so lautete der Zauberspruüch (nein nicht Zauberspruch, Sprüüch) eben so fremd klingend.
Dann blies Gr Ämhorn auf das Schlüsselchen, welches sofort in eine Art Nebel tauchte.
Er murmelte etwas, um Verzeihung und dass die Zwiebeln und der gegrillte Knoblauch wohl zu heftig und zu reichlich genossen worden waren. Während die beiden nahestehenden Zauberer, sich schnell ein Tuch vor das Gesicht hielten, geschah es.
Der Nebel wurde dichter, begann sphärisch zu leuchten, dann hob sich die Nebelwolke über den Schlüssel.
Es begann aus dieser heraus, zu schneien aber kein gefrorenes Wasser, sondern flüssige bis kristalline, reine Materie.

Der Schlüssel wuchs und expandierte, verdoppelte sich, verdreifachte und vervierfachte sich. Erst beim Achtfachen hörte dieses Wachsen auf.
Die kleine Wolke, türmte sich zu einem Cumulus Wolkenturm auf. Sie verfärbte sich unterhalb innerhalb von Sekunden ins graue und innerlich der Wolke konnte man hören, wie starke Winde entstanden, welche die Schwaden weiter und immerfort wachsen lies.
 Wie es erst zu züngeln schien, im Inneren.
 Dann grummelte es, das Flackern war jetzt als Blitze auszumachen. Urplötzlich entlud die Wolke einen gewaltigen Lichtblitz, der direkt in den Schlüssel fuhr, der mangels einer Unterlage, unmittelbar auf den

Boden fiel. Neben ihm Gr Ämshorn, dessen linker
Unterarm starke Rauchbildung zeigte.

„Sehr eindrucksvoll",
murmelte die Nummer 1 und der Vize ergänzte,

„nur gut dass er diesen Zauber nicht auf dem Dielen-
boden ausgeführt hat, dass hätte eine hübsches
Loch...."
„Das ist Parkett" protestierte der erste Zauberer der
Gilde."
„Mit Sicherheit ist das Dielenboden".

„Parkett, das sieht man doch an der Verarbeitung, dass
ist sogar Stabparkett ..."

„Für mich sieht es nach Steinzeug aus" eine Stimme
von hinten.
„Ja, mit einer extra Schicht Schmutz, die irgendwer mit
Wax versiegelt hat".
„Hört, hört".

„Das könnte sein, ja ich glaube so, ist es" beendete
GraTHun Berg, den Disput.

Von weiter unten wimmert es.
„Diese Schmerzen, ich fühle meine Hand nicht mehr,
ich bin rasend, es tut so weh, was ist los..helft mir ich
kann nichts sehen...."

„Für mich ist es Dielenboden".
„Wenn dann Parkett, aber wir haben eben geklärt was
es ist".

„Wie dumm von mir, ja auch wenn es täuschend nach
Dielen aussieht".

„Diese Schmerzen, woo oo bin ich" das Wimmern schwoll an.
„Das war ein Knall, wuppdich, damit hätte ich nicht gerechnet, also unglaublich, was Magie so alles bewirken kann."

„Ich glaube, mein Arm brennt, ich kann nichts sehen". Jenes wimmern wurde kläglicher.

„Ich dachte, Meister Gr Ämhorn will uns veralbern, mit diesem Spieluhrenschlüsselchen" sagte Vvolfgang in die betretene Stille.

„Was ein Ding, der Schlüssel der wiegt jetzt bestimmt einige Pfund".
„Auaaaaaa, diese Schmerzen...".

„Clever vom Meister, diesen Trum da zu verkleinern, der schleppt sich ja ohnehin schon an dem anderen Zeug um seinen Hals halbtot".

„Labskaus.... LABSKAUS"!

„Ja, Nummer 1" ah Du bist da, ich dachte, Du kochst uns was Feines, es riecht hier angebrannt, findet ihr nicht.
„Ich verbluuuuuuuuutäääääääh",
aus dem winseln wurde ein verzweifeltes Heulen.

„Jetzt kann ich es auch riechen, vielleicht brennt eine der Aschentonnen draußen?"
Schlug Nullkraft vor, ich geh mal schauen."
„Nichts da, hier geblieben wir haben noch etwas zu erledigen, wir können uns keinen Aufschub leisten, wenn es oben brennt, dafür ist dieses Personal ja da".
Donnerte Nummer 1.

„Ich kann nicht määääeeehe hääär".
„Kann mal jemand Gr Ämhorn, aufrichten er muss das Schloss öffnen".

„Er sieht nicht nach bester Verfassung auf, verehrte Nummer 1, ich glaube, er hat keine Hand mehr am linken Arm".
So Worgvomorg
„Welcher linke Arm?"

„Deswegen mache ich mir keine Gedanken, er hat ja 2 Hände, sein Glück, das der Schlüssel so klein war und in eine Handfläche passte, sonst hätte er sich beide ……".

„Diese Schmerzen."
Der Rest war nicht zu verstehen, jenes von unten aufdringlich aufkommende Wimmern, wandelte sich in Schreien.
„Gebt ihm einen Brandy und vielleicht besorgt jemand etwas Mull und tüdelt es um den, äääh Stumpf da, schickt nach Frau Brötchen oder der anderen Hausdame, die sollten sich mit so einer leichten Verletzung auskennen"
Nummer Eins gab diese Anweisung.

Die Schreie wurden lauter und nur von röchelnden Satzfetzen unterbrochen.

„ Arrrghhhhh sterbe, graaaooofl…nich auszu -halten roooooooooompfahahhaaaaaaa ich seh nichts.

„Du liegst ja auch auf dem Bauch, dreht ihn mal um."
Gab jetzt der Vize die Anweisungen.
Gottschlächt und Arnoldegger drehten den armen Meister der Amulette um und erschraken nicht schlecht.

Die ganze Vorderseite qualmte, vom Hals abwärts über die Hoden zum Boden, züngelten überall kleine Flämmchen, die aber sofort verloschen, wenn Gr Ämhorn mit seinem linken Arm, aus dem das Blut strömte, über die Stellen fuhr.

„Ich dachte immer, diese Amulette und Talismane sollen Unheil abwenden, nun ich habe nie viel von diesem Unsinn gehalten".

Lies Nummer eins sich vernehmen, und der Vize fügte hinzu.

„Die Amulette und Silberketten, haben diesen Blitz regelrecht angezogen."

„Röööchel, fieeeeeeep aaaaargh".

„Sagt mal, wieviel Blut ist in so einem Menschen" fragte Labskaus.
„Na so 5-6 Liter" antwortete Nullkraft der, als Bibliothekar viel liest.

„Dürfte für den Meister knapp werden. Der läuft immer noch aus. Irgendwie scheint er vom Hals abwärts, bis zur Hüfte überall anfangen zu Bluten. Ich nehme mal sein Gewand beiseite".

Labskaus tat es und es bot sich ein Bild der Zerstörung. Die Amulette und Talismane, waren komplett zerstört. Außer die aus Silber, Gold und anderen Metallen, diese hatten sich einfach in sein innerstes gebrannt, waren zumeist völlig deformiert und geschmolzen.

„Zum Glück ist er neben den Schlüssel gefallen und nicht drauf".

„Schaut euch den Schlüssel mal an, der ist ja derart solide, ich glaube in Drachenfeuer geschmiedetes Metal, ist unzerstörbar".
Bemerkte die Nummer 1 lobend, für die Zwergen Qualität.

„Jaaa tuiiit tuuit"
pfiffelte der Vize nicht weniger anerkennend.

Labskaus indes, gar nicht bang und als Koch und Metzger mit Innerstem leidlich vertraut, begann damit, die Amulette und Ketten aus der Wunde zu entfernen.

„Wo bleibt der Brandy, Whisky, Gin…irgendwas Hochprozentiges, ich habe das Gefühl Meister Gr Ämhorn, leidet ein wenig".

Kultjaragh, ein untergeordneter Zauber, der keine Rangnummer hatte, sprintete mit einer Flasche starkem Yaakss Geist herbei.

Ein Teufelszeug welches die Zauberer aus Molchen Destillierten.
Dann dreizehnmal brannten und mit T-umb einem 60%igen Alkohol, der zum Ablaugen von Holzlack und Leim verwendet wurde, bzw. dem Produkt aus Abbeizer und dem, was es abzubeizen galt, zusammen erst vermischt wurde.
Bis sich die Lack und Leimreste mit dem Alkohol verbanden.
Zu einer fiesen dickflüssigen Flüssigkeit, die dann mit einem selbst Brandt aus den Äpfeln bestanden, die um ihr Anwesen wuchsen.
Die aber mindestens in der Verfaulstufe waren, die es fast unmöglich machte den Apfel am Stück, mitsamt seinen organischen Inhalten, aufzulesen und ebenfalls zu brennen.

Das Ganze wurde dann nach geheimen Formeln gemischt, was bedeutet, dass alles, das man von dem T-umb dem gesättigten Abbeizer und den Apfelsud hatte, zusammen kippte.
Die Gilde verkaufte diesen Yaakss-Geist unter der Hand, um ihre Einnahmen etwas zu strecken.
Kultjaragh kniete neben dem Meister der Amulette und wollte diesem den betäubenden Trunk einträufeln, als Labskaus ihm die Flasche aus der Hand riss.
  „Der ist für mich, hier stinkt alles so, ich glaube 2 oder 3 Amulette glühen noch und sie fressen sich gerade zum Darm........".

Ein mittellautes Pfoooooooofff Swotsch unterbrach die eintretenden Stille.
Eines der glühenden Amulette, hatte sich zum Dickdarm durchgebrannt.
Dieser gefüllt, mit Bohnen, Zwiebel, Kraut und anderem Zeug, an dem der Meister sich zuvor delektiert hatte, war Leicht entzündlich.
So war jenes Geräusch, als Methanexplosion zu identifizieren. Zum Nachteil des armen Gr Ämhorn.

Labskaus war von oben bis unten mit Gr Ämhorn's sterblichen Resten bedeckt. Was erst nicht mal auffiel, denn er hatte den Küchenchef Kittel an, der solchen Gemischen trennend, zu seiner Haut im Weg stand.
Und gerne von den Angehörigen der Fleischergilde getragen wurde, der Labskaus, vor langer Zeit angehört hatte.

„Ich glaub, ich werde heute Abend weniger Zwiebeln auf mein Mettbrötchen tun".
 Gottschlächt sprach es und unterdrückte lautstark ein Würgen.

Labskaus stand da, kreidebleich wie eine Wand, was
gar nicht stimmte, in dem Haus der Gilde gab es kein
einziges Mauerwerk, welches weiß war. Schon gar
nicht im Oktav, dessen Wände überall anders gestrichen waren, außer in Kalkfarbe.
Aber hätte Labskaus ein Ei im Mund gehabt, es wäre
farblich nicht aufgefallen.
Er öffnete den Yaaks-Geist wortlos. Er setzte die Flasche ebenso stumm an und für das folgende, wäre es
eine schlechte Empfehlung, währenddessen zu sprechen. Er schüttete den Inhalt der Magnum Gallone,
was man mit 3, 785 multiplizieren muss um auf die
Liter zu kommen.
Für Magnum kommt noch einmal, dass 0, 8-fache
dazu, was der geneigte Leser sich gerne selbst ausrechnen möchte oder es ignoriert und weiter liest.

Labskaus schluckte nicht, irgendwie gelang es ihm, den
Kehlkopf zu umgehen oder auszutricksen. Der feine
Yaaks-Geist floss an ihm vorbei und in der Riesenflasche, die Labskaus nur mit Mühe stemmen konnte, bildete sich ein Strudel.

Irgendwann setzte er die Flasche wortlos wie bisher ab.
Er hob ein völlig geschmolzenes, zerflossenes Amulett
auf, welches wie ein fließender Schlüssel aussah. So wie
Salvador Dali einen malen würde, und richtete stockend seine Worte an die Umstehenden.

„ Diiiiiiies hab isch, aaaus deäm Määster gezoongn."
„Huuuuiii yaaaah, iss misch dusselig, ha haad sich
schön tief in die Figüre von det arme Meesterschwein
gebraa geebraa nt.
„kombiniere deeet Diii ding geling, könn wa noch
Dings, waaa.. det sieht wiiiischtiiisch aus, tääääääää....
Hald doch ma enner, die wäält fest waaa. Die krei die

krei krei sssssselt um mir rum, hier nimm det Di iii
iiiiing.
Nullkraft nahm den Gegenstand schnell an sich und
steckte ihn ein.

Im gleichen Moment hab es einen Schlag und es hörte
sich an, als würde ein Schwein in die Suhle fallen, Labskaus schlug der Länge nach hin, genau auf die breiigen
Reste, des armen Gr Ähorn und wurde mit Ihnen eins.

Ein Geräusch, welches keines war, aber klang als würde
Schlamm eine Treppe runterfließen, begleitete den
Versuch von Gottschlächt, dass innerste nach außen zu
wenden, was ihm gar nicht guttat, aber umso besser
gelang.

Die Seele aus dem Leib kotzen, diese Floskel hat in
dieser Szene Ihren Ursprung. Die Seele ging, die Sauerei wurde größer.
Vvolfgang, erschrak, machte einen unbedachten Side-
step, rutschte auf der Masse die aus Labskaus und dem
Gr Ämhorn bestand aus.
 Fiel dann der Schwerkraft folgend Richtung Boden.
Aber zum Glück wurde sein Sturz gebremst, und zwar
von einem vorstehenden Bolzen in der Wand.
 An dem er sich mit dem rechten Auge verfing, also
hängen blieb.
Ärgerlicherweise war die Fallenergie durchaus
geeignet, die Augenhöhle des betroffenen Sehorgans
derart aufzuhebeln, dass die Schädeldecke in Mit-
leidenschaft gezogen wurde.
Das heißt, dass sie einfach aufklappte, was den glit-
schigen Verlust der Hirnmasse zur Folge hatte, die sich
zu Labskaus und Gr Ämhorns Masse trollte und damit
vermischte.

Arnoldegger, der mal deutlich sprach, sonst aber unverständliches Stakkato von sich gab, schlug sich mit beiden Fäusten an die Brust.
 So wie es die Isländer tun oder Nordmänner und dabei UUUgh brüllen, was dem Feind Mores lehren sollte, vergaß aber, welche Kraft er hat. Die umstehenden ordneten das Geräusch brechender Rippen sofort diesem Umstand zu und hatten Recht.

Arnoldegger, ... War jetzt einer von denen am Boden, er röchelte, Blut welches schaumig war, kam aus seinem Mund. Er hatte sich die Rippen in die Lungen gedroschen.
Es wäre vermeidbar gewesen, bestände sich der IQ nicht gegenläufig zu seiner Bärenkraft. Es sollte nicht vermieden werden.
„Der Schlüssel sieht gut aus, so könnte er in dieses Schloss passen."
Lies sich der Vize vernehmen, und der erste Zauberer der Gilde bemerkte.

„Solide, wie es nur die Zwerge können, die 3 da sehen gar nicht gut aus. Ein Fall für die Hauswirtschafterin, diese Drückeberger kaum wird es ein bisschen gefährlich...".

„Labskaus macht mir Sorgen, er kocht in letzter Zeit, wahrlich kreativ und exotisch, musste er denn die Magnum Galone auf EX ...?"

 „Labskaus, haaa der war in seinem früheren Leben eine Amphore. Der schläft ein bisschen, schüttelt sich und hat einen Kater und es wird gut sein.
Die anderen sehen schlecht aus, vor allem der Meister der Amulette, wisset Meister GreTHun Berg, vor wenigen Tagen hatte ich ein Gespräch mit dem Meister Gr Ämhorn ...."

„Ahh, jaaa ääh um was ging es denn?"

„Gr Ämhorn, hat in einer Vision-O-Sat Üb.."
„Einer WAAAAAS?"
„Vision-O-Sat Übertragung, hat er geseh...."
„Vision Oooh was"

„Sat Nummer 1, Sat ... ich weiß nicht, was das ist. Ich sage nur, der Meister hat mir davon erzählt, dass er eine Vision hatte oder anschaute. Ich blicke bei dem seinem wirren Gerede nicht immer voll durch."
„Jedenfalls entdeckte er in dieser Vision oder was auch immer, einen Talisman."
„Einen speziellen, einen den er besitzt.
Eine Frau mit 2 Köpfen hat ihm diesen Talisman geschenkt.".

„Ein Buddha Amulett, was immer ein Buddha ist. Er war ganz aufgeregt, er sagte dieser Buddha in diesem von einem Mönch handgefertigten Talisman, sei der Schlüssel für etwas Bedeutendes".

„Wichtig, sehr bedeutsam...Wie, was..?"

„Nun in dem Sinn bedeutend, dass dieses Amulett, ein extrem wichtiger Schlüssel ist".
„Für wen und was unentbehrlich?"
„Hat er nicht gesagt..."
„Dann war es auch nicht wichtig."

„Für den Meister aber schon er sagte dieses Amulett muss zu den Zwergen, denn nur Drachenfeuer können aus dem Amulett das formen, was daraus werden soll, ein Schlüssel."
„Nehmen wir doch den da, so lange".
„Wie.... was meinen Sie verehrter erster Magier?"

„Nun konzentrieren Sie sich mal werter Vize, der gute Gr Ämhorn erzählt ihnen ein Geheimnis, bei dem es um ein Amulett geht, eines das er hat, zumindest hat ihm das Vis A matenten Dings das ....."
„Vision-O-Sat"
„Genau jenes hat es ihm gesagt, er wollte zu den Zwergen, denn Drachenfeuer kann dieses Kleinod in jenen Schlüssel wandeln, richtig?"
„Richtig verehrter Herr No 1."

„Gr Ämhorn hat doch immer und ständig seine ganzen Ketten und Amulette und hast Du nicht gesehen, um seinen dicken Hals getragen, richtig?"
„Richtig, mein Herr".

„Was ist das Besondere an Drachenfeuer?"

„Ich glaube, es ist extrem heiß, es kommt nahezu bläulich, nicht wie normales Feuer aus dem Rachen der Drachen".
„Mein lieber Vize wir kommen näher".

Der angesprochene verstand gar nichts, da er aber alles richtig gemacht zu haben schien und der erste Magier in der Gilde, nicht wie üblich von Zynismus strotzte, sagte er nur artig.

„Das freut mich, in welcher Nähe sind wir denn nun in etwa?"

„Also",
Begann jener, der dieser Gilde vorstand.

„Drachenfeuer ist bläulich.
Der Blitz der da aus diesem Wolkengebilde schoss und die Tagesplanung, für die allermeisten, die Lebenspla-

nung für 3 von uns komplett durcheinandergewürfelt hat, war ebenfalls bläulich.
 Und wenn der Meister der Amulette immer alle um den Hals trug, war sicher jenes welche dabei, dass er von dieser Frau, mit äääh 2, ääm Köpfen,..."

„Sind Sie sicher?"
„Ja, absolut so hat er sich ausgedrückt".

„Merkwürdiger Umgang, aber zur Stunde nicht unser Problem. Alles was der Koch, aus dem Kadaver des armen, verblichenen Meisters der Amulette gezogen hat, ist ein Schlüssel. Ein Spezieller, denn so hat es der Meister doch erzählt, dass er äähm, was noch gleich?"

„In einem Vision-O-Sat"
 „genau, danke.... gesehen hat".

„Der Meister Gr Ähorn, der ist doch gerissen. Ohne seinen faulen Arsch zu bewegen, zu diesen Zwergen und der fernen Version davon obendrein, hat er den Schlüssel in seinen Besitz gebracht. Auch wenn ihm der Vorgang ein klein wenig das Leben gekostet hat, der Schlüssel ist da."
 „Aber für welches Schloss wo soll er denn passen?"
„Ja hat euch der Meister dies denn nicht gesagt?"

„Ich habe ja nicht gefragt. Ämhorn redet immer so viel und so langatmig und nur solche Themen, wie Amulette, Talismane und dann wieder Amulette und ab und an über Glücksbringer".

„Oh, er hat mit euch über Glücksbringer gesprochen. Sie glücklicher das hat er mit mir nie, nicht dass mich dieses Thema interessieren würde, aber irgendwie find ich es schon etwas ....."

„Müssen Sie nicht, lieber Meister GraTHun, aber ich verstehe, worauf Sie hinauswollen.
Wir haben einen wichtigen Schlüssel, aber kein Schloss, welches dieser Schlüssel aufschließen könnte.
Was machen wir dann mit diesem Schlossöffner?"

„Wir behalten ihn, bis wir wissen, zu welchem Schloss er gehört, wo er passen könnte oder vielleicht sucht ja jemand nach diesem Schlüssel. Der weiß wo das dazugehörige Schloss ist. Erst mal keine große Sache."

„Bis auf die Schweinerei hier."

„Ich bin sicher, wenn Labskaus morgen zu sich kommt, wird die Schweinerei noch mal etwas größer."

„Einstweilen lassen wir mal alles, wie es ist, es gibt Wichtigeres für uns zu tun. Die Gilden sind in Gefahr, wir müssen und wegen der Elfen etwas einfallen lassen".
„Was ist mit dem Buch der Ukapoden, Meister Sie erhofften sich doch Aufschluss."

„Durch Öffnen des Buches, die 8 Schlüssel sind ja noch da".

Durch die verbliebenen Magier ging ein Raunen, nach den Vorkommnissen fand keiner mehr Recht gefallen, ein Buch zu öffnen. Vor allem von dem es hieß, es sei höchst gefährlich.
Und hat der Lehrmeister der Amulette nicht vor wenigen Augenblicke selbst gewarnt und liegt nicht eben dieser Meister, jetzt am Boden?
In einem Zustand der mehr als bedauernswert ist?
„Wir werden es verschieben, wir beraten erst.
Zu dumm, dass Labskaus unpässlich ist. Beim Beraten gibt es immer Hunger und es ist schon um Mittag, ich

ordne an, dass die Hausdamen, diese Lücke füllen werden,...!"

„Aber Meister GraTHun, sie ordneten doch an, die Hausdamen sollen, sich um diese Angelegenheit hier kümmern".
Dabei schaute der Vize angewidert auf die Szene vor ihnen.

„Ich weiß, was ich angeordnet habe" donnerte der erste Magier des Hauses, ich weiß, dass ich jetzt anordne, dass zuerst unsere Mägen versorgt werden. Wenn ich mir die beiden da ansehe, bleibt ohnehin nur die sterblichen Hüllen einen Fuß tief zu vergraben."
„Hier einmal ordentlich drüber wischen, was Labskaus betrifft, er sieht aus, als würde er gut träumen, lassen wir ihm das.."

Der erste Zauberer in der Gilde ging voran, die anderen folgten ihm.

9. Der Duud und die Mama San

Indessen in Irlands schönen Dun Bleisce Don, der Festung der Huren, ganz genau in Lola´s Pinte.
Supaporn, der ewig missgelaunte Teil des siamesischen Zwillings, putzte nörgelnd an einem Tablett herum.
Wannaporn, erfreute sich ihres Katers Duud. Der mit Father Keith und Aiden, wieder zurück zu Ihr gefunden hat.

Während Wannaporn verzückt dem kleinen Racker zusah, wie er mit seinen Möbelfräsen, die Füße der Anrichte bearbeitete und ständig ...
„Wiiiiieeee süüüß, oh mein Duudii Duudii Duuddi, ist wieder bei der Mama, so ein Rackermuffin, ist ja so ein Knuffel".
Ausrief
Und von der Schwester Supaporn nur genervtes Augenrollen kam, unterbrochen von ...

„Dieses Drecksvieh, sein Sandkasten reicht ihm nicht, im Nebengelass scheint er ein 2ten Scheißplatz zu haben. Und die ganzen Nachbarkatzen, scheint er dort auch ein zu laden, die feiern da richtige Orgien. So wie das stinkt, kann man dies bald nur abreissen".
„Er ist halt ein Schelm und keine Katze im Umkreis kann ihm widerstehen ..."
„Anscheinend auch keine Waschbären und Frettchen und was sonst eine Mumu unter einem Fellschwanz trägt. Eine Sauerei ist das, dann die ganze Zeit dieses Gekreische und Gezeter der anderen Kater, aus der

Gegend, ich will, dass dieses Vieh verschwindet, sonst.
...."

„Was, sonst?"
Diese Frage kam giftiger als normal und war für Wannaporn gar nicht üblich.

„Sonst lass ich Dir ein Ölporträt von dem Dreckvieh pinseln, damit Du eine Erinnerung an ihn hast, nachdem ich das Vieh von seinem Fell und von seinen 9 Leben befreit habe."

Duud widmete währenddessen, den Gardinen seine Aufmerksamkeit.
Er stellte fest, dass wenn man hochsprang, sich dann mit den Krallen einhakte und treiben lies, man wie auf Wolken getragen zu Tale glitt.

Ein Spaß, den die Gardinen so nicht teilten, aber eine jede Kralle zerschnitt dafür, den Gardinenstoff.
So wurde der Streifenvorhang erfunden, vielleicht, zumindest wurde dieser kreiert.

Die Langeweile befällt den agilen Kater aber schneller als er an irgendetwas, dass Interesse verliert. Was nie lange dauert, und so widmete er sich einer Garnitur Seidenblumen. Dem ganzen Stolz von Supaporn.
Denn diese hat Sie aus der Seidenstadt und Heimat Chiang Mai in Siam mitgebracht, als Erinnerung und aus gutem Grund.
Infolgedessen Duud, die Seide sorgfältig vom Drahtcorpus selektiert hat, widmet er sich den kunstvoll angeordnet Stängeln, indem er sie erst an kaute und nachdem er feststellte, dass es kein Katzengras ist, von den raffiniert gestalteten Blättern und anderem Schmuckwerk befreite.

Der Duud

Duud mochte es schlicht, sehr einfach, so wie sich selbst.

Duud ist einer der letzten Neanderkatzen, genau aus dem Neandertal. Zu erkennen an dem Wulst über den zu eng stehenden Augen.

Eine Hornlatte Ausdruck seiner Intelligenz. Die sollte man nicht unterschätzen, wie Supaporn mehr als einmal feststellen sollte und was dazu führte, dass Sie den Duud vor Jahren an Father Keith verschenkt hat.

Um sich selbst von dem Tier zu befreien. Wannaporn war monatelang vor Trauer gram, vermisste ihren Kater, der nur für sie alleine, niedlich knuffig und hübsch war, für jeden anderen, eher gewöhnlich, hässlich.

Alleine schon der Gang.

Wie ein Prolet, der zur See fährt, irgendwie breit und wie jemand, der vor lauter Kraft nicht laufen kann.

Dazu der muffige Blick, abweisend bis lass mich in ruh. Was das Gleiche bedeutet, aber ich wollte diesen Aspekt damit nur zementieren, Duud schaut wirklich etwas mehr als nur verdrießlich.

Sein Fell ist wie weiße Seide, glänzend und fluffig, ein Produkt permanenter Selbstpflege des Katers. Der sich in jeder freien Sekunde den Pelz leckt.

Eher weil er sich selbst liebt und seinen Eigengeschmack als den extrem besten empfindet.

Auch sonst hat der Rackermuffin ein ausgeprägtes Ego und kommt am allerbesten mit sich alleine klar. Was ihn nicht daran hindert, alles andere außer sich selbst, weniger wahrzunehmen oder gar zu mögen.

Mit anderen Katern kommt er gar nicht klar. Warum auch, stellen Sie nur eine Konkurrenz auf dem Muschimarkt dar. Mit denen Duud gar nicht wirklich etwas an zu fangen weiß.

Außer sie zu umgarnen, und dann wenn Sie Interesse andeuten, aber vor allem, falls sie keines zeigen, diese von hinten (ad verbo) zu bespringen. Dabei jenes zu tun, was ein kleiner, zu mickrig geratener Kater eben zu tut, seinen Trieb zu befriedigen. Oder eher sein Ego, welches auf dem Jupiter wohnte, weil auf der Erde kein Platz dafür ist.

Wanna und Supaporn steigerten sich in einer Ihrer typischen Streitgespräche, zu einem Höhepunkt.
 In dessen Zenit Duud´s Leben in freundlichsten Farben geschildert wurde.
 Andererseits sein Charakter dargestellt wurde, als wäre er ein Politiker im Deutschen Bundestag oder Stalin, Pol Pot, Hitler und Mao in einer Reinkarnation. Der Arsch, was Duud ja übersetzt bedeutet und weswegen ich als euer Erzähler nur sagen kann:
 Pass auf, wie Du Dein Tier nennst, es könnte entsprechen.
 Der Kater war völlig in eine Partie Duud Ball vertieft. Duud Ball wie kann man es beschreiben, ist eine Mischung, aus Katze kickt ein Bällchen, mit wilden Stunts in der Nähe von wertvollen Zerbrechlichkeiten. Zum Beispiel, Kristall Römer, dass bessere und das edle Porzellan und alles anderen von Wert.
Sämtliches, was durch Fall oder äußeren Druck, in seine Fragmente zerlegt werden kann.

 In magischen Momenten und absoluter Rücksichtslosigkeit, gegenüber allem anderen außer sich selbst, dass ganze in wahnsinniger Geschwindigkeit, in der ein sonst autistisch wirkender Mäusefresser, einer bimmelnden Filzkugel hinterher eilt.
Duud Ball war sein liebstes, neben der Angewohnheit auf einem Schrank zu liegen und jedem der daran arglos vorbeikam, von oben mit seinen Krallen das Gesicht auf zu schlitzen.

Dabei possierlich zu wirken, unschuldig .... als müsste man dies Tolerieren.

Duud mochte es, wenn man irgendwo langlief, an einem vorbei zu rennen, dann direkt vor den Füßen die Triebpfoten auszuschalten und stehen zu bleiben.
 Was einen selbst dazu brachte, über den blockierten Kadaver zu stolpern.
 Da Duud aber den Zeitpunkt und Ort genau bestimmte, wo dieses passiert, konnte man von Glück reden, wenn man sich das Genick nur prellte, als es sich komplett zu brechen.
 Und falls die Platzwunde nur soviel Blut entließ, wie man verkraften konnte, ohne von der Ohnmacht etwas weiter zu gelangen, als jenes, was Gevatter Tod den letzten Gang bezeichnet.

Duud zu beschreiben ist leicht.
Grundfarbe weiß, 80% seines Fells, reines seidenweiches und glänzendes weiß.
 20% oder weniger Grau getigert.
Duud wirkt, wie ein Objekt welches Perfekt weiß grundiert wurde und jetzt ein grauschwarzes Tigermuster auf gelackt bekommen soll.
Der Schwanz ist fertig geworden, ein paar wenige Flecke auf dem Rücken und eine Mütze am Kopf, der Rest wie auf Kante genäht ist, perfekt seidig weiß.
Dann der zu kleine Schädel für den üppigen Körper.
Duud bevorzugt die Formulierung wohlgeformten Korpus.
Über den etwas eng stehenden Augen der Neandertaler typische Hornbalken, von Augenbraue zu Braue. Nicht das Duud Augenbrauen hätte. Aber der Riegel über seinen stark fermentierten Äuglein, der spricht schon von reinem Primat, der Letzte der Ur Cromagnon oder Neanderkatzen.
Duud kam damit zurecht.

Mit Wannaporn verband ihn eine so innige Zuneigung,
ja Liebe wie ihn der Hass mit Supaporn ver- knüpfte
und jeder Person, die garstig zu Wanna war.

Solange war er getrennt gewesen, von seiner Mama,
jetzt würde er für immer bei Ihr bleiben.
Warten wir es ab.
Das Leben ist kein, wünsch Dir was, sondern ein
gnadenloses so ist es!

10. O'Shea und der nächste Schritt.

Zuletzt trafen wir den Möchtegern Svenney, bei Cloe an.
Unrühmlich wie immer, aber für ihn kein Problem.

Mittlerweile und deswegen habe ich die Erzählung über den kleinen Duud jetzt unterbrochen, sitzt er mit Aiden und Father Keith beisammen.

43° 01′ und 41° 22′ nördlicher Breite und 9° 34′ und 8° 33′ östlicher Länge.

Die Koordinaten lagen auf dem Tisch, wo dieser Ort liegt, ist bekannt.
Erst einmal ist es Korsika, im Mittelmeer.
Aber der magische Teil von Anglesey, jenes Eiland der Druiden, befindet sich mitten auf dieser französischen Insel.

Der nächste Schlüssel ist ebenfalls dort.
Aber kein Hinweis wo genau.
Der Baader hatte sich ausgelassen, über die Insel der Druiden.

Die Fakten lagen auf dem Tisch.

„Wie sollen wir den Schlüssel, den finden?"
Fragte Aiden.

„Zur Insel selbst kommen wir wieder einmal leicht, wie hierher. An diese Art zu Reisen mag ich mich gerne gewöhnen."
Sagte der Father.

„Die Druiden, wo finden wir die, wie stoßen unsereins auf sie"?
Warf Svenney in den Raum.

Der Lektor blickt streng in die Runde, griff in seine Manteltasche, die ein magischer Beutel ist, und holte 2 Säckchen heraus.
Ein okkulter Sack ist grob gesehen, ein Universum.
Alles was man in diesen Beutel tat, verlor seine Masse, seine Dichte, blieb aber vorhanden.

„Das wird die Druiden zu euch führen".

„Woher wisst ihr so genau, dass der Schlüssel bei den Druiden ist, habt ihr eine Vision gehabt"?
Fragte der Father.

„Die Koordinaten, führen zur Insel der Druiden. Wäre der nächste Schlüssel auf dem Mond, hätten wir hinweise, ihn dort zu suchen. Ist er im Besitz der Lügner und Heuchler, gingen wir in das Parlament."
Antwortete der Lektor.
Keith grübelte, wenn er dachte, bohrte er in der Nase.
Schließlich schien er etwas gefunden zu haben, förderte es zu Tage, betrachte den Nasenstein und schnickte ihn weg.
„Eusebia und Gita."

„Wer, was?"
Fragte Aiden.

„Ich kenne auf Anglesey jemanden, genauer sind es 2 Hexen.
Gita und Eusebia, glaube ich. Nein bei Gita bin ich sicher, jaja."
Schmunzelte der Father.

„Was genau nützt uns das, wir könnten zwar schreiben so fern Du eine Adresse hast, allein die zeit fehlt uns aber."
So der Aiden

„Gita ist mehr als nur eine Zauberin in dieser Epoche, eigentlich stammt sie weder aus Anglesey, noch von der Erde. Ich traf sie vor Jahrzehnten auf einem dreieckigen Planeten namens Tetra, die Bewohner wurden von ihren Führern Pack genannt. Vor allem der fette rote Siggi gab den Untertanen diesen Namen. Die Pack waren im Grunde herzensgute fleißige Humanoiden. Leider waren deren Anführer alles andere als gut. Sie unterdrückten das Pack, bevormundeten es und ließen niemanden im Volk erwachsen werden. Die oberste Mutter vor allem, behandelte sämtliche Bürger wie unmündige Kinder. Um jeden zu beglucken, erfindet sie Krankheiten, die es zwar gibt, aber die so harmlos sind, dass keinerlei Symptome auftreten, außer bei alten und schwachen Menschen.
Die Mutti, wie man sie nennt, gibt alles vor, auch was ihre Untertanen zu tragen haben. Sie selbst hat eine hässliche Mundpartie, es sieht so aus, als wäre sie eine Marionette. Sie bewegt sich ach wie eine Puppe, so hölzern und steif. Außerdem redet sie auch so.
Um daher wegen ihrer Marionettenscharte abzulenken, trägt Mutti eine Gesichtsmaske.
Ihr Volk zwingt sie ebenfalls Masken zu tragen.
Angeblich soll diese Staubmaske gegen dieses Virus helfen.
In Wahrheit aber, zeigen die Untertanen mit dem Tragen der Maske an, dass sie sich unterwerfen. Sie erkennen an, Muttis Kinder zu sein.
Nachwuchs wird rigoros von den Eltern getrennt, damit man sie besser indoktrinieren kann, auch zu den Alten soll Kontakt vermieden werden.

Allgemein wird gesagt, dass alte Menschen ein Problem sind. Sie werden in Pflegeheime verbannt, wo sie schon bald sterben.
Gita ist eine hochbegabte Frau, mit 12 wurde sie nach Zarg 9, in die Elite Universität von Professor GrrOoo Krrg immatrikuliert. Mit 17 hatte sie ihren ersten Dr. in wasweisich.
 Mit 19 war sie so weit, dass sie sich der Wissenschaft verschloss, weil alles logisch und begreifbar war.
Sie begann sich für Okkultes, Magisches zu interessieren.
Ich habe Gita auf Groombridge 34 kennen gelernt. Das ist ein Doppelsternsystem in 11,7 Lichtjahren Entfernung von der Sonne im Sternbild Andromeda. Es besteht aus zwei Roten Zwergen in einer nahezu kreisförmigen Umlaufbahn um ihr gemeinsames Baryzentrum.
Der Dunklere von beiden ist magisch aufgeladen, dort werden Amulette geweiht oder kraftlose Talismane wieder neu aufgeladen.
Dort gibt es eine kleine Hochschule, die sich auf Kamea Forschung spezialisiert hat."

„Interessant, absolut hoch interessant."
Unterbrach der Lektor den Father.
Er holte aus seinem Beutel, der ein Universum war, ein Gerät heraus, stellte es auf den Tisch und schaltete es ein. Aus einem Auge an der Apparatur kam helles gebündeltes Licht hervor und warf ein Bild an die gegenüberliegende Wand.

Dort bildeten sich Buchstaben ab.
Kamea ist der Name:

1. Eines magischen Quadrats, betrachte Kamea.
2. Eines osttimoresischen Sucus und Ortsteils
    Dilis   im Subdistrikt Cristo Rei, siehe Kamea

3. Eines Nachtklub aus Frankfurt (Oder), siehe Club Kamea
4. Eine Insel Fidschis, schau auf Kamea (Insel).
5. Eine Lagune in Papua-Neuguinea, siehe Kamea. Lagon
6. Ein Volk in Papua-Neuguinea, wie Kamea. (Volk)

Der Lektor drückte auf irgendeiner Box in seiner Hand herum.
Ein Quadrat legte sich um den Punkt 3. Darauf hin veränderte sich das Bild, wilde Typen tanzten zu nie gehörten Klängen, ein Heidenkrach.
Father Keith und der Lektor schnippten mit den Fingern und bewegten sich zu dem Krach.
Eine Stimme war zu hören, die Folgendes erklärte:
„Kamea Club ermöglicht Euch cool, ausgelassen und gleichzeitig stilvoll zu feiern. Auf drei Floors kann zu Mainstream Chart Sound, Hip Hop Beats, Electro Krachern und hin und wieder auch zu Rock Musik getanzt werden.
Außerdem greifen wir auch ganz gerne mal in die Famous-Kiste und präsentieren hochkarätige Künstler und extravagante Veranstaltungen zum kleinen Preis. Die Liste ist lang – in den zurückliegenden Jahren sorgten unter anderem Paul Kalkbrenner, Lexy & K-Paul, Gestört aber Geil, Farin Urlaub, Harris und Fra Diavolo aka Teute und Totze von den Beatsteaks für unglaubliche Momente und sprudelnde Begeisterung."

„Mist, weg damit, das wollte ich doch gar nicht zeigen."
Ärgerlich tippte der Lektor erneut auf dem Gerät in seiner Hand herum.
Ein Quadrat hob den Punkt 1 hervor.

„Hier, ja genau dieses wollte ich euch zeigen."

Der Lektor drückte einen Knopf und eine Schrift erschien.

Kamea
(Begriffsklärung).
Ein(e) Kamea ist ein magisches Quadrat, welches einem Planeten zugeordnet ist. Er wird für das Zeichnen von Sigillen verwendet.

Sigillen sind graphische Symbole, die in der Hauptsache aus ligierten Buchstaben bestehen. Das Wort Sigille stammt von dem lateinischen Wort Sigillum, das ‚Bildchen' ‚Siegel' bedeutet.
Kameas sind meist auf einem Talisman oder Amulett zu finden.
Die heute gebräuchlichen Kameas gehen auf die Abbildungen aus dem Werk De Occulta Philosophia von Heinrich Cornelius Agrippa von Nettesheim zurück.

Die Besonderheit von Kameas gegenüber herkömmlichen magischen Quadraten ist darin zu sehen, dass beim Verbinden aller Zellen in numerischer Reihenfolge ein deckungsgleiches Muster entsteht, wie auf den folgenden Abbildungen zu erkennen ist. Für die/ das Kamea der Sonne ist bisher kein magisches Quadrat mit symmetrischem Muster bekannt. Hier wird daher die/das von Agrippa verwendete Kamea abgebildet.

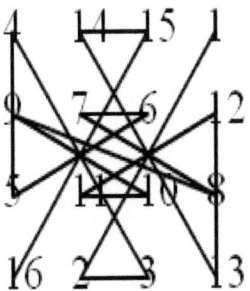

Hier das Kamea des Jupiters.

das Kamea des Merkurs

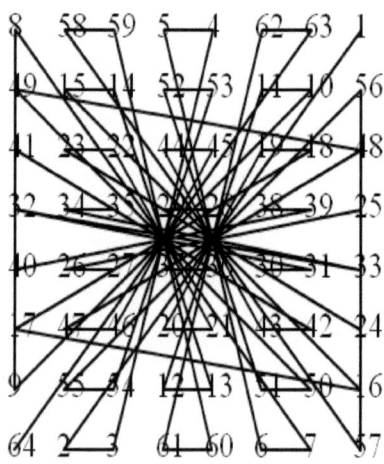

Die Venus

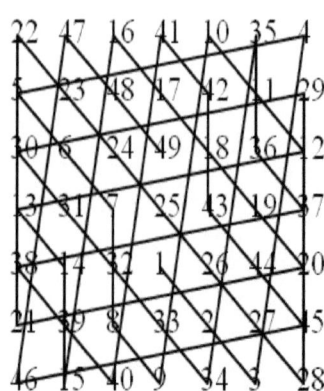

Usw.
„Aber wie hilft uns dies alles jetzt weiter".
Sinnierte Aiden, während Svenney seine Augenlider
nach inneren Verletzungen absuchte.

„Ich glaube ich weiß, worauf der Lektor hinaus will.
Hier ich habe ein Amulett, von Gita. Ein Sigillum
Für Termine und Kontakte."

Der Father knöpfte den Hemdkragen auf und beför-
derte ein Amulett hervor.
Er zeigte es herum.

N Nostrum bedeutet „unsere".

G wie Gita und gespiegelt.

V für Vater, Father P das Pentagramm

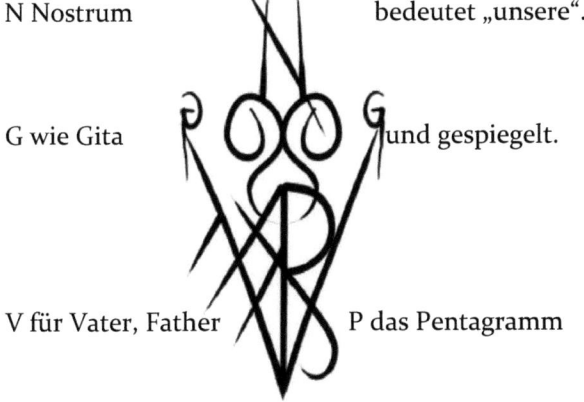

„Damit können wir zu Gita Kontakt aufnehmen.
Funktioniert ganz gut, auch wenn ich seid Jahren
keinen mehr zu Ihr gesucht habe.

Aber ich weiß, dass sie auf der Druideninsel weilt."

Der Lektor war erfreut, selten sah man seine Miene sich aufhellen.

Im Augenblick tat sie es, ohne das Auflichten zu übertreiben.

Freundlich richtete der mächtige Mann des Wortes, seine Rede an den Father.

„Genau richtig erkannt. Kamea sind eine sehr alte und bis heute benutzte Lehre. Es gibt für nahezu alles ein Kamea oder Sigillum. Selbst die Hochtechnologie, der Zaarg und anderer hochzivilisierter Völker, basiert auf diesen alten Wissenschaften."

„Wie benutzt man das Amulett?"

„Ooh ganz einfach, entweder als Telegraph, dazu legt man das Amulett auf ein passendes Ouija-Board natürliche Holz handgefertigt - spirituelles Brett mit Planchette.

Dieses Ouija besteht aus einer Spielfläche mit verschiedenen Symbolen. Die Tafel zeigt alle Buchstaben des Alphabets, einen Gruß, einen Abschied, ja und nein und die Zahlen 0 -9. Einige Tafeln enthalten ein Sonnen- und Mondsymbol. Während der Übertragung bewegt man den Talisman über diese Schilder. Es gibt ein Loch darin, dass den darunter liegenden Buchstaben anzeigt, sobald jenes Amulett darauf gelegt wird. So schreibt das Ouija-Board eine Antwort auf deine Fragen.

„Ist aber traurig unpraktisch und dauert ewig."

Stellte der Lektor fest.

„Deswegen kann man das Kamea auch akustisch nutzen. Dazu brauche ich nur Paraverbale Kräfte zu beschwören. In etwa funktioniert es genauso, als wenn ein Gläubiger Mensch zu Gott spricht. Nur, dass er Antwort bekommt.

Ich konzentriere mich auf den Angehörigen, mit dem ich sprechen will. Voraussetzung der Teilnehmer hat ein solches Amulett.

Wenn alles richtig funktioniert, wird das Amulett warm und vibriert leicht, damit signalisiert es dem Träger, einen eingehenden Anruf.

Wenn der Angerufene dieses Amulett nun in die Hand nimmt, es an seine Stirn drückt, können beide mental über die Gedankenkraft kommunizieren."

Der Lektor unterbrach.

„Aber es geht auch visuell, wenn man einen Spiegel, eine Wasseroberfläche z.B in einem Kessel hat.

Dann kann man denjenigen sogar sehen, was meistens keinen Spaß macht. Vor allem wenn man selbst überrascht wurde, mit dem Anliegen einen Kontakt herzustellen. Besonders in bequemen Sachen oder wenn man auf der Latrine sitzt."

Der Lektor, Father Keith und Aiden schmiedeten ihren Plan.

Während der Held den Schlaf der ungerechten nutzte, um sich verdorbenen Träumen hinzugeben.

„Punkt 1, der Father nimmt Kontakt auf und sondiert die Lage vor Ort."

„Als Nächstes soll er feststellen wo und wie man die Druiden findet."

„Father, deute in dem Gespräch ruhig an, dass ein O Shea 2 Beutel dabei haben wird, einmal mit Runensteinen und dann eins mit Kräutern, aus Irland. Heilpflanzen, die es im Mittelmeer also im mystischen, magischen Druidenreich nicht gibt, nur auf der irischen Insel."

„Als Nächstes sollen die Hexen, einen magischen Kreis, ein Pentagramm oder was immer auf den Boden zeichnen. Auf unserer Seite gehen wir durch das Portal, aber dort sieht es komisch aus, sobald modernste Technologie sich materialisiert. Auch wenn Gita diese Technik sicher kennt. Wir wissen nicht, wer während der Teleportation dort zugegen sein wird."

11. Die Hexenzunft.

Moll, die Gute stand auf, räusperte sich und begann zu reden.

Zum Glück hatte sie eine Stimme, den sonst wüsste niemand, welches der 5 Doppelkinne die Laute formte. Wenn Moll sprach, sah sich jeder um, vom wem die Worte stammen.

„Schwestern, auf Wunsch von Eusebia und Gita haben wir uns hier eingefunden. Aber auch ich habe Neuigkeiten, die keine Guten sind."

„Gestern traf ich auf dem Marktplatz auf Abused, er kaufte einen Karren voll Steinpilzbier und sah besorgt aus. Selbst Rzr der mächtige Oberdruide war in der Stadt unterwegs. Sonst kennt kein Druide eine von uns, aber gestern winkte Rzr mich herbei. Er lud mich zum Runenmacher, der neben seiner Werkstatt eine magische LAPÂTISSERIE betreibt auf ein Croissant."

„Da muss ja etwas Wichtiges im Äther sein, wenn der große Meister Rzr sich dazu herablässt."

Stellte Ursula, eine Zauberin mit einer Betonfrisur fest. Ursel experimentierte für Schwarzschädel, ein aufstrebendes Unternehmen in der magischen Schönheitsbranche. Sie verhilft Ladys zu echten Locken, zu experimentellen Haarfarben und zu mehr Halt und Persistenz.

Eines Tages hatte sie den Auftrag, einen Festiger zu kreieren, der jedem Klima gewachsen war. Der immer hielt und die Haare in Form brachte.

3 Wetter Haft, sollte die Beauty Linie werden und Uschi, hantierte mit allerlei Baumsaft und Gedöns, vor allem aber Harz.

Im 20 Jahrhundert würden Sportboote, mit genau diesem Material gebaut werden, Epoxid exakt.

Ihre Schülerin Tabea Tabernakel, war an jenem Tag nicht verfügbar, den sie hatte Berufsschule.

Tabea verdiente ihren Unterhalt nicht alleine als Assistentin von Ursel, sondern sie war Goth Stilistin. Die angesagteste Nummer in der schwarzen Szene.

Das lenkt jetzt zu sehr vom Thema ab. Ursula hatte ihre Rezeptur fertig, aber keine Zeit. Die war immer knapp und so gab Sie sich einem Selbstversuch hin.

Mit einem gigantischen Ergebnis. Nach dem Auftrag des Festigers frisierte Sie sich wie gewohnt und beobachtete ihr Haar den Tag über.

Nichts aber auch gar kein Stück veränderte sich. Jede Strähne verblieb an Ihrem Platz. Alle Locken, jegliche Welle. Der Tag ging, die Frisur blieb und das ist bis heute so, etliche Jahrzehnte später.

„Allerdings, sehr wichtig."

Bestätigte Moll.

„Es geht mal wieder um die Elfen, sie planen uns erneut anzugreifen."

„Sie haben die neue Insel Anglesey hier auf Korsika ausgemacht. Sie konzentrieren magische Masse, um ein Portal zu öffnen, um mit dieser Insel in Kontakt zu treten."

„Bisher konnten, die Zauberer und die Druiden mit geballter Thaumaturgischer Kraft, das Siegel zwischen den Welten schützen."

„Aber die Elfen geben nicht auf, nahezu verzweifelt versuchen sie, Kontakt in unser Universum zu bekommen."

„Rzr erklärte mir, er und GraThun Berg, der Magier- benötigen dringend Runensteine aus Irland und Wales und einige Kräuter die hier nicht wachsen, sondern nur auf der ursprünglichen Insel."

„Mit Hilfe der Runen könnte der Übergang zur Elfen Ebene dauerhaft versiegelt werden."

Erkläre Moll.

„Ja und mit den Kräutern werden sie das Tor dann mit einem Bann belegen, richtig?"

Locasta sprach es.

„Niemand aus der Elfen Dimension kann dann in unsere vordringen."

Warf Jadisin die Runde.

„Ähm Abused hat mir etwas mit den Kräutern erklärt, bei den Heilpflanzen handelt es zum Teil um getrock- nete Pilze, andere Bestandteile sind auch 5 blättriges Cannabis Laub, Stechapfel, Engelstrompete ..."

Versuchte Moll zu erklären, Locasta unterbrach Sie.

„Das wächst hier doch alles ebenso, ist in der schwar- zen Szene der Burner."

„Aber nicht in der Qualität, egal .... die Kräuter dienen laut Abused eher als Plan B.

„Wenn alles versagt, sie haben eine sehr beruhigende wurstig machende Wirkung."

„Außerdem benötigen Sie Ginster aus Antrim."

Fuhr Moll fort.

„Ginster, wozu braucht den irgendwer Ginster, das ist doch Unkraut."

Moll erklärt:

„Wer je schon einmal im Frühling und Frühsommer durch Wicklow gefahren ist, wird sich sicherlich an den strahlend gelben Ginsterbüschen erfreut haben.

Überall wachsen sie am Wegesrand, teils wuchern sie gar die ohnehin schon schmalen Straßen förmlich zu. Und nicht nur das: Wenn es warm ist, verströmen die kleinen gelben Blüten einen betörenden Duft nach Mandeln und Kakao. Auch in der Grafschaft Antrim, genauer in den Glens of Antrim, fühlt sich der Ginster wohl.

Er sprießt und gedeiht."

„Rzr bat mich als Kräuterfrau, diese Zutaten zu besorgen, er fragte auch, wo man am geschicktesten nach diesen speziellen Runensteinen sucht."

Ursula mischte sich ein und sprach,

„Runensteine die besten werden in Limerick gefunden, es gibt dort die bekanntesten Meister."

„Was die Kräuter betrifft, es gibt da eine Festung, eine reine amüsier Industrie, Bar an Pub und an Bordell. Ich kenne da, wo war es nur, wo war das nur?"

Ursel dachte nach.

„Ach ja Don Bleisce Dun oder so, es gibt dort einen Händler, obskure Type Hadschi Halef ..:Dings nennt er sich, ein Orientale. Der hat alles, aber er ist ein Schlitzohr und mag keine Frauenzimmer."

„Es gibt noch einen Baader, der den Frauen sehr zugetan ist, er hat sein Badehaus in einer Pinte. Komm sofort drauf, gleich habe ich es. Lila ... Lalla, ne Lola, Lolas Pinte."

„Was hat ein Baader den mit Kräutern am Hut".

Entfuhr es Jadisin.

„Wenn ihr wüsstet, welche Illusionen der Baader verkauft. Seine Pfeifen sind magisch, Träume und Visionen, alles kann man beim Baader finden, man muss ihm nur sagen, was man sucht oder vergessen will, er findet das passende Kraut welches er dann in die Pfeifen stopft."

„Wie seid ihr verblieben Rzr und Du? Auch ich habe in meine Kugel geblickt und Aktivität bei den Elfen festgestellt, vor allem die Art von Aktivität die mir nicht gefällt."

Sagte Alizon, die älteste der Kräuterfrauen. Die im Jahre 1612 gehenkt wurde.

Alizon wurde zusammen mit ihrer Mutter Elizabeth und ihrer Großmutter Demdike wegen Hexerei verhaftet. Aber die Leute glaubten, dass Alizon und ihre Familie nicht aufgehängt wurden, weil sie sich der Zauberkunst hingaben, sondern aufgrund das sie Heiler und Katholiken waren, was für einen protestantischen König irrelevant war.

Irgendein Wiederbelebungszauber, der einem Experiment entsprang, den eine kleine Gruppe von Nachwuchshexen beschwor, brachte Alizon 100 Jahre später wieder zurück.

Sie war die Oberhexe.

Moll antwortete.

„Ich versprach meine Fühler aus zu strecken, darum sind wir hier und weil Gita um dieses Zunfttreffen bat. Schätzchen, wo bist Du, heute so ruhig."

„Ich bin da, hatte nur eben eine Vision und dann eine Kamea Verbindung, es fügt sich einiges zusammen."

Antwortete Gita.

„Ein alter Freund, ein Priester ersuchte meinen Rat, er wollte wissen, wie er die Druiden Gilde findet, er benötigt etwas, das er bei Ihnen zu finden hofft und er bietet etwas dafür."

„Was?"

„Runnensteine aus Limerick und Kräuter, von einem Siamesen namens Juud, die er bei einem Baader in der Hurenfestung erstanden hat."

„Wer."

Fragte Alizon.

„Er oder ein Edelmann, ich habe das nicht ganz umrissen, ein Svenney O Shea habe diese Sachen. Sie wollen sie gegen einen Schlüssel eintauschen, den Sie bei den Druiden vermuten."

„Dies ist aber ein Zufall".

Sagte Ursula.

„Zufälle gibt es nicht, das ist Bestimmung, wir müssen eine magische Pforte beschwören, um sie hierher zu holen. Mit dem Schiff sind sie Wochen unterwegs."

„Rzr wirkte besorgt, wir haben keine Wochen, es muss schnell gehen."

Moll stellte dieses fest.

Alizon hantierte an einem Gegenstand herum, den Sie aus ihrer tiefen Handtasche gezogen hatte.

Das Objekt war ein Obelisk, der inmitten einer steinernen Tafel angebracht war. Um den Pfeiler waren Symbole appliziert, die alle miteinander durch Linien verbunden waren. Das Ensemble wirkte matt, leblos außer Betrieb, was dem nahekommt.

Die Oberhexe gab Jadisin und Locasta die Platte.

„Gebt acht, ihr beiden seid Hexenschülerinnen und begabt. Positioniert alles in der Mitte des Raumes und bereitet eine Messe vor. Lasst euch von den erfahrenen Schwestern helfen. Wir benötigen noch eine Menge Dinge."
„Du Ursula besorge Alraune, aber nur die wie Kinderleichen aussehen."

„Gita eile nach Hause und bring Deine Bücher über die Portals Beschwörung. Auch Dein doppeltes Pentagramm Amulett."

„Eusebia, was ich von Dir brauche weißt Du."
Sie nickte, und verschwand wortlos.

„Wir treffen uns alle wieder hier."

Schrie Alizon aufgebracht, den es war lange her, seit die Hexengilde zum letzten mal ein Portal beschworen hat.

12. Magische Television

Im Gildehaus der Zauberer waren alle satt, mit Ausnahme der Verunglückten und Labskaus, der sich langsam aus seiner Bewusstlosigkeit befreite.

GraTHun Berg blickt in die Runde.

„Wo waren wir stehen geblieben, ich glaube, im Oktav und haben das Buch der Ukapoden geöffnet, ist dies richtig?"

„Wahrlich."

Antwortetet Käsgrat.

„Gr Ähmhorn hat es für uns aufgesperrt, alles bestens. Dann lasst uns in Oktav schreiten Gentlemen."

„Aufs Beste würde ich nicht sagen, Gr Ähmhorn musste ganz schön einstecken, ich glaube, er ist nicht mehr."

Nullkraft oder OneApp warfen ein, der Meister wäre etwas blass gewesen und stand neben sich.

Die Mitglieder der Gilde begannen sich zu sammeln und auf den Weg ins Oktav zu machen, mehr und vor allem minder motiviert.

Murren gehört zur Zauberei, wie versengte Barthaare und Kleidungstücke. Die Spitzhüte passierten die Halle der Ahnen, in denen riesige Porträts aller Meister in Öl ausgestellt waren, vorbei an den Vitrinen mit den seltsamsten, aber mächtigsten Zauberstäben.

Eigentlich war jeder an sich wertlos, ein seelenloses Stück Holz.

Aber doch waren alle so verschieden. Selten und deshalb in einer speziellen Vitrine ein Elfen, besser ein Monoceros-Stab aus mystischem Einhornhaar.

Da Einhörner selbst reine Tiere sind, lassen sich Zauberstäbe mit Einhornflusen schwer zu schwarzer Magie zwingen. Sie sind außerdem treu und sind verbunden mit ihrem ersten Besitzer, selbst wenn dieser kein respektabler Zauberer oder Hexe ist.

Aber was ist ein Zauberstab?

Ein mystischer Stab ist ein quasi-empfindsames magisches Instrument, mit dem eine Hexe oder ein Magier ihre bzw. seine geheimnisvollen Kräfte kanalisiert, um die Auswirkungen für komplexere Ergebnisse zu bündeln.

Ein besonderes Exemplar eines solchen Stabes ist der Elderstab, diesen besitzt die Zauberergilde.

Der legendäre Elderstab (im Original: Elder Wand) gehört zu den drei Heiligtümern des Todes.

Er besteht aus dem Holz eines Holunderbusches (engl. Elder = Holunder) und hat als magische Kernsubstanz das Schwanzhaar eines Thestrals. Einem geflügelten Pferd, zumindest wird sehr viel später einmal ein H. Potter davon berichten.

Googelt man heutigentags den Begriff Zauberstab, bekommt man vor allem Hinweise zu einem Long Dong Silver, einem Filmdarsteller der wenig redet und dessen Regisseure auf eine ausgewogene Handlung keinen Wert legen.

Die Stiftung Warentest stellt diverse Stabmixer gegenüber und unterzieht jede einigen Testreihen.

Hoffentlich steht das eine nicht mit dem anderen in irgendeinem Zusammenhang.

Die kleine Gruppe hat sich bereits im Oktav eingefunden, ängstlich nähern sie sich dem Buch.

„Was sollen wir denn fragen?"

„Wen?"

„Das Buch der Ukapoden."

„Weiß nicht, ich habe das Plätteisen, glaube ich auf dem Hemd vergessen."

„Drücken willst Du Dich, als wenn Du je ein Hemd hattest."

„Vielleicht sein letzes Hemd, jenes ohne Taschen."

„Gniihiiihiii."

„RUHE."

Donnerte GraTHun Berg.

„Die Sache ist ernst, wir müssen wissen was die Elfen vorhaben, wir sollten die Siegel zu Elfenwelt verstärken, wir können sie auf ewig bannen."

„Dazu Meister GraTHun, brauchen wir aber Runnensteine, und zwar geweihte Kopien der Ogham- und Runensteine der Isle of Man in Irland.

Sie sind eine heterogene Gruppe von sechs Steinen, die zwischen dem 5. und 12. Jahrhundert entstanden. Ihr Zauber ist mächtig.

Wir können unsere Insel doppelt gegen die Elfen absichern, einmal die Mutterinsel Korsika, vor allem aber Anglesey . Das Siegel ist nur noch von dieser Seite zu brechen."

Sprach Ooloon, der Meister der Seguls, der Zeichen und der Tore.

„Hört hört und woher wisst ihr von diesen Runen und ihren Kräften?"

Die Frage kam von Nullkraft?

„Die Originalrunen auf der Isle of Men waren einst, das Fundament eines mächtigen Keltenkreuzes."

„Ein solches Kreuz, wenn man es offen betrachtet, erinnert an einen Schlüssel, nicht wahr.

Fürwahr es ist einer, dieser Schlüssel verschloss einst die Höllen von:

Asgard, Bardegard, Cehaust, Dedron, Ektopolus Fiskas, Gelehead, HassArd, Illgrimm, Jodook, Kalmein, Lodook, Mergul, Nosguud, Oppot, Paddington, Qwoork, Rost, SussexOpolis, Tantalus, Ubuud, vVrangard, Wendelstein, Xaanadoo, ZerXäs."

„War es nicht genau anders herum?"

Unterbrach Labskaus.

„Stimmt genau, aber auch nicht ganz, Illgrimm hat mit Jodok getauscht und Mergul, wurde nicht beim ersten Einschluss Versuch versiegelt, die Dämonen der Merg machten noch eine Weile ärger, bis auch sie....."

„Reißt euch zusammen, die Zeit drängt."
GraTHun´s Machtwort hallte durch den Saal.

„Wie fangen wir an?"

„Vielleicht indem jemand mal das Buch der Ukapoden öffnet!"

Zustimmendes Gemurmel.

„Auf welcher Seite, was suchen wir eigentlich?"

Aufgeregtes Tohuwabohu Murmeln

„Muss doch ein Elfenkapitel geben."

„Schaut mal unter Abwehr, Siegel oder so."

Verwirrtes durcheinander Brabbeln

GraTHun Berg sah sich die Vorstellung entgeistert an, er wusste das seine Kollegen am Essen und Trinken leidlicher interessiert sind, als an praktischen Dingen oder an dem wozu Zauberer da sind, an den okkulten Interessen.

So donnerte er:

„Das Buch ist magisch, entweder es weiß eine Antwort auf unsere Fragen oder aber nicht, kennt irgend einer von euch einen Buchbeschwörungszauber?"

„Ja, schon aber nicht für magische Bücher."

„Wie habt ihr dieses Buch denn sonst gelesen oder befragt?"

Fragte GraTHun, der höchste Magier, der aber nie bei einer Zeremonie um das Buch der Ukapoden dabei war.

„Gr Ämhorn war der Meister des Schmökers, deshalb hatte er auch den Schlüssel, er hat sich immer vor dieses Buch gestellt, die Hände gehoben, etwas gemurmelt und darauf haben sich die Seiten umgeblättert."

„Ja, oft hat jenes Buch dann gesprochen und....".

„Genau geredet, aber manchmal stieg Rauch auf und in diesem Qualm waren Bilder zu sehen."

„Personen und Meister Gr Ämhorn sprach zu ihnen, als wären Sie im Saal anwesend."

GraTHun war sichtlich angespannt, so fragte er:

„Wer außer dem Meister der Schlüssel und dieses Buches weiß sonst darüber Bescheid?!"

„Sein Zauberlehrling, wie heißt er gleich, Moment ich habs sofort....."

„Octarinetabelatchitchix ein korsischer Kellner, Unterhalter und Sänger, der aber erfolglos in

seinem Beruf ist und sich deshalb unserer Gilde anschloss."

„Sucht den Krepel und bringt ihn sofort her."

Befahl GraTHun.

Währenddessen saß Octarinetabelatchitchix auf dem Boden und versuchte, die Aufgaben zu erledigen, die ihm sein Meister Gr Ämhorn aufgegeben hatte.

Keine bedeutsamen, wichtigen Pflichten, eher Strafarbeiten und eigentlich widmete er sich einem erotischen Selbstexperiment, als die Tür zu seiner Kammer aufgestoßen wurde.

Ein eisiger Hauch fuhr ihm ins Gemächt und nahm gemeinsam mit dem Schreck, jede Hitze aus dem Schoß.

Zum Glück befand er sich hinter der aufschwingenden Tür, ein guter Platz. Denn nie war er rückseitig der Tür jemals erwischt worden.

Den Umhang schnell geschlossen, drückte Octarinetabelatchitchix die Tür sachte zurück und spähte, ob er jemanden erkennen könne.

Nichts, in der Kammer war niemand, außer ihm.

Er stemmte die Tür weiter und schaute um das Türblatt herum, keine Sterbensseele zu sehen.

Wobei Sterbenseelen trieben oft ihr Unwesen und Schabernack, mit den Novizen und Auszubildenden.

Die Meister hatten Ihren Spaß, damit die untersten der Hierarchie zu gängeln und Ihren Fez, mit ihnen zu haben.

Octarinetabelatchitchix war ein beliebtes Opfer, allein schon wegen seines Nimbus und doch ist dieser Ausdruck ein prominent korsischer Name.

In der Vergangenheit und später nach diesem Octarinetabelatchitchix stand dieser für einen korsischen Clanchef.

Nach Napoleon der 2 bekannteste Name Korsikas, allerdings in dieser Geschichte wird Bonaparte erst in 3 Jahren geboren, somit ist Octarinetabelatchitchix der prominenteste Namen auf Korsika.

Was wurde unser hoffnungsvoller Zauberlehrling aufgezogen und geneckt. Man bedenke, welche Möglichkeiten an Schabernack in einer Zaubrer Gilde und im Gildehaus an sich stecken.

Knallgeister, Astralvisionen erschrecken einen Novizen nur wenige Male, man gewöhnt sich schnell. Aber wenn ein paar Meister sich zusammentun um ihren Spaß zu haben und die magische Energie teilen, kann es selbst für Nachfahren eines großen Clanchefs gruselig werden.

Niemand zu sehen, nicht in der Kammer, nicht in der Tür und im Gang?

Links Ausguck negativ, rechts ... Moment, da ist doch was, Octarinetabelatchitchix strengte sich an, ins Dunkel zu blicken. Ein Schemen, aber so hoch wie 2 Mann, undeutlich. Ein Umhang mit Kapuze vielleicht, er konnte es nicht erkennen. Genauer nachforschen würde bedeuten, die Kammer zu verlassen, das Licht und den vermeintlichen Schutz. Hat sich das Ding da eben bewegt? Was ist das für ein Geräusch, klingt wie Ziegenmeckern, nur gedämpft.

Octarinetabelatchitchix schlich einen Schritt auf dem dunklen Gang, in Richtung der Gestalt. Vorsichtig einen zweiten Tritt, ...

„Gniiihiiii". Hörte er erneut, das Gebilde wankte und schwankte bedrohlich.

Octarinetabelatchitchix bekam es mit der Angst und bevor er zur Flucht ansetzen konnte, klatschte es trocken auf dem Steinboden.

„Haaaaaaaaaaa Hhaaaaaa Huaahaaaaa harrrr".

„Gniiihiiiiiiiiiii hhihiiihii hi".

„Na Octari, haste dir erschreckt waa".

Grohm und Zürpel, zwei Zauberlehrlinge aus der Oberprima im letzten Lehrjahr standen vor Octarinetabelatchitchix und feixten.

„War det dufte, wie Octi sich fast innjepisst hat waa, det warn Schreck."

„Was ein Held."

Feixten die beiden.

Octarinetabelatchitchix, beruhigte sich, die 2 schrägen Vögel waren im Gildehaus berüchtigt, nichts als Unfug anzustellen.

Grohms 3 schwerste Jahre in der Gilde, waren dieses erste Lehrjahr gewesen, gefolgt von weiteren, harten Ausbildungsjahre, von denen keines nach 365 Tagen automatisch endete.

Zürpel hingegen war so begeistert und wenn auch talentfrei, so doch hoch motiviert, dass er von sich aus jedes Lehrjahr mindestens 2 Mal absolvierte.

Grohm verbrachte, die ersten 14 Lebensjahre damit aufrecht gehen zu lernen, dafür aber hatte er Kraft, und zwar extrem viel davon.

Diese Stärke stand seiner Brutalität in keiner Weise im Wege, ebenso wenig wie ein gesunder Verstand. Den hatte Grohm einfach nicht.

Zürpel kam aus dem Brandenburgischen, hat dann in Rostock auf einem Schoner angeheuert.

Der Kapitän des Zweimasters hatte bei seiner Mannschaft mehr als das doppelte an Heuerschulden, wie sein Kahn wert war, und so kam es.

Die Crew beschloss einstimmig, der Käpt'n stimmte dagegen, dass die Vrumfrodel den Besitzer wechselt.

Der alte Schiffsführer tauschte ebenfalls, zwar nicht sein Hemd, dies war nur jedes zweite Jahr fällig, aber den Standort.

Mittels einer Planke gelangte er von „auf dem Schiff" zu „neben dem Schiff" und schnell unter den Kahn.

Der olle Kapitän war zum Glück ein guter Schwimmer, was den Haien die sich in diesen Gewässern tummelten, aber recht egal war.

Nachdem die Mannschaft grölend das neue Eigentum gefeiert hatte, dazu die Rumreserven des „Alten", was die Schulden bei der Crew erklärte, verbraucht hatten, dachte man gemeinsam nach, wie es weitergeht.

Zusammen stellte man fest das ein Anführer, ein neuer Kapitän bestimmt werden müsste.

Ungeschickt in dieser Situation war die Tatsache, dass nahezu jeder in der Crew sich berufen fühlte, dieses Erbe anzutreten.

„Es muss klar sein, dass kein einfacher Maat oder Matrose geeignet ist, dieses Schiff zu führen, auch müssen wir Palavern, wohin die Reise geht".

Knarrte die Stimme des alten Steuermanns.

Damit hatte der olle Seebär absolut Recht, aber außer dem Kapitän und dem Rudergänger gab es keine nautischen Fachkräfte an Bord.

Alle anderen waren nicht einmal Matrosen, nur kriminelle oder ehemalige Fremdenlegionäre, was sich nicht viel nimmt.

Ob die Legion eine Marine hatte, ist mir nicht bekannt, außerdem egal, da die Freiwilligentruppe erst 1831 gegründet wurde. Diese Truppe nannte sich nur so, weil sie alle fanden, Legionär klingt als Berufsbezeichnung besser, wie Mörder oder Dieb.

Außerdem was taten sie denn anderes, als zu meucheln, zu stehlen und ein bisschen vergewaltigen, nur halt ohne Krieg.

Für die Mannschaft klang der Einwand des Steuermanns weniger einleuchtend als für mich, euren Erzähler.

Man war sich schnell einig, den Rudergänger seinem Käpt'n folgen zu lassen.

Leider war dieser kein guter Schwimmer, die Haie hat es wieder nicht gestört.

Schnell war der neue Kapitän der Vrumfrodel bestimmt, es war Halk der Zweibeinige. Niemand zweifelte an seiner Kompetenz, die Halk der Mannschaft in

Form einer doppelläufigen Wumme, stets vor Augen führte.

Leider waren weder der neue Kapitän noch sein Kompetenzteam in der Lage, Kurse zu berechnen, Seekarten zu lesen oder hatte Kenntnisse in Navigation.

Beim Rest der Mannschaft mangelte es an mehr. Es gab zwar Meister der Folter und Knochenbrecher unter Ihnen, gewiefte Einschleichdiebe, leider war man auf See, nicht an Land.

So begab es sich, dass die Vrumfrodel vor Korsika erst auf Grund lief und dann landete Zürpel in Ghisonaccia.

Strand soweit das Auge reicht! Der schöne Sandstrand an der Ostküste verläuft über 100 Kilometer lang von Bastia bis Solenzara. Leider konnte Zürpel diesen nicht genießen, er hatte die Wahl in eine der Gilden ein zu treten eine der Zünfte oder gehängt zu werden, weil er direkt nach der Landung einen schweren Diebstahl begangen hatte.

Normalerweise schützt die Mitgliedschaft in einer Gilde nicht vor Verfolgung und Strafe, es sei den man ist Mitglied in der Diebesgilde. Nur in diesem Fall schütze das junge Alter den Zürpel.

Er war nicht einmal 14, als er den Zauberern beitrat.

Nachdem ich euch ausführlich die beiden Schelme beschrieben habe, die unseren Octarinetabelatchitchix erschreckt haben, vergessen wir die zwei wieder, denn sie haben mit der Handlung gar nichts zu tun.

Derweilen tat sich im Oktav und um das Buch der Ukapoden nicht viel, aber ganz woanders schon. In einer anderen Dimension, vielleicht in einem eigenen Universum, waren die Elfen in Aufruhr.

13. Elf Elfen helfen.

Die Elfen

Elfen gehören zu den Naturgeistern.

Sie gehen der Natur beträchtlich auf den Geist.

Ebenso zu den Elementarwesen und zu den Feinstoffwesen.

Oft sind die Märchengestalten den Feen ähnlich. Sie sind verspielt, sind oft leichtsinnig, Elfen gehören zu Lebewesen, die besonders leicht sind.

Deshalb werden die Sagengestalten manchmal als Luftwesen bezeichnet.

Die Sagengestalten sind mehr an Orten zu finden, wo Leichtigkeit und Unbeschwertheit existieren. Und da, wo die Elfen sind, kann man eine Mühelosigkeit spüren.

Außer auf dem Fußballplatz, bei der deutschen Nationalelf, dass Team wie es ja offiziell heißt.

Wer jetzt behauptet Elfen gibt es nicht, war nie in Island oder Irland dort werden Straßen anders gebaut, Gebäude gar nicht errichtet, wenn damit Spitzohren und Trolle vertrieben werden würden.

Aber seid gewarnt, echte Elfen haben nichts mit diesen wunderbaren Luftwesen gemein, sie reiten keine Einhörner und die wenigsten scheren sich um die Natur.

Im Grunde sind sie die meiste Zeit damit beschäftigt, sich selbst zu bewundern und einen Schein, einen Anschein um sich herum zu bilden. Wenn Menschen eine Elfe sehen, erkennen wir immer etwas Wunderhübsches, in feinsten Gewändern und alles, was Elfen besitzen, ist ebenso wunderschön.

Perfekt, wäre das passende Wort. Doch dies ist eine Illusion.

In Wirklichkeit senden die Elfen von GlauKom I, eine Art Sub Etha Wellen, welche wie eine Linse das Licht krümmen. Nur das diese speziellen Schwingungen vor allem die Realität beugen.

In etwa, wie in heutigen Zeiten Photoshop.

Das reale Bild einer Elfe zu dem, was wir wahrnehmen, verhält es sich, wie die Fotos in Facebook Profilen zur Realität.

Dank der immer tolleren Schönheits- und Filter Apps, kann sich die dralle Gustl, mit den Flecken im Gesicht und den unvorteilhaften Lippen, die aber zur Gesamtkomposition dieses Körpers gut passen, aussehen wie ein Model.

So verhält es sich mit diesen Märchengestalten.

Im Gegensatz zu den Fabeln und Märchengeschichten, sind echte Elfen wenig beliebte Zeitgenossen. Sie wurden nicht umsonst aus der Menschenwelt oder Dimension verbannt, und zwar von einem mächtigen Zauberer, der alle seine Kräfte mit den Hexen und den Druiden bündelte.

Das Ergebnis lies sich sehen, die Elfen wurden von der Erde in eine parallele Welt verbannt.

Hier haben wir es mit irischen Sagengestalten zu tun, den Ailill.

Denn selbst wenn Korsika die geografische Koordinate darstellt, dieses mystische Anglesey ist genau dort manifestiert und ist eine irische Insel.

Ähnlich wie in Island, gibt es in Irland Elfenbeauftragte und kuriose sowie wahre Geschichten um die Ailill bis heute.

Mitte der neunziger Jahre wurde ein milliardenschweres Straßenbauprojekt in Angriff genommen. Die Städte Ennis und Limerick sollten durch eine Autobahn verbunden werden.

Eines Tages stellte sich ein Einheimischer vor einen Bulldozer und meinte:

„Halt, hier könnt ihr nicht weiter bauen. Das ist Elfengebiet!"

BAUSTOPP FÜR DIE ELFEN

Der Elfenbeauftragte in Dublin wurde gerufen. Er kam, er sah, er sprach und verfügte eine sofortige Sperre. Eine Delegation der Iren machte sich auf nach Brüssel. Man bat, um ein paar mehr Dukaten um an dem Baum vorbei zu bauen. Die Eurokraten der Hauptstadt von Belgien hatten dafür aber nichts übrig. Es seien Baupläne eingereicht worden, es sei Geld geflossen und dabei bleibt es. Es gibt keinen Heller mehr.

ITALIENER LEGT HAND AN

Die irische Presse stürzte sich auf die eklatante Einstellung der Eurokraten. Ein Stiefelländer in Ennis wollte nicht an die Elfenwelt der Iren glauben und bat um eine Säge. Er wollte sich um den Baum kümmern. Man drückte ihm eine Kettensäge in die Hand. Er legte an, er rutschte aus und sägte sich knapp an der Fruchtbarkeit vorbei, in den Oberschenkel. Ein klares Zeichen der Elfen.

Die Delegation der Iren machten sich erneut auf nach Brüssel. Sie versuchten Vernunft in die Köpfe der Eurokraten zu bekommen. Doch diese blieben stur. Es gab kein Geld mehr.

STRASSE VERSACKT

Ein weiteres milliardenschweres Straßenbauprojekt, die M7, welche Dublin und Limerick verbinden soll, wird in Angriff genommen.

Hier melden sich Einheimische zu Wort. Sie wollen, dass die Arbeiten sofort eingestellt werden. Es wäre Elfengebiet.

Der Elfenbeauftragte wurde gerufen – er kam, er sah, er sprach und verfügte ebenfalls einen sofortigen Baustopp.

Doch der Bauherr, sprich der Staat, setzte sich über jenes Wissen des Elfensonderbeauftragten und der Einheimischen hinweg und baute weiter.

Nachdem die Trasse fertiggestellt war, versackte auf einmal ein 25km langes Teilstück dieser Straße. Jahrelang wurde der Verkehr über eine parallel verlaufende Landstraße umgeleitet.

Inzwischen hat man diese Teilstrecke neu gebaut, weitläufig um das Elfengebiet herum.

Was eine Geschichte, leider nicht meine, sondern so soll es gewesen sein.

Was ich sagen will, bis heute greifen die Ailill in unsere Welt ein.

Zurück zum eigentlichen Stoff.

Das Volk der Ailill, ist ein Meister der Illusion, der Täuschung und Lug und Betrug gehen mit ihnen einher.

Auch wenn Sie von unserer Erde, nach den letzten Elfenkriegen so gut es geht, verbannt wurde, einige Schaffen es immer wieder, auf diese Seite.

Wenn die Ailill ein Haus heimsuchen, stehlen Sie alles, was sie finden, was sie nicht mit in Ihre Dimension bringen können zerstören Sie.

Eine offene Feindschaft zwischen den Druiden, den Hexen und Zauberern ist nicht zu leugnen. Denn nur, magische Wesen, können diese Ailill überhaupt wahrnehmen.

Der Mensch zu 99,9% nicht. Es gibt Ausnahmen, vor allem in Island und Irland, aber deren Aussagen zu Sichtungen, werden meistens mit einem Fingertipp an die Stirn quittiert. In den USA sind Begegnungen mit Elfen weitaus weniger, da man sich dort auf die Beobachtung von UFOs spezialisiert hat, in Verbindung mit Entführungen. Meist wird in deren Verlauf berichtet, dass Gegenstände in unappetitliche Leibesöffnungen geschoben wurden und von anderen zweifelhaften Tests.

Halten wir fest, die glaubhaftesten Begegnungen auf Erden mit Elfen oder den Ailill, finden mit Zauberern, Druiden und Hexen statt.

König Eochaid Airem und seine Tochter Etain, die sogar wahrhaftig, eine Augenweide ist, was auf ihre Vorfahren nordische Arsengötter, zurückzuführen ist, sind seit Tagen extrem angespannt.

Aus dem ganzen Reich der Ailill häufen sich schlechte und besorgniserregende Nachrichten.

Erscheinungen, andersartig Wesen aller Art. fremdartige Maschinen, Gebäude tauchen urplötzlich auf.

Die meisten verschwinden nach kurzer Zeit, andere bleiben einfach stehen.

Zum Leidwesen der Ailill-Bevölkerung aber auch der Bewohner dieser Immobilien. An ihrem Verhalten lässt sich unschwer ablesen, dass sie, dort wo sie sind, gar nicht sein wollen.

Immer wieder gibt es Zeitsprünge oder Loops, Dopplungen und anders merkwürdige Effekte.

Brände brechen aus, aufgrund von Meteoriten, die gar nicht aus diesem Universum stammen können. Panik überall und in größeren Städten werden Plünderungen in den Palast gemeldet.

Aber besonders lästig sind die Zeitachsen, die sich biegen und kurzschließen, so das für betroffene Regionen, eine Minute, eine Stunde oder längere Intervalle, immer wiederholt werden.

Ewig grüßt das Murmeltier, die gibt es auf GlauKom I sogar, diese kleinen Nager.

Glaukom I müsst ihr wissen, gehört genau wie Anglesey auf den intergalaktischen Meridian an dem Träger Nummer 6 verläuft.

Der vierte Balken ist außer Gefahr, aber diese ominöse Macht, die alle 10 Träger angreift, lässt in Ihrer Bemühung nicht locker.

Balken 6, 8, 10 und 3 sind außer Kontrolle der Bender. Man könnte sagen, die Biegeinheiten sind außerhalb jeden Einflusses, es bleibt gleich.

Wenn die Träger sich verwinden und damit die Räume, Universen sich überlappen, niemand weiß, wie es enden wird.

Auch wenn die Auswirkungen sich auf GlauKom I längst sichtbar zeigen.

Auf dem Expressway zwischen Hinterlüü und Orgmolk, manifestierten sich mittenmang, Trilukanische Vielhornochsen.

Das wäre soweit nicht tragisch, weil diese Rinder nur 10-15 cm klein sind, aber wo diese Viecher grasen wollen, sind die Trilukanischen Melkvögel nicht weit, die eine Spannweite von bis zu 15 Metern haben.

Im Grunde sind diese Vögel nicht gefährlich, aber wenn so ein Tier seinen Vogelschiss abseilt und der auf der Windschutzscheibe eines Gleiters landet, freie Sicht ade.

An einen Treffer, auf das blanke Haupt eines Wandersmanns oder Reiters will man gar nicht denken.

Doch genau so kam es, der Expressway musste gesperrt werden. Die Vögel waren so schnell wieder verschwunden, wie sie gekommen sind, aber der Shit klebte überall und schweres Räumgerät gab es auf GlauKom I nicht.

„Vater, es wird immer schlimmer, die Nachrichten von ungewöhnlichen Sichtungen kommen minütlich über Intercom rein. Ständig mehr Unfälle, Tote gibt es schon zu beklagen. In den Wäldern von Illtschi, sind Nebulonischen Barbaren eingefallen, die plündern und rauben alles was sie in die Finger bekommen. Aus dem Fläming kam Kunde das ein riesiger Fisch, so groß wie unser Schlossgarten aus dem Himmel heraus fiel, neben ihm einige Petunientöpfe."

„Fläming, da gibt es doch eine Hungersnot, nicht?"

„Ja Vater."

„Gut jetzt nicht mehr."

Stellte König Eochaid fest.

„Wir müssen etwas tun Vater, aber was ist überhaupt los, der Boden zittert, unser Schloss als wäre es unter Beschuss, nur keine Spur feindlichen Armeen weit und breit.

„Null Ahnung, ich habe versucht mit GrrOoo Krrg auf Zarkulon 9 Kontakt zu bekommen, aber weder über dieses Intercom noch den Vision-O-Tron habe ich ihn in Verbindung. Der Professor sei beschäftigt heißt es immer."

Etain erwiderte:

„Ich habe jemanden auf Zarkulon 9 in Kontakt, der dem Professor sehr nahe steht, einen Studenten der Kybernetik. Er hat mir ganz genau erklärt, worin das Problem liegt."

„Das große Rad wird angegriffen, von einer gewaltigen Macht, sie manipulieren das Rad an den Speichen, genauer an den Kontrolleinheiten, welche für die Stabilität verantwortlich sind. Verwinden diese Träger sich, überlappen sich an diesen Stellen die Universen, selbst weit entfernte Orte, bekommen plötzlich dieselben dreidimensionalen Koordinaten.

Das erklärt, warum aus heiterem Himmel all diese Dinge bei uns auftauchen, aber auch weshalb Gebäude und Elfen einfach von hier verschwinden, auf nimmer Wiedersehen."

Der König sagte nachdenklich:

„Auf der Erde, der Mystischen scheint es ebenfalls zu spuken. Nicht so schlimm wie hier auf GlauKom I, aber doch so sehr, dass GraTHun Berg, dieser Spinner felsenfest überzeugt ist, WIR hätten etwas damit zu tun. Diese Meinung zieht sich durch alle Gilden und Zünfte."

Meine Spione meldeten Unruhe bei den Hexen und den Druiden. Gr Ämhorn, der große Meister der Schlüssel und Talismane, sowie der Hüter des Buchs der Ukapoden, soll eben diesen Wälzer entsiegelt haben. Er will es befragen."

„Aber Vater, es stimmt doch nicht, was haben wir also zu befürchten, wenn dieses Buch so mächtig ist, wird es den Zauberern zeigen, das wir hier die gleichen Probleme haben, dass wir nicht der Feind sind."

„Das Buch der Ukapoden, dem kann man soweit trauen, wie Rotz fliegt." In der Raumzeit, in der die Gilden auf der Erde leben, mag diese Scharteke mächtig sein, aber wir wissen es besser, mein Schatz nicht wahr. Es ist hier und heute veraltet. Die Welten haben sich weiter gedreht, außer auf der Erde, wie es scheint. Die haben immer noch Schiffe mit Segeln und die können nicht einmal fliegen."

„Lieber Vater aber es gibt gute Neuigkeiten, ein wahrer Held hat sich ans Werk gemacht, die 10 Bender zu deaktivieren, den ersten die Nummer 4 hat er bereits abschalten können. Er bereitet sich, vor den Keycode für den Balken 6 zu bekommen. Zur Zeit ist er noch in Irland, aber schon bald auf der Druideninsel."

Während des Vater Tochter Gespräches, begannen sich Luftmoleküle elektrisch auf zu laden, einige Wände im Schloss fingen an zu flimmern und wurden dann schwarz.

„Jetzt geht es hier auch schon los."
„Nein Vater, es ist anders, ich glaube da, kommt eine Übertragung, über Vision-O-Tron." (TM eingetragenes Warenzeichen)

Die Luft knisterte leicht und dann war eine sonore wohlgesetzte Stimme zu vernehmen, als wäre sie direkt im Gehirn entstanden.

„Guten Abend verehrte Prinzessin Etain, so bezaubernd wie immer, aber verzeiht, dass ich heute für Schmeichelei keine Zeit finde."

„König Airem, meine Verehrung, bitte lassen Sie uns zur Sache kommen. Wie weit sind Sie im Bilde?"

Der Lektor.

Nur dieser düstere Lord verfügt über so eine Technik und die Möglichkeiten, sich überall im Multiversum mitzuteilen.

„Lektor, lange nichts gehört. Viel wissen wir nicht, das Rad des Universums wird angegriffen, die Zeitebenen, die 3D Koordinaten geraten durcheinander und auf unserem Planeten geht es drunter und drüber. Wie ich ebenso erfahren habe, plant die Gilde der Zauberer diese Dimension zusätzlich zu versiegeln."

„Was euer Untergang, der sichere Tod wäre". Stellte der Lektor kühl fest.

„Wieso sollten die Zipfelhüte auf der Erde so etwas mit euch anstellen wollen?"

Fragte er.

„Nun, in vergangenen Epochen hatten wir einige Händel mit den Zwergen, den Trollen, aber auch den Menschen. Allerdings waren es in den meisten Fällen verschiedene Clans, andere Sippen, nicht mal die Ailill. Aber für die Erdlinge sehen wir Elfen alle gleich aus."

„Spitze Ohren sind eben spitze Ohren."

Grinste der Lektor.

„Ich habe einen Plan, es gibt da einen Irischen, nennen wir ihn Edelmann, der glaubt einem großen Schatz auf der Spur zu sein. Er denkt, er braucht nur 10 Schlüssel zu finden, diese in ein Schloss zu verbringen und am Ende ist er wohlhabend."

„Den ersten hat er bereits gefunden und den primären Bender am Balken IV deaktiviert."

„Die Zauberer haben den nächsten Schlüssel, genauer die folgende Codekarte. Gr Ämhorn der Meister der Talismane hat diesen Artefakt, wir müssen dafür Sorge trage, das Svenney O Shea diesen bekommt. Dazu müsst ihr mit den Zauberern Kontakt aufnehmen, schafft Ihr das?"

„Ja eine Verbindung über ein Interkom oder eine kleine Vision-O-Tron wäre kein Problem, aber die Zauberer leben im Mittelalter der Erdgeschichte. Wenn wir da so unvermittelt eine Übertragung beginnen, das ist nicht sehr geschickt. Diplomatisch ein Desaster."

„Vater, sagtet Ihr nicht, die Zauberer sind dabei jenes Buch der Ukapoden zu öffnen, zu befragen, es zu beschwören, oder was immer man damit tut?"

„Ja, genau dieses sagte ich, Tochter."

„Dann lass uns doch direkt eine Holobotschaft senden, exakt während der Beschwörung, die Narren glauben dann, es wäre Ihre Magie, das Buch spricht zu ihnen."

„So clever wie bezaubernd. Ich bin hingerissen."

Lobte der Lektor die Idee von Etain.

Die genial war und einfach, um zu setzen.

„Dann lasst uns keine Zeit verschwenden, ich werde diese Holobotschaft senden, vielleicht könnt ihr direkt mit der Gilde kommunizieren. Ich habe eine technische Möglichkeit, dass es funktioniert auch ohne, dass die Zauberer einen Vision-O-Tron bei sich stehen haben."

Eine Stimme wurde hörbar, leise wie von weit weg, doch im Raum.

„Gestatten, mein Name ist Umpf."

„Ähh?" Die Anwesenden schauten sich um."
„Hier unten, ich bin vom Volk der Leprechaun, wir sind nicht so groß."

„Ach ja, Umpf lange nicht gesehen, wie bist Du überhaupt an den Wachen vorbei...., ach ja ich seh schon."

Die Prinzessin spielte auf die Größe an.

Der Almanach der Welten und Völker beschreibt den Leprechaun wie folgt:

\>\>Der Leprechaun erscheint in rein männlicher Gestalt. Er ist adrett, ganz in Grün, gekleidet.

Je nach Alter hat er rotes bis graues Haar, samt Bart.

Er ist der Schuster oder Bankier der Elfenwelt. Man sagt, dass die Leprechauns ihre Feste am Ende der Regenbögen feiern. Ein jeder Leprechaun soll über ein Töpfchen Gold verfügen, welches sich niemals dem Ende neigt. Sie leben um die Weißdornbäumchen Irlands. \<\<

Dieser aber ist mit den Elfen, die verbannt wurden mitgezogen und lebt auf GlauKom I.

„Ich bin, hier weil um meine Hilfe anzubieten, ich glaube, die Zauberer fassen eher vertrauen in meine Ansprache, mit Verlaub verehrter König, Prinzessin. Mein Volk ist noch auf der Erde und viele Brüder sind in Gilden, bei den Druiden vor allem, die der Natur huldigen."

Sprach Umpf und schaute von unten hinauf.

„Jeder weiß, dass die Leprechaun, in Symbiose mit uns Elfenvölkern leben. Warum sollten Sie euch mehr trauen? Auch ihr habt die Waffen gehoben, nicht wahr?"

Die Prinzessin schaute Umpf in die Augen.

„Aber sie hatten mehr mit euren steinspitzen Pfeilen zu tun als mit unseren Bronzespitzen."

„Dem Bauch, in dem ein Pfeil steckt, ist es egal, woraus die Spitze ist. Auch den anderen Körperpartien. Aber warum nicht jede Hilfe ist willkommen. Wir sind drei."

„Dazu kommt noch der kleine Rat der Ailill Anguba, da wären Linawan und Lumil und Tinnuviel, die Schwestern der See. Dann Fierith die sterbliche Frau. Angeführt werden die Elfinnen von Idril der weisen Frau. Nach alter Tradition 3 Ailill Krieger Denethor Retter der Umkehrer, Legolas und Orodruin Schicksalsberg."

„Die Elf ist somit komplett, lasst uns umgehend mit den Vorbereitungen beginnen, bevor die Zauberer irgendetwas zusammen hexen, was sie dann nicht mehr in den Griff bekommen."

„Wie neulich, als Sie ihr Gildehaus mit einem Schutzzauber belegt haben, damit von uns niemand sie behelligen kann und sie sich selbst ausgeschlossen haben."

„Ja oder wisst ihr noch, als sie einen Drachen beschworen haben, als Wachhund? Damals brannte ihr erstes Gildehaus auf Anglesey in Irland komplett nieder."

Allgemeines Gelächter

„Am besten ist dieser GraTHun Berg, keine Ahnung von Biologie oder Naturgesetzen, will aber eine CO 2 Barriere beschwören, ausgerechnet mit Hilfe der Sumpfgeister Mee und Than. Der törichte Versuch, das Gas abzusaugen, einzufangen und im Verlies des Gildehauses einzulagern."

„Vier Zauberer sind dabei erstickt, hört man".

„Den Rest haben aber die Sumpfgeister Mee und Than diesem Trottel gegeben, als sich herausstellte, das Methan eigentlich das gefährlichere ist."

„Wenn GraTHun herausfindet, das im Bier CO_2 ist, dann arme Zaubrergilde."

Schallendes Gelächter, Schenkelklopfen und dergleichen, der Raum bebte, zumal die nächsten Elfen der Elf eingetroffen sind.

Als euer Erzähler möchte ich anmerken, dass GraTHun Berg ein wichtiger Vordenker ist, der später im 21 Jahrhundert erst wahrgenommen wird.

Vor allem in Deutschland wird sämtliches getan, um seinen Visionen von damals zu folgen.

So baute der Berliner Senat, den ersten 100% emissionsfreien Flughafen, den BER. Emissionsfrei deswegen, weil er nie fertig wurde.

Die Elf der Elfen haben sich mittlerweile beruhigt und arbeiten konzentriert an der Holomitteilung.

Der König plädiert dafür, der ganze Rat spricht Live via Vision-O-Tron (TM eingetragenes Warenzeichen), sobald das Buch geöffnet wird.

Dem Lektor gefällt der erste wie der zweite Plan und er erklärt dem Elf, dass er bei den Zauberleuten, direkt im Oktav eine App installiert hat.

„Im Grunde ein magisches Auge, gebündelt mit einem USB-Highspeedmodem auf okkulter Basis. Wir wählen das Oktav an, die Koordinaten habe ich gespeichert, dann sehen wir hier auf diesem kleinen Display, was dort vor sich geht. Zum rechten Zeitpunkt öffnen wir den Vision-O-Tron, zusammen mit dieser Dimensionstür, wir sind also direkt dort. Keine Angst wir sind geschützt durch die Tatsache, dass die Zauberer alles nur für ihre Magie halten, dem Vison-O-Tron der uns als Holospiegelung darstellt, wir selbst bleiben auf unserer Seite der Tür. Natürlich können wir jederzeit die Seite wechseln."

Nach Belieben und Gusto, oder wenn es nötig würde.

14. Begegnungen, Lolas Pinte

Svenney O Shea war schwer beschäftigt, den Plan des Lektors und seine Anweisungen zu verarbeiten.

Zum einen hatte er 2 Beutel, einen mit obskuren Steinen, der andere mit Kräutern, die verführerisch duften.

Der Baader hat den Kräuterbeutel um einiges erweitert.

Jetzt muss Kontakt zu den Hexen aufgebaut werden, aber wie?

Was ist ein Pentagramm, Petting kannte Svenney, hielt nur nichts davon, weil man um das Wesentliche dabei betrogen wurde. So beschloss der Held sich nicht unnötig in Dinge zu vertiefen, die er nicht verstand.

Die beiden Beutel nebst Erweiterung hatte er im Griff, da war sich Svenney sicher.

Father Keith und Aiden saßen in der Pinte bei der Mama San an der Bar und taten jenes, wovon sie beide viel verstanden. Sie testeten die Alkoholvorräte und verbanden ihre neuen Erkenntnisse mit den im Pfarrhaus gefundenen alkoholischen Ergebnissen, hoch wissenschaftlich.

Supaporn animierte die beiden, denn Gold ist Gold und der Father ist in Lola´s Pinte eine Legende, dass bedeutet, dass er dafür aufkommt, was ihn zur Ikone macht.

Woher ein irischer Dorfpfarrer das Gold nimmt, manchmal waren es Silbermünzen, ist letztendlich egal, solange er es her gibt.

Nebenbei palaverten der Father und Aiden über das Bevorstehende, das erlebte.

So eine Tür mitten auf einer Straße, die einen etliche Meilen laufen erspart, ist gesprächstoff.

Aber der Father wollte nicht recht, es hörten zu viele mit.

Eine Pinte ist voll mit Spionen, Agenten, zwielichtigen Figuren und am meisten misstrauter er dem Eddi.

„Grüas Good, i hoab die Öehre, döar Vadda is widda bai uuns, gschaid gschaid, soag...woast üm Häfn, odda warum hoam Mer düü ned seggn?"

Schmalzte der Eddi, seinen Schmäh an des Kunden Ohr, welches zufällig das des Fathers war.

„Wenn es nicht eine Tatsache wäre, dass Maria mir dies sehr übel nehmen würde, wenn ich Dir gleich deinen mickrigen Hals breche, ich hab gerade Lust."

„Jooa woaas, Vadda iih büans däe Eddi, erkennst mer nimma?

„Ich habe da eine Liste, mit Bildern, meine Arschloch- liste, warte mal ...."

Der Father kramte in seinem Beutel, fand ein abgewetztes Buch in Leder eingefasst, mit einem Gold- schnitt, er schlug es auf ....

„Potzblitz, gleich der erste Eintrag, das bist Du."

„Jaa gääh waiider, woast scho i hoab an homor, aus- schüddn gäänt i mia, wenns i dein Schmarrn ollewail Hearn dua."

„Ich sollte es anders formulieren, verpiß Dich."

„Geh Vadda, wails die Marie erwähna duasd, ich schick See zu diar, ums die olden Zeidään zu wüllen, geh weidda Vodder."

„Schau, diese wenigen Zoll Stahl, habe ich heute Morgen frisch geschliffen, da muss ich gar nicht drücken, wenn ich sie an deine Figur halte, in der Absicht den Stahl Deiner Herzkammer näher zu bringen, hast Du mich soweit?"

„Woas büüsd n so aggressiv, geh.. soag aan woas hinwüälst, i kenn mii aus, woast, i wüll hölfa."

„Hau ab."

„Schlaichs dii...Du readst wie oal die annern Wappler....."

„VER piss DICH, sofort!"

Die Mama San, der Kopf von Wannaporn, hats gesprochen.

Der Eddi trollte sich, denn auch wenn er der Besitzer der Spelunke ist, die Mama San war der Boss und im Zweifel, standen beide Köpfe ihren Mann, und zwar füreinander!

Was gar nicht dumm war, in Anbetracht dessen, dass der Tot eines Kopfes, das Ableben des gemeinsamen Körpers begünstigt. Father Keith schaute zum Tisch an dem Svenney mürrisch und missgelaunt saß, mit dem Manuskriptprüfer.

„Mit wem redet der Lektor denn die ganze Zeit, der ist ja nicht mehr bei sich".

Fragte Aiden, der dem Blick von Keith gefolgt war.

„Keine Ahnung, aber ich schätze mal, es hat mit dem nächsten Schlüssel zu tun. Entweder redet er mit den

Hexen, vielleicht Gita oder er ist schon dabei den Elfen ihre Instruktionen zu geben."

Die Mama San, Supaporns Kopf wollte mehr wissen:

„Ja da sabbelt der da einfach in den Schankraum? Die Gäste schauen schon, was flimmert denn da vor ihm, da kommen ja Farben aus dem Quadrat..."

„Simpel, eine Vision-O-Tron Übertragung."

„????????????? Hääääh ?????????"

Die Mama San und der Aiden übten sich, im Parallel Sprech.

Father Keith erinnerte sich, die beiden kommen aus dieser Zeitebene, von diesem Planeten Erde, was für ihn ein Vision-O-Tron ist, war für die zwei, ein berittener Kurier.

„Ach der Lektor, ihr kennt den Lektor...."
„Eigentlich nicht", kam es parallel aus 3 Mündern.

„Gut, ich auch nicht wirklich, aber schaut euch um, hier benehmen sich die Meisten ein wenig sonderbar, vor allem diejenigen, die aus den Katakomben des Baaders hierher stoßen, beachten wir den Lektor gar nicht."

Ein Vorschlag, der gerne angenommen wurde.

Am Tisch des am schwärzesten gekleideten Mannes in der Bar, wurde es hektisch, wild gestikulierte der eigenartige dürre Mensch, der so unmenschlich wirkte.

Die zweite Person am Tisch langweilte sich, mit ihm war der Lektor nicht im Disput, mit wem also redete er da?

Eine Frage, die sich in dem Etablissement viele zu stellen schienen. Eigentlich alle, die zusahen.

Father Keith stand auf und ging zu dem Tisch, er stellt sich hinter den finster angezogenen Mann und beobachte ihn.

Auf dem Tisch flimmerte die Luft in einem Rahmen, wenn man scharf und konzentriert hinsah, war ein Raum, nein ein Saal zu erkennen. Ja, dazu Personen, nein es waren Elfen. Der Lektor schien alles um sich herum zu vergessen. So knuffte der Father dem Manuskriptprüfer in die Seite ...

„Lektor, mit Verlaub ... jeder hier starrt Sie an, ich sehe Elfen, aber was werden die Leute hier sehen, wenn sie diesem Tisch näher kommen?"

„Stört mich nicht, dies ist existenziell wichtig." Schnarrte der gutgekleidete Gentleman.

„Ich will euch nicht stören, aber warnen. Das hier ist keine Bibliothek oder ein Pfarramt. Dieses hier ist ein Sündenbabel, dementsprechend wimmelt es hier von Abschaum und gefährlichen Typen."

„Ich weiß ihre Warnung zu schätzen, halten sie mir einfach den Rücken frei, es ist wichtig."

„Ich bin im Bilde, was zu tun ist."

Sprach der Father und zettelte eine Kneipenschlägerei an, die in die Analen von Lolas Pinte eingehen wird.

Alles hat ein Ende, nur die Wurst hat zwei und so wurde der letzte Mitwirkende an der Rauferei an die frische Luft getragen, aber auch der Lektor war am Ende seiner Selbstgespräche, so sah es für die Gäste halt aus.

„Kommt mit ihr beiden, wir müssen zur Mama San".

Schnarrte es aus dem steifen Kragen.

Wannaporn schaute den dreien freundlich entgegen, Supaporn eher anzüglich.

Der unnahbare Typ in diesem schwarzen Zwirn, tat es ihr an.

„Gnä Frauen, ich wäre entzückt, wenn Sie mir und den beiden Gentlemen einen Ort weisen könnten, an dem wir ungestört sein können, für einige Stunden."

Der Lektor verbeugte sich für einen Handkuss, der vor allem von Supaporn mit einem Kichern quittiert wurde.

„Selbstverständlich, folgt mir".

Die drei gingen hinterher.

Die Mama San öffnete ein paar Türen, schritt auf einigen Gängen und stand dann vor einer Doppeltür.

„Der Saal der Verlockungen, wir feiern dort unsere Themen Events, ihr habt Glück, er ist frei."

Der Lektor verbeugte sich, küsste erneut die Hand der Mama San.

„Meinen Dank, ich stehe in eurer schuld Mylady".

„Was ein Schleimer, dass ist ja....".

Entwich es Wannaporn.

„Sei still".

Fauchte Supaporn und fügte hinzu:

„Seid gewiss, ich werde euch an die Schuld erinnern, die einzulösen ihr Versrochen habt".

Die Mama San dreht sich um und verschwand.

Keith, Aiden, der Father und da war doch noch jemand?

Genau Svenney, traten in den Raum ein, der sich als recht groß erwies, es war eine Art Ballsaal oder für Konferenzen, egal er war riesig.

Der Lektor fackelte nicht lange, hier ist ein Portal, dort ein Vision-O-Tron, wir müssen sofort mit den Hexen auf der Insel der Druiden Kontakt aufnehmen.

„Die Zauberinnen verstehen nicht was passiert, wenn ich die Übertragung über Vision -O.Tron starte, außer einer von ihnen, nur die müsste den anderen Hexen erklären, was diese gerade wahrgenommen haben.

Dann würden Fragen gestellt werden, woher sie das alles weiss.

Es passiert jetzt Folgendes:

Ich habe eine App im Gildehaus der Hexen installiert, wir können mit Hilfe dieses Monitors genau feststellen und sehen, wann sie einen magischen Kreis oder Hexen bevorzugen das Pentagramm, ... beschwören.

In dem Moment, in dem Sie ihren Hokus Pokus abziehen, erscheinen wir ihnen, mittels dieses transportablen Portals. Was Sie hier sehen, Gentleman ist, eine Tür wie ihr sie alle schon kennt.

Nur würden wir einfach so einen Port öffnen und bei den Hexen reinlatschen, würden die uns sicher mit ihrer Hexenmagie in Frösche, Warzen, vielleicht Knäckebrot oder andere unerfreuliche Dinge verwandeln.

Um dies zu vermeiden, habe ich arrangiert, dass die Schwarzen Witwen ein Portal beschwören.

Natürlich ist das generell Mumpitz, aber daran glauben sie eben."

Der gut gekleidete Gentleman polkte ein kleines schwarzes Kästchen aus seinem Gehrock und drückte darauf herum.

Ein Quadrat wurde hell, auf dem Gerät und schaute man genau hin, war ein ganzer Raum voller Hexen zu erkennen.

„Heureka, für euch das ist ein Freudenruf der Griechen, wir sind Online".

„Was?"

„Online, verbunden ... wir haben Kontakt!"

„Ach so."

„Ja, seht selbst...."

„Da ist ja Gita!"

Freute sich der Father.

Svenney äußerte sich zum ersten Mal ebenfalls.

„Mann sind aber hässlich, das kommt sicher vom Froschküssen".

„Prinzessinnen küssen Frösche, Hexen verwandeln Prinzen in Krötengezücht."

„Die sind ja mindestens 100 Jahre alt, eher älter wie machen die das?"

Belehrte der Aiden.

Svenney antwortete.

„Falls ich mal 100 Jahre alt werden sollte, denke ich mir irgendeinen dämlichen Grund für meine Langlebigkeit aus, wenn mich dann irgendwer fragt. Zum Beispiel, dass ich jeden Tag einen Tannenzapfen esse oder in den Foffel schiebe."

„Reißt euch zusammen ihr beiden, es wird bald ernst, ich sehe da Knien zwei von den Schrullen, die scheinen was auf den Boden zu malen oder zu stellen, ich kann es nicht erkennen."

Brummte der Lektor.

„Hmm, Gita sie sieht immer noch aus wie vor 40 oder sind es 50 Jahren, wie ein Pfirsich dabei müsste Sie wie ich um die 70-75 alt sein."

Bemerkte Father Keith.

Alle Anwesenden schauten in den Visor und beobachteten, was im Gildehaus der Hexen vor sich ging und warteten.

14-2 Begegnungen

Im Hexengildehaus

Alizon die Oberhexe war wahnsinnig aufgeregt, sie lief hin und her, blaffte hier und dort und stand den Hexen Kolleginnen so im Weg, wie sie ihnen auf die Nerven ging.

Moll war mit dem Zerreiben von Kräutern beschäftigt. Ursula mit dem zermahlen von Alizons Nervenkraft, was nur gerecht ist, denn Alison war zuvor erfolgreich darin, jeden Nerv zu rebbeln.

Locasta und Jadisin suchten in der Bibliothek die passenden Beschwörungsformeln.

Eusebia und Gita, waren damit beschäftigt, Amulette und diverse Satans Devotionalien in einem Pentagramm aufzustellen, mit magischer Kreide einen innen und Außenkreis auf den Boden zu malen.

Alle hatten zu tun.

Gita brach die Stille.

„Ich hab das Gefühl, irgendwer starrt mir auf den Hintern, als würden wir beobachtet."

„Diese ewige Malerei, wir sind eine Gilde, dies ist unser Haus, wir könnten doch diese Pentagramme und Runenzeichen, die magischen Ringe und all das dauerhaft auf den Boden bringen. Vielleicht als Mosaik, gerne auch in Parkett gebrannt, jedesmal diese Plackerei, meine Knie tun weh."

Beschwerte Eusebia sich.

„Da schon wieder, irgendwer glotzt mir auf ...."

„Auf Deinen dürren Podex, wer sollte denn so tief sinken, hier das ist ein Schinken, auf den Mann so schaut."

Das war Moll, die sich bestätigend auf ihre Hinterbacke einen Klaps gab, der noch 1 Minute später schwabbelte.

Locasta und Jadisin kamen in den großen Saal zurück. Sie trugen gemeinsam ein riesiges Buch, welches knapp einen Meter fünfzig in der Diagonalen maß. 666 Seiten einfache Hexenformeln, weitere 666 Buchseite für Beschwörungen und noch einmal 666 Bogen für Bann und Rück hol Zauber.

Gute anderthalb Zentner Schwarte, kein Kleinmädchen Hexenbuch wie das Buch der Schatten, oder Negromantika, der Grufti Wälzer.

Auch nicht das, Grand Grimoire ein französisches Zauberbuch, welches im Jahr 1522 entstanden sein soll, aber eine Fälschung des 19. Jahrhunderts darstellt, die das Werk als Vorläufer des Schlüssel Salomons und Agrippas von Nettesheim ausgeben will.

Eine deutsche Fassung hat den Titel „Die Kunst, den Geistern des Himmels, der Luft, der Erde und der Hölle zu befehlen", nebst dem großen Gremoire, der schwarzen Kunst und den höllischen Kräften des Dr. J. Karter, der Clavicula Salomonis, und dem wahren Geheimnisse, die Todten sprechen zu lassen und alle verborgenen Schätze zu entdecken.

Im ersten Buch wird auf die Voraussetzungen und Vorbereitungen eingegangen, die der Magier zu erfüllen und auszuführen hat.

Zuerst hatten die beiden Zauberinnen jenes Gremoire du Pape Honorius ein Geisterzwang mit Beschwörungen, magischen Tagen und Anweisungen zum

Herbeirufen von helfenden Geistern ausgesucht, aber die passenden Formeln waren darin nicht mehr zu finden, es fehlte eine Seite.

Was die beiden Hexen da anschleppten, war nichts Geringeres als die Lemegeton Clavicula Salomoni.

Ein schwarzmagisches Zauberbuch, welches eine Liste und Anweisungen zur Beschwörung von Dämonen, Zaubersprüche und Schadenzauber enthält. Die Schrift setzt sich aus folgenden Teilen zusammen:

Ars Almadel (arab.: magische Offenbarung). Die älteste Form des Clavicula Salomonis. Das Almadel ist eine Nekromantische-Schrift, die ausführlich die Dämonennamen, deren Charaktere und Anrufung beschreiben.

Ars Notoria Zeremonien und Gebete um alles Wissen der Welt. Erkenntnis, um die Zukunft und verborgene Dinge zu erlangen. Beinhaltet einen Pakt mit Dämonen und Amulettzauber.

Aber was die beiden Hexen wahrlich interessierte war der Teil.

Ars Nova, enthält magische Kreise, Hexagramme, die göttlichen Namen und Gebete bzw. Beschwörungen.

Ars Paulina, beinhaltet die Tages- und Nachtdämonen sowie die Tierkreiszeichen.

Ars Goetia

Theurgia Goetia, hier sind die Dämonen der Kardinalpunkte und ihre Gehilfen enthalten.

Auf dem riesigen Wälzer lagen weitere Hexenschmöker wie das, Galdrabok

Dieses Zauberbuch beschreibt vor allem Runen und magische Zeichen, enthält Zaubersprüche und Schutzgebete und zählt Dämonen und Unglückstage auf.

Danielis Caesaris Spiritus Familiaris

Eine Pergamenthandschrift mit einem Rezept für ein Rauchwerk, es folgen Charaktere und mystische Handlungen, um sich einen Geist dienstbar zu machen.

„Hier ist alles was wir brauchen, sämtlichst in diesen Schriften zu finden, und können sogar wählen. Einfacher Beschwörungszauber, mehrfacher und hier, genau auf die Personenzahl anwendbar, wie viele sind es denn?"

Fragte Locasta.

„Vier soweit ich weiß, ein irischer Held von dem ich nie etwas gehört habe, Svenney ein Gefährte vom Father Keith und der Pfarrer selbst und noch jemand."

Erklärte Gita.

Die Kreise und das Pentagramm waren inzwischen fertig, Runensteine und andere Symbole um die Bodenzeichnungen aufgestellt, allerlei Rauchwerk angezündet, alles war bereit.

Alison ist nur ein nervöses Bündel, als Oberhexe wäre Sie die ausführende Magierin gewesen, aber die anderen fragten sich ob nicht lieber Eusebia, die Beschwörung durchführen sollte.

Das letzte Mal mit Alizon, war vielen in Erinnerung.

Durch jenes Portal, welches geöffnet wurde, kreuchte und fleuchte es nur so heraus. Die übelsten Kreaturen, fleischlich stofflich und als Nebel.

Die Kräuterweiblein hatten alle Mühe, die Besucher wieder loszuwerden, einige viele gammeln bis heute auf der Insel der Druiden herum und erschrecken die magischen Bewohner und die leicht gläubigen Korsen.

Die Weiber einigten sich auf Eusebia als Assistentin für Alizon.

Alizon stellte sich vor ein Pult, die Kolleginnen verteilten sich um den Kreis.

Eusebia brachte einen geheimnisvollen Stein und Salz, legte beides auf das Pult, bei Hexen Altar genant.

Alizon streute Haloidsalz in das Wasser und sprich dabei die Worte:

„Das Wasser sei gesegnet durch dieses Salz".

Besprengte dann den Talisman mit einigen Tropfen Nass und sprach:

„Ich segne diesen Talisman mit diesem heiligen Quell, so dass ein Portal sich öffne."

Locasta und Jadison, hatten jede eines der Zauberbücher vor sich liegen und lasen monoton ohne Punkt, Komma und Pausen die Beschwörungsformeln.

Es hörte sich an wie Rhabarber oder buddistische Mantras. Zwischendurch stießen sie spitze Schreie aus, wie Jungfrauen in der letzten Sekunde Ihrer Jungfernschaft.

Alizon zitterte am ganzen Körper und fiel in eine Trance, eigentlich kippte sie nur um, denn Ihr Bewusstsein ging außerhalb ihres Torso spazieren.

Eusebia hob beide Hände empor, machte allerhand theatralisches Zeug und stammelte wirren Kram, verdrehte glaubwürdig die Augen, bis die Pupillen in das innerste ihres Kopfes schauten.

Nichts. Weder im Kopfinneren, noch überhaupt.

Doch, mitten in den Symbolen, die auf den Boden gemalt waren, flimmerte es.

Vier paar Augen glotzten in den Raum und zum Glück stammelte Eusebia extrem laut ihre Beschwörungen, sonst hätten die Hexen das Geläster der dubiosen Gruppe gehört.

„Los jetzt geht durch, Beeilung. Svenney, Aiden Father hopp."

Der Lektor folgte als Letztes, nachdem er eine Fernsteuerung für den Teleporter eingesteckt hatte, für den Rückweg.

Die Mitglieder der Gilde waren angetan, nicht von den Mannsbildern, sondern von sich selbst. Keine erinnerte sich, wann jemals ein Zauber oder eine Beschwörung geklappt hätte.

Gita grinste vor sich hin und dachte sich nur, wie blöd diese garstigen alten Weiber doch sind. Ausnahme Eusebia, denn die konnte wirklich hexen, auf einem Besen reiten, auch wenn sie mit dem Stiel lieber andere Sachen anstellte.

„Svenney O Shea."

Stellte der Held sich den Damen mit einer tiefen Verbeugung vor. Danach gewann er rückwärts schreitend Distanz zu den schwarzen Ladys, bis die Wand seinen Schritt stoppte.

„Gnädigste, seid alle gegrüßt und Glückwunsch zu diesem starken Zauber, die Reise war geradezu angenehm. Bei sonstigen Beschwörungen, all dieser Schwefel immer und oft haben sich Molchdämonen und Otterngezücht in die Pforte gesellt, teilweise mein Anzug in Flammen, der Hut deformiert.

Dies waren die harmlosen Pannen, die anderen mag ich gar nicht aufzählen. Doch, als Merlin mich beschwor und ich meinen Assistenten mitnehmen musste, kam er auf der anderen Seite von innen nach außen gekehrt an, das war ein Anblick. Merlin ist ja an Heilkunde und Anatomie interessiert, aber selbst ihm blieb die Luft weg. Der arme Assistent Weizenkeim, so ein aufstrebender Junge. Ich hatte viel Hoffnung in ihn. Von balzender Reiter, mein Name. Ein Geschlecht aus dem Mecklenburgischen, wenn Sie gestatten."

Der Lektor verbeugte sich leicht und doch spürte man das Vornehme in dieser Geste.

„Der unbeleckte Haudrauf hat sich ja schon vorgestellt, hier der andere Junge Mann ist Aiden irgendwer. Er reitet gerne verkehrt herum auf Pferden und den Schwerenöter hier, kennt die halbe Welt als Father Keith."

Gita ging umgehend auf Father Keith zu, mühsam unterdrückte Sie Ihre Freude, die Keith ihr aber zehnfach zeigte, indem er sie sie wie eine Puppe an sich riss, in die Arme schloss und Unschickliches mit ihren Lippen anstellte.

„Was machst Du denn hier, bei den Hexen?"

Raunte Keith.

„Lange Geschichte."

„Die Kurzfassung bitte."

„Ich habe nach dem Diplom bei Professor GrrOoo Krg, noch zwei oder drei Doktortitel gemacht. Meinen Ersten mit 17 Jahren, den Letzten mit 19. Danach hatte ich genug von der Wissenschaft. Mich reizte die andere Wissenschaft, die magische und so bin ich auf den Planeten Groombride 34 gelandet, ein magischer Wandelstern mit einer Magier Hochschule. Nicht so honorig wie die unsichtbare Universität auf Scheibenwelt, aber dafür auch nicht so miefig, eher modern.

Nach dem fünften Magister wollte ich entweder in Richtung zuhause, auf meinen Heimatplaneten Tetra, zurück zum Pack oder eben auf die Erde. Es ist dann Terra geworden, so ist das.

Wie ist es Dir denn ergangen, Father Keith früher warst Du Long Dong Keith oder Keith the Kid oder ....".

„Jaja, ich kenne die Namen auch, ich bin geläutert, wandle auf Gottes Pfaden, trinke nur noch grünen Tee und Esse Gemüse. Sag, wie kannst Du so jung aussehen, wie damals als ich Dich, als wir ... was haben wir alles getrieben und vor allem wo."

„Mit 5 Magistern in Magie kann man vieles erreichen, es heißt nicht umsonst, >>Du siehst zauberhaft aus<<

Ich habe einen Magister über das Buch Libellus Veneri Nigro Sacer. Es enthält einen magischen Kreis sowie Siegel und Anweisungen zur Beschwörung der Venus. Wie Du siehst, es hat geklappt."

„Du hättest auch viel einfacher auf BotOX 9 fliegen können, da lassen sich diese Cyberpromi Schlampen aufspritzen."
„Nein ich mag es auf Naturbasis, nachhaltiger ist es, außerdem kostet ein Klinikaufenthalt auf BotOX 9 ein Vermögen."

„Vermisst Du den Space, dieses Multiversum denn gar nicht?"

„Nein, ja doch manchmal vor allem unsere wilde Zeit, die Reisen die ganzen verrückten Planeten, die Technopartys, unser Restaurant, auf dem Außenring des Universums um Alfa Centauri ..."

Gita hat schwärmerische Augen bekommen, aber beim Father zuckte es, allerdings mehr in der Hose.

„Jetzt bist Du ein Pater und ich eine Hexe, eine Feindin der heiligen Kirche, wie verrückt ist das denn?"

„Deswegen bin ich gekommen, ich verhafte Dich im Namen der heiligen spanischen Inquisition, ich bin der Inquisitor des Papstes. Zuerst das peinliche Verhör, danach die hochnotpeinliche Vernehmung und dann werde ich Dich foltern."

„Hiihii, wie früher in Deinem Raumschiff, in welches Du einen Gewölbekeller ins Holodeck programmiert hast. Das mit den Nadeln hat mir immer so gut gefallen, aber auch dieser Tisch, mit den Seilen und dieser Spannvorrichtung."

„Die Streckbank, jaaa"

Schmunzelte der Father.

„Oder diese Bock, der oben spitz zugelaufen ist, dann die Gewichte an meinen Füßen."

„Vergiss nicht das Kerzenwachs, vor allem dieses Rote oder von den schwarzen Kerzen, ... hast Du geschrien."

„Ich mochte ja die Brennnesseln am liebsten, wo Du mir die immer reingestopft hast, irre. Fast so gut war dieses gewässerte Manilarohr, wie exakt du die Striemen hinbekommen hast, das war Kunst. Auch die vielen Geräte, welche Du konstruiert hattest. Bei jeder Bestrafung hattest Du etwas Neues gebaut und ich war doch so ein böses Mädchen."

„Ja, das warst Du, keine sah in den Gummiklamotten so heiß aus wie Du, schlank muskulös, ein Prachtluder. Ich liebte es, jeden Zentimeter Deines Körpers mit Schmerz zu überziehen, vor allem in der Körpermitte. Was habe ich Dich begehrt, vor allem wenn Du dich für mich anderen hingegeben hast, als meine Sklavenhure."

„Ich vergesse nie, wie Du mich zugenäht hast, nachdem eine Grebulanischer Gang Bang Party vorbei war und mir der Saft in Strömen aus der Grotte suppte. Herrlich jenes Gefühl, dumm war nur, ich hatte verdrängt, dass ich 2 Tage später einen Frauenarzt Termin hatte. Der hat vielleicht geschaut.

Danach hat er mir die ganzen „Treppen runtergefallen" Geschichten nicht mehr abgenommen. Hatte der Augen gemacht."

„Das waren Zeiten, nur als ich Dich auf einer Party im Kitkat Club, mit den Brustwarzen ans Andreaskreuz genagelt hatte und dann sturzbesoffen nach Hause bin und Dich hängengelassen habe."

<< Anmerkung des Erzählers: Aus dieser Zeit stammt die Phrase, jemanden hängen lassen>>.

„Die Partys vermisse ich auch, wie hießen die noch Swingerpartys, genau. Auf eine Frau kamen 20 Männer, was ein gespritze und gerammelt. Diese idiotischen Kostüme, die manche anhatten, kindisch.

Die hielten sich immer für so tolerant, aber wenn Du dann Deinen Riesen Koffer aufgemacht hast und das kleine Equipment aufgebaut hast und mich am Flaschenzug an den Kronleuchter gekurbelt hast, war es aus mit der Toleranz.

Da haben diese Schweine ihre chauvinistischen Visagen gezeigt."

Keith nahm Gita in den Arm und sagte:

„Lass uns verduften, die alten Schachteln deprimieren mich, ich habe Lust auf ein Verhör, aber Hallo."

Gita beugte devot ihr Haupt, nahm des Fathers Hand und küsste Sie. Fügte sich, schaute scheu zu ihm auf ...

„Ich bin Dein Eigentum, auch wenn Du mich 50 Jahre oder waren es mehr, vergessen hast."

„Wieso, wo?"

„Na Du hast mich im Kit Kat Club hängen lassen."

„Ach ja, genau und dann war der Kaffe alle. Der Onkel von RoOOn II kam zu Besuch, da war dieses Erdbeben und abends ging es mir schlecht, ich war müde und musste Kotzen, am nächsten Tag ging es mir gar nicht gut. Der Gerichtsvollzieher kam und Angela Merkel wurde zur Kanzlerin gewählt. Mein Auto, alle Räder geklaut, in meinem Keller wurde eingebrochen und ich hatte den Orbit vergessen, in dem der Raumgleiter geparkt war. Dann die Nachrichten von den Klingonen, alles ging so schnell und als ich nach Friedrichshain kam, um Dich abzuholen, riss die Straße vor mir auf. Jemand kippte mir irgendwo Drogen in den Drink. Dann waren da diese schrecklichen Kinder, es war rot an der Ampel. Überall waren plötzlich Leute, so viele Leute, Menschen überall und keinen kannte ich. Manche waren blau. Dann hatte ich einen Lottoschein, fünf richtige und die Zusatzzahl, aber der Schein steckte in meinem Mantel, der war in der Reinigung und so musste ich dorthin. Als ich ankam, wollten die Angestellten den Mantel gerade reinigen, als die Reinigung überfallen wurde. Ich musste als Zeuge zur Polizei, dann fanden die ein paar Gramm Gewebe in meinen Taschen. Es wurde dunkel und Sturm zog auf. Ich musste fliehen, dann stand da diese Frau, all dieses Blut überall ..."

„Ist gut, ja ja."

Unterbrach Gita die Litanei. An der Hand des Pfarrers verließen sie den großen Saal.

Eusebia schaute zu Alizon, die Augen waren immer noch nach innen verdreht, insgesamt sieht die Oberhexe nicht beisammen aus.

Svenney blieb an der Wand, er beäugte die Szene distanziert und vorsichtig, von Hexen hat er erzählt bekommen, vor allem Geschichten vorgelesen.

Aber so nahe und real und so hässlich war etwas anderes.

Der Lektor brachte die ganze Angelegenheit ins Laufen.

Die Hexen an sich waren über sich selbst begeistert. Nach all diesen Jahren in der Gilde, kein größerer Zauber wollte je gelingen. Schlimmer war, die Kleinen auch nicht.

An Erklärungen zumindest mangelte es nicht und schnell waren magische Verwirbelungen, Überschneidungen, die falsche Aussprache der Beschwörungsformeln ausgemacht. Lateinisch, warum sind die meisten mystischen Formeln entweder in Kindersprache oder Kirchenlatein?

Schnell ist man da mit seinem Latein am Ende.

Diesmal waren alle erfolgreich, die Oberhexe war zwar nicht empfänglich und körperlich so wenig ansprechbar, wie ihr Oberstübchen aber allgemein schrieb man ohnehin Eusebia, den Erfolg der portalen Öffnung zu.

Die freute sich und nahm die Glückwünsche Ihrer Schwestern entgegen.

Insgesamt war man ausgelassen nach dieser Leistung, guter Dinge und der wahre Grund für diesen Akt schien in den Hintergrund zu geraten.

Eusebia entwand sich den Hexenschwestern und ging auf den Lektor zu.

„Verzeiht, dass ich euch so stehen lasse, aber es war das erste Mal, dass wir ein solches Portal öffneten und gleich beim ersten Mal alles so reibungslos klappte."

„Wahrlich eine Leistung, ein starker Zauber, den ihr da beschworen habt. Ihr könnt euch freuen. Es ist nicht mein erster Gang durch ein okkultes Tor in eine andere Welt, aber selten so behaglich. Oft fehlen Teile der Kleidung oder noch viel ärgerlichere Dinge passieren."

Pflichtete der Lektor bei, schaffte es, dabei gerade so sein teuflisches Grinsen zu unterdrücken.

„Wir sind nicht zum Spaß hier, Svenney komm her und zeig, was in den Beuteln ist."

Die Beutel wurden an den Beschwörungstisch gebracht. Das einzige Geräusch in dem Saal, waren die Laute, die zu hören waren, alle andere waren weg, weil es schon spät war.

Die verbliebenen Töne waren aber ausreichend und verstärkten sich, schwollen an.

Zuerst ein Raunen, dann ein Murmeln. Füße scharrten auf dem Parkett, lange Mäntel raschelten, Lippen um zahnlose Mäuler flappten, als die Runensteine aus dem Beutel kullerten.

„Sind das ... sind das Runen aus Limerick?"

Fragte Eusebia aufgebracht.

„Nicht nur aus Limerick, es sind geweihte Kopien der Ogham- und Runensteine der Isle of Man in Irland. In Limerick vom Meister der Runen persönlich gefertigt, lange verschollen aber hier ... schau selbst."

„Sind sie echt, welche Garantie gibt es, dass sie echt sind".

Locasta wagte es, den Lektor zu fragen.

„Garantie, es gibt keine Gewährleistung, nur das herausfinden. Die Zauberergilde hat doch genau nach diesen Gegenständen gefragt. Was haben die Magier denn vor mit solch machtvollen Steinen? Gewöhnlich werden Sie zum verschließen von Dimensionen verwendet, Tür und Tor Zauber für mächtige Bannrituale. Ich selbst habe an meinem Schrebergarten ein solches Bannschloss installiert."

Gab sich der Manuskriptprüfer unwissend.

„Wisst Ihr lieber Lektor, in den letzen Wochen passierten hier unerklärliche Dinge".

„Befremdliche Dinge, es gibt meistens eine Erklärung, nur gemeinhin sehr unerfreulich eher befremdlich, was sind den das für Dingsda?"

Wollte der Lektor wissen.

„Beängstigende, ich traue mich gar nicht sie auszusprechen, ihr werdet mich für verrückt halten."

Eusebia blickte zu Boden, Moll und die anderen Schwestern ebenfalls.

„Aber, ...aber die Zauberer und die Druiden haben das Gleiche beobachtet, es liegt an den Elfen. Jahrelang war Krieg, aber sie konnten verbannt werden, in ihrer Dimension und seid dem war es ruhig."

„Jetzt geht es wieder los, von vorne."

Hauchte Moll tonlos. Sie war sichtlich bewegt.

„Seht ihr hin und wieder Flimmern, in den Räumen, auf den Straßen, auf Wänden oder im Himmel?"

Fragte der Lektor und fuhr fort, nachdem die Hexen genickt hatten.

„In diesem Flimmern, sind da Gestalten, Elfen vielleicht oder große Steinwesen Monster und andersartige Gebäude zu sehen? Riecht es dann anders oder bleibt euch der Atem weg oder fühlt ihr euch plötzlich woanders und die Temperatur ändert sich schlagartig?"

„Ja, ja genau das ist es, was wir sehen und wahrnehmen".

„Dann ist es nichts Besonderes. Etwas Falsches gegessen, zu viel Goorg-On-Zola getrunken oder jemand hat irgendetwas in den Brunnen gekippt, sicher ein listiges junges Hexlein unter euch. Ein Schabernack vielleicht?"

So der Lektor.

Moll:

„So ist es nicht, es fing mit wenig an. Genau wie ihr sagt Lektor. Fremde Wesen, erst nur geisterhaft, wie Nebel im November. Aber bald schon konnte man die Erscheinungen nicht nur sehen, und zwar klar und deutlich, man, roch sie sogar. Wich man ihnen nicht aus, spürte man sie leibhaftig!"

„Mich hätte beinahe eine, eine ... so etwas wie eine Kutsche aber ohne Pferde überrollt."

„Mich auch und nicht nur, ein riesen Fisch fiel vom Himmel und platzte unweit vor mir auf, alles war voll Tran Öl ...Zeug."

„Ich fühlte eine Hand unter dem Rock, gerade eben ... jetzt wieder."

„Ohh, das bin nur ich, ihr habt ja gar nichts darunter, sonst hättet ihr gar keine Spur bemerkt."
Stellte Svenney O Shea fest, während er an seiner Hand roch und das Gesicht verzog.

Jadisin betrachte den „Helden" angewidert von der Seite.

„Lange Rede gar kein Sinn."

Setzte der Lektor an.

„Euere Beobachtungen streite ich nicht ab. Deswegen sind wir hier zusammen nicht wahr."

„Ich habe geforscht, denn auch bei mir daheim quellen Geschöpfe von irgendwo hervor und alles gerät durcheinander."

Log der Lektor.

„Die Elfen, es sind die Elfen. Wer sonst ist garstig böse und gemein, sie haben in unsere Welt zurückgefunden."

„Langsam verehrte Ladys, nicht vorschnell. Was nützt es wenn ihr Steine und Kräuter verwendet und es stellt sich heraus, die Probleme rühren von woanders? Was wenn Poltergeister das Problem sind oder die Trolle, nein Kobolde sind es nicht, auch keine Zwerge. Ich glaube das magische Feld gerät außer Kontrolle, deswegen ist es hier auf Anglesey so heftig. Sicher eine Verwerfung zwischen den Koordinaten von der Wirtsinsel Korsika, zu der Insel der Druiden. Dafür sind die Runensteine perfekt geeignet. Aber ich fürchte, eure Hexenmagie ist außerstande das Gefüge wieder zu stabilisieren. Auch wenn es doch die Elfen sein sollten. Zuerst sollten wir herausbekommen, was genau los ist."

Der Lektor nahm den zweiten Beutel von Svenney und schüttete den Inhalt auf den Beschwörungstisch, den Altar.

„Wir brauchen die Zauberer, die Druiden ebenfalls, all die Magie muss gebündelt werden. Aber vor allem gebrauchen wir einen Schlüssel, der ist am wichtigsten. denn nur mit diesem Schlüssel, wird es dem Edelmann dort, ..."
Der Lektor deutete auf Svenney, der damit beschäftigt war, an seinen Fingern zu riechen, die Hand wieder in die Hose zu stecken, sie hervorzuziehen und erneut zu beschnüffeln. Fußballfans kennen diese Anomalie von Jogi dem Löwen, irgendein Trainer in der Zukunft.

„... gelingen, diese Umstände in dieses Normale umzukehren. Denn ihr habt alle in soweit recht mit den Elfen, dass in deren Reich der Quell, die Wurzel des paranormalen Übels sitzt. Dazu müssen wir den Schlüssel haben, ich hatte eigentlich angenommen ihn hier zu finden?"

Hier zu finden, hier ihm habhaft zu werden.

Es mag euch jetzt komisch vorkommen, so abrupt ohne Vorwarnung, so aus der Erzählung gerissen, aber hier ist Schluss, Ende ...

Der Verlag sagt xxx Seiten, der Lektor bestätigt das.

Ein Autor macht, was er will.

Ein Erzähler ebenfalls, ohne die Freiheiten eines Schreibers, eines Schriftstellers zu haben, der ich nicht bin.

Ich bin ein Erzähler, diese Geschichten wer sollte sich sowas denn ausdenken? Balken die sich biegen durch Bender.

Ein Universum ... Multiversum, welches sich verbiegt, das ist doch Quatsch. Ja der Scheiß mit den Schlüsseln und Rätzeln, die am Ende zu einem Schatz führen, profan.

Magie, Maggi einen Schlag vor das Knie, stolz wie nie, Svenney O Shea, dieser Band muss jetzt abschließen.

Die Geschichte, nein meine Erzählung geht ja weiter, im nächsten Teil,

die Insel der Druiden Band II

Was da auf euch wartet, weiß ich jetzt auch nicht.

Sorry das hier ist das Ende von Teil 1.

Woher sollte ich den derzeit wissen, was im nächsten Part kommt, echt jetzt.

Hätte meiner eins diese Gabe, würde ich über 6-7 Zahlen zwischen 1-49 nachdenken.

Tät nix ändern, ich bin Erzähler, kein Lottomillionär.

Bis demnächst, ich garantiere, es gibt den Teil II, selbst wenn niemand Band I gelesen und vor allem gekauft hat.

Diese Geschichte erzähle ich zu Ende, bis zum Bitteren.

Die Bibel auf dem Giebel

Es geht um 2 Raben, Hugin und Munin, die Augen des Odin,

die sich immer auf ihrem Ast, einer riesigen Eiche treffen,

der zu einer Villa der O´Shea´s gehört.

An einem stürmischen Abend beobachten die beiden Raben, wie Blätter, Seiten und immer mehr davon an Ihrem Ast vorbeifliegen,

es sind Seiten aus einer Bibel,

Der Bibel genau.
Als Odin oder Wotans Raben, die ja zu Odins Zeiten diesem immer berichteten, was sich auf der Welt so zugetragen hat, können die

mit den

Geschichten der Schöpfungsgeschichte gar nichts anfangen, sie veralbern und kommentieren jede einzelne Textzeile bis zum Ende der Schöpfung.

Und dann, sogar über Noahs Arche, es wird gelästert, geulkt ...

Bis Hugin sich wünschte, zu erfahren wie den die Schöpfung nun tatsächlich stattgefunden hat. Ja wenn Odins Raben sich etwas wünschen.

Zapp, werden Sie auf einen absolut leeren Planeten verbracht,

dieser Planet ist aber wesentlich mehr, als er scheint,

dort werden Himmelskörper gebaut, designt, ganze Galaxien entworfen,

komplette Universen ja mehrere den es gibt kein Universum,

es existiert ein Multiversum.

Die beiden lernen den Schöpfer kennen, nicht den Gott aus der Bibel, der Schöpfer ist nur einer von vielen weiteren Schöpfer,

so nennen sich die Mitglieder einer alten Gilde, die alles Mögliche bauen, erschaffen.

Sie sehen wie ein Planet montiert wird, wie

jedes Molekül eine genau Adresse bekommt und wie sich aus Plasmastrahlen, die verschickten Planeten genau an dem Ort installieren, da jedes Molekül seinen Platz kennt, für den sie bestellt wurden. Hugin und Munin lernen die Auftraggeber kennen,

nämlich meistens Götter, Räte oder Erben von reichen TV oder Musikstars,

die sich Luxus gönnen und an den Bewohnern Ihren Frust auslassen können,

indem Sie im reichlichen Zubehörmarkt, auch Plagen, Naturkatastrophen, wie Erdbeben und Vulkane oder andere Schikanen erwerben und über die Ihren kommen lassen können.

Während ich das Buch, das einfach nur als Satire über die Bibel,

gedacht war Schrieb, entwickelte es sich dann völlig anders.

Anfangs sind da nur die Bibelpassagen, die von Hugin und Munin bretthart kommentiert und die Widersprüche in diesem schlecht recherchierten Buch entlarvt wurden.

Auf diese Art und Weise sollte es weiter gehen, nach Noah,

wäre das zweite Buch Mose Exodus dran gewesen,

aber wie bei Svenney O`Shea´s wahren
Abenteuern,

entwickelten die beiden Raben ein
Eigenleben, indem sie selbst zur Geschichte
wurden,

die Schöpfung, die sie eben noch verhöhnt
hatten, mit eigenen Augen in der Realität,

oder einer der Realitäten wie sie
stattgefunden haben könnte, selbst sehen,

und dabei unmissverständlich erfahren, das
Odin, Walhalla und diese

Germanische Schöpfung, noch viel
lächerlicher und unglaubwürdiger ist.
Im Höhepunkt dieser Geschichte taucht
Tsering Khy, ein nepalesischer Lama auf,

der die Reinkarnation aus der Inkarnation
heraus erklärt und in 1000 den Jahren,

einige Inkarnationen und die folgende
Reinkarnation,

das Auflösen durchmachte um am Ende sein
Nirwana, als Computerprogramm,

zu betreten und somit nicht still unsterblich
den Kreislauf des Seins unterbricht, sondern.
...... lest es selbst.

Die Svenney O´Shea Reihe

Band 1
Svenney O´Shea
SoS die wahren Abenteuer.

Der Lektor

Neulich
Irgendwann im 17 Jahrhundert und ein paar Mal
Übermorgen

Svenney O´Shea oder besser SOS (Gefahr)wenn dieser Held kommt, ist alles zu spät.
Nur Bernadette seine Liebe, hat dieses „kommen" noch nicht erlebt.

Helden in Strumpfhosen gab es schon aber Svenney, „to be on Top, ist sein Job" und sein unsagbares Glück verwickelt ihn in einen Mordanschlag, er erfährt dabei nicht nur das Geheimnis von einem riesigen Schatz.
Mit einer eminenten Liebe zu sich selbst, einem Ego so groß wie ein Planet und unglaublich wenig Einfühlungsvermögen, bar jeglichen Talents außer dem Gespür für Fettnäpfe und völlig frei von irgendwelchen Werten, Grips und Verstand, schafft es unser Mordskerl sich über die Seiten zu retten.
Denn dies ist keine Geschichte, es ist eine Erzählung und ich bin jedes Mal, wie der Held selbst überrascht, wie sich alles entwickelt.
Der Lektor, hat alle Mühe die Welt, in dieser Erzählung, die so schrill und schräg, wie amüsant ist, mit all seinen Huren, Helden und obskuren Figuren, den Un aber auch den glaubwürdigen Abenteuern, im Griff zu behalten, dass er gleich selbst zur Figur wird und diese Erzählung aktiv beeinflusst.

Wer ist die Mama San, der Baader oder Gorm,
was ist der Ostiarius oder woraus besteht ein
Gorg-On-Zolla Gesöff?
Finde es heraus,

Die Festung der Huren

Band 2.
Sweeney O´Shea
SoS die wahren Abenteuer.
Die Festung der Huren

Wie geht es weiter mit dem Helden, kommt er je an, was wird er in der Hurenfestung vorfinden?

Zuerst einmal führt ihn der Weg nach Limerick in der Grafschaft Limerick. Im blutigen Knochen, einem Wirtshaus in dem es so zugeht, wie der Name verspricht, erlebt er ein extra Delirium, aus der er gerade mal so noch erwacht, beinahe wäre die Erzählung dort zu Ende gewesen.
Aber sein Hirn macht einen Neustart, ein Reboot vom feinsten durch.
Außerdem erzählt Father Keith etwas über die 13 Gebote auf 3 Steintafeln, die Moses direkt von Gott auf einem Berg erhalten hat, von denen aber nur 2 Tafeln unten wieder ankommen.
Der unglückliche Aiden, trifft bei Father Keith ein und alle drei treffen sich dann in der Festung der Huren. Genauer bei der Mama San in Lola's Pinte, im Ort Dun Bleice Don in Irland, was übersetzt Festung der Huren bedeutet.

Vorher aber erfahrt ihr, wie man einen guten Gorg-O-n Zolla braut, wie man Ziegen melkt und das es gar nicht so einfach ist, wenn es Böcklein sind.
Wie ein irisches Frühstück geschaffen ist, und ihr erlebt Bernadette in Rage und ganz heiß.
Ihr Kutscher der Ashton, mit dem Sie als junges Mädchen eine amouröse Zeit hatte, bringt sie noch heute überall hin, so zum Sweeney, den Sie in Limerick überrascht.

Der Lektor kommt auch wieder vor und für euren nächsten Spanienurlaub, lernt ihr in diesem Buch die übelsten Flüche, auf Spanisch, ganz der Lektor eben.

Ein alter blinder Schreinermeister, der alle Holzsorten am Geruch erkennt.

Türen die mitten auf der Straße stehen und durch die man nicht in einen anderen Raum gelangt, sondern durch den Raum aus Zeit und man dann ganz woanders hinkommt.
Schwedische Möbelhäuser und natürlich Dun Bleisce Doon, die Festung der Huren, werden beschrieben.
Aber auch die Hauptdarsteller, wie die Mama San, der Ostiarius, der Baader, Maria und der Eddie werden ganz genau vorgestellt.
Normal ist von denen keiner, aber deswegen erzähle ich die Geschichte ja.

Lolas Pinte und ob unser Held es schafft im Band 2 dort anzukommen, ich habe so meine Zweifel, werdet ihr in Band 2 auch erfahren oder im Band 3.

Band 3

Sweeney O Shea
SoS die wahren Abenteuer.

Auf Biegen und Brechen

In Band 3 der Reihe um den liebenswerten Tölpel erreicht dieser endlich die Festung der Huren, der erste Schlüssel und somit der erste Schritt zum großen Schatz ist greifbar nahe.
Was den Apfel Adams mit diversen alkoholischen Getränken verbindet.
Und
Was Whisky von Whiskey trennt.
Und
Wie es in Lola´s Pinte so hergeht, was Svenney, der endlich angekommen ist, Dort alles abzieht, wie die Mädchen in Dun Bleisce Don so drauf sind.
Das erfahrt ihr in diesem Teil, aber das ist nicht alles denn,
langsam löst sich das Rätsel um den Lektor.
ZZZ
Zusammenhänge - Zeitachsen - Zy- tronen

Und
Die Biegeeinheiten die Bender, die das Rad des Universums stabilisieren sollen.
Diese aber von einer unbekannten Macht sabotiert werden.
Das ganze bekannte Universum ist in Gefahr.
Die Zusammenhänge werden langsam klarer.

Die Universe One, die absolut größte Techno und Rave Party, aller Welten
wird beschrieben.

Was Tappakopische Perque und Juristen
miteinander zu schaffen haben.
Türen, Port- All e und allerlei Gedöns.
Und
Natürlich Sweeney, der Aiden Father Keith,
die Mama San und ihre Girls
Kortex das Pferd und Duud, der Kater

Yachtikon Yachtercharter
LOLA Handbuch

Die Ostsee - unendliche Weiten. Wir befinden uns in einer rauen Gegenwart. Dies sind die Abenteuer der Crew auf Steg G. Viele Schritte entfernt vom Parkplatz und sanitärem Luxus, endlose Karawanen mit Wägelchen, bepackt mit Bier, Wein, Spirituosen und nutzlosem Zeug, die sogleich chartern werden.
Unbekannte Lebensformen aus dubiosen Zivilisationen.
Unsere Charterflotte dringt dabei in Seegebiete vor, die nie ein Mensch zuvor gesehen hat.
Warnemünde Ortszeit 0800, an jedem Samstag in der Saison. Die Soggsen kommen, mit Ihnen die Berliner, die Bayern, Süddeutschen, Alpenländler aus 16 Bundesländern dieser Bundesreplik, aus Kantonen, Skigebieten und von ganz weit her. Bierbunker Gepäcks Slalom, auf dem Steg harter Einsatz am Limit. Übergabe

der Yacht, die Rücknahme am nächsten Wochenende, alles wird erklärt.
Dazwischen müssen die Yachten gereinigt werden, repariert und so weiter.
Manche Seelsorge, Frust, Stress der normale Wahnsinn.
Der gemeine Chartergast erkennt nicht alles, was am Steg passiert.
Er sieht nur, die Probleme die nicht in der kurzen Zeit gelöst werden können, zwischen Rücknahme und erneuter Übergabe.
Dieses Buch soll vermitteln, zusammen mit den Erwartungen des Chartergastes und dem, was der Crew maximal zu richten möglich ist.
Es ist ein Blick hinter die Kulissen, einer fiktiven Charterfirma LOLA Yachtcharter, alles frei erfunden und Satire, reiner Nonsens, der aber auf 12 Jahren Erfahrung des Erzählers am Steg G beruht.
Der eine oder andere Leser wird vieles Wiedererkennen.

Vor allem die Hauptdarsteller der holländische Hüne, den Erzähler Sven und last but the least Törn, den Depp von Steg G.
Am Ende des Büchleins findet ihr ein Yachtikon, eine alphabetisch geordnete Übersicht seemännischer Begriffe, plus humorvolle Anmerkungen des Erzählers.
Wie z.B Chartern: die Erlaubnis, gegen Bezahlung von mehreren hundert Euro pro Tag, ein fremdes Schiff von Grund auf zu überholen, zu reparieren und sich am Ende des Törns, von der Kaution zu verabschieden. Neben viel Informationen sind es die Cartoons von Vipy meiner Frau, die dieses Buch lesenswert machen. Sie veranschaulichen Begriffe wie Back und Steuerbord.

Das war es.
Buch ist fertig und ich mache den Wein auf.
Prost

MIX
Papier aus verantwortungsvollen Quellen
Paper from responsible sources
FSC® C105338